EN BRAZOS DE LA MUJER CASADA

Carlos Lechuga nació en La Habana en 1983. Cursó estudios en el Instituto Superior de Arte y se graduó de la Escuela Internacional de Cine y Televisión. Ha trabajado como director, guionista, *script doctor* y *ghostwriter*. Sus dos largometrajes *Melaza* y *Santa Andrés* se estrenaron en los festivales de Toronto, Rotterdam, San Sebastián y han recibido varios premios internacionales. Sus obras además se han presentado en bienales de arte en La Habana, en ARCOmadrid, en el Museo Reina Sofía y en el MOMA. Ha trabajado con cineastas como Humberto Solas, Juan Carlos Tabío e Iciar Bollaín. En la actualidad sigue en La Habana tratando de levantar los fondos para su nueva película *Vicenta B.* y escribe crónicas y entrevistas para varias revistas culturales. *En brazos de la mujer casada* es su primer libro.

Carlos Lechuga

EN BRAZOS DE LA MUJER CASADA

De la presente edición, 2020

© Carlos Lechuga
© Editorial Hypermedia

Editorial Hypermedia
www.editorialhypermedia.com
www.hypermediamagazine.com
hypermedia@editorialhypermedia.com

Edición y corrección: Ladislao Aguado
Diseño de colección y portada: Herman Vega Vogeler

ISBN: 978-1-948517-55-3

Quedan prohibidos, dentro de los límites establecidos en la ley y bajo los apercibimientos legalmente previstos, la reproducción total o parcial de esta obra por cualquier medio o procedimiento, ya sea electrónico o mecánico, el tratamiento informático, el alquiler o cualquier otra forma de cesión de la obra sin la autorización previa y por escrito de los titulares del copyright.

NO ES FÁCIL

No es fácil. No es nada fácil. Ya tengo una edad en la que no soy una joven promesa, hice dos películas y ninguna de las dos es *El ciudadano Kane,* ni *La ciénaga.* La mayoría de los fondos y los concursos son para los jóvenes directores que están preparando sus óperas primas o sus segundas películas. La gente del cine y la industria, los que toman las decisiones, todo el tiempo están esperando descubrir al nuevo Reygadas; o ansían ver un cambio de carrera como el de Jon Favreau. Pero que voy a hacer yo, un cubano ahí de treinta y seis años, con dos películas que ni siquiera se han visto mucho en mi país, con un divorcio a cuestas y viviendo en casa de mi madre, en mi mismo cuarto lleno de juguetes. No tengo un trabajo fijo y la calle esta cara, pero caaaaara. No vivo en un país donde, mientras se levanta una película, uno puede hacer publicidad o alguna serie de televisión interesante. Si con mi primera película la hubiera tirado duro, duro, pero duro, una onda como *The tribe* o *Get Out,* ahora estaría mucho mejor y sería mucho más fácil conseguir plata para filmar. Nunca se me metió en la cabeza irme del país, agarrar un avión y llegar a Los Ángeles, nunca tuve los cojones de ir a bailar a casa del trompo. A veces, amanezco con ganas de hacer una película de vampiros y otras, de hacer un video experimental de dos minutos. ¿Pero dónde se ven los videos experimentales de dos minutos? ¿Dónde lo meto? En fin, no soy de los que le ha ido peor, pero podría estar mejor.

Como todo el mundo. Cuando tenía veinte años y estaba con muchas ganas de hacer una película, nunca leí este tipo de descarga y creo que por eso lo hago también. Además de para soltar algunas cositas, a lo mejor esto le sirve de ayuda a algún joven que anda por ahí, sin dinero como yo, pero con muchas más ganas, esas ganas que da la juventud, como para tirarla duro, pero duro, duro como *Sin aliento*.

El tema de hoy, si es que llego a un tema, ya que no soy escritor, es: los directores de cine jóvenes frente a los directores de cine mayores de sesenta años. Cuando uno tiene esta necesidad, y no puede vivir ni hacer nada sin pensar en hacer cine, uno es capaz de lo que sea. Y en este mundo a veces los directores, cuando cumplimos una edad, nos podemos sentir amenazados por los directores más jóvenes. Hablo desde mis sensaciones. Cuando tenía veintiséis años. Una pausa, para los que no conocen cómo funciona la cosa, para los que no son Orson —hasta para Orson era del carajo—, los directores con sus productores, muchas veces tenemos que ir a concursos, talleres, reuniones de industria, para contar nuestra historia, reunirnos y conseguir nuestra plata. Entonces, con veintiséis años tuve la suerte de ir a México a una serie de reuniones para conseguir dinero para *Melaza*. En el salón de reuniones estábamos un grupo de imberbes, éramos como veinte, pero también, para mi sorpresa, estaba un realizador mayor que, con la mayor dignidad del mundo, se paró delante de todos e hizo su *pitch*. Luego se retiró de la sala, un poco desesperanzado, al ver cómo el jurado, gente con menos carrera y mucho más joven que él, lo miraban. Ese señor era Paul Leduc. Qué entereza. La sensación agridulce me invadió: de pinga que después de hacer *Frida: naturaleza viva* uno no tenga una manera más rápida de conseguir dinero para lograr los sueños de uno. No sé la historia de vida de Paul Leduc, alguien me contó una vez que en un momento dejó el cine y se montó un restaurante, pero bueno, evidentemente su deseo de contar sus sueños era aún fuerte, latía, y tenía que pasar por el aro como todo el mundo. Está fuerte tener que enfrentarse a una sala de gente joven, pero también, qué fuerza tenía este tipo de seguir luchando por sus sueños.

Yo no sé si con sesenta años tenga fuerza para eso. Con treinta y seis, a veces, me despierto con ganas de tirar la toalla. Imagínate tú. Para acabar rápido este cuento, más nunca vi a Leduc, el premio, por supuesto, se lo dieron a un joven y en ningún pasillo, ni salón, volví a ver al consagrado director. Una de las noches, en el bar, un respetado guionista español, de setenta años, me miró como si yo fuera el enemigo y me dijo: «Los jóvenes vienen a por nosotros los viejos, pero da igual, yo me voy a una montaña con mi rifle y voy a por todos. A mí no me mata nadie». Me quedé pensando: coño, qué rico sería un mundo donde hubiera para todos, para que todos, viejos y jóvenes, pudiéramos filmar. Cuando uno es joven, uno puede llegar a ser un poco soberbio. Esa soberbia, muchas veces, es mala, pero otras, ayuda a hacer las películas. Ojalá yo, a esta altura del juego, tuviera la misma soberbia y fuerza que tenía con veintiocho.

Hace un par de años, aún no sé cómo, por las cosas raras de la vida, terminamos mi exesposa y productora, Claudia y yo, en una playa griega llena de millonarios, con varios tipos y tipas fuertes del cine del «mundo mundial». Ahí los dos únicos latinoamericanos éramos dos cubanitos y el resto de la gente eran: Ira Sachs; Julie Delpy; Abel Ferrara; Lisa Cholodenko; Ruben Östlund, el tipo de *Take Shelter* que es un grande; los representantes de grandes estrellas; la guionista griega y productora de *Canino*, Michael Weber; en fin. La crema. Y por cosas de la vida —o me lo imagino yo—, entre Abel Ferrara y yo hubo un momento.

No era la primera vez que veía al señor Ferrara. Unos meses antes, en el festival de Toronto, me lo había cruzado en una farmacia, flaco, viejo, cabizbajo, estaba buscando una medicina. A un tipo tan grande lo vi tan pequeño, que mi soberbia juvenil me permitió sentir pena por él durante unos minutos.

Bueno, la cosa es, que íbamos a estar una semana en el mismo edificio y en la misma playa con Abel Ferrara, su joven esposa y el niño o niña pequeño. Desde el primer encuentro con el grupo, la gente, los durakos de verdad, no sé por qué, se mantenían un poco alejados de Abel.

Abel, que no sabe quién soy yo, pero me sale ahora decirle Abel, se percató de que en todo el grupo, el único que lo miraba con admiración era yo. Entonces, como lobo viejo, me vino arriba y en un inglés ronco y musical me dijo: *Hi guys, I'm Abel*. Estaba viejo, encorvado, flaco, feo. Este genio además de ser un genio, imagínense las drogas, fiestas, mujeres, fumadera, alcohol, todo por lo que ha pasado. Y luego de saludar, se fue por ahí con los millonarios a luchar. Estaba como yo. En la lucha del baro para la próxima peli. Desde ese momento, algo feo surgió en mi interior. Me da hasta pena decirlo, pero era algo así como una sensación de que a mí, a esa edad, me iba a ir mejor. Qué recomemierda el cubanito. Por supuesto que no me iba a ir mejor, no de viejo. Ya no me iba mejor. Ya no había hecho las peliculonas que había tirado el loco este. Y en vez de verlo como a un compañero de lucha, como a un «igual» en el mejor sentido de la palabra, me había puesto gallito a juzgarlo.

Hoy me siento como el culo, porque la vida te pone en tu lugar, y porque realmente creo que en el fondo escribo esto para que nosotros, los que estamos en este mismo barco, los que no podemos dejar de pensar en el cine 24 por 24, hagamos por tratarnos mejor. Por querernos más.

En fin, que no hay salida digna en envejecer en el negocio.

Envejecer está de pinga. Estar luchando para conseguir el dinero para la próxima película, con los achaques de la edad, acostumbrándote a hacer un *pitch* frente a gente más joven que uno. Compitiendo con jóvenes promesas. Los dolores del cuerpo. Problemas en los dientes. La próstata. Los *pitch*.

Al otro día en la tarde me fui a la playa, el agua estaba fría con cojones y éramos pocos. Aquello parecía el final de *Muerte en Venecia,* el sol poniéndose, las olas tocando la arena, y ese genio, encorvado, canoso, seguía con trabajo a su bebé de dos o tres años, que corría de allá para acá con una vitalidad imposible.

Mientras tanto, su mujer, una rubia lolita, que tenía cuarenta años menos que su esposo, no paraba de estirarse y acomodarse su bañador ante los ojos de los fortachones salvavidas.

Aquella imagen contenía una verdad que todavía no logro desentrañar. No sé por qué, en vez de verlo como la simple imagen de una familia feliz y realizada, para mí era una muestra de algo más.

Él se veía un poco resignado. Ya no era ese loco vivaracho que se drogaba, flirteaba y tenía el mundo a sus pies.

Ni siquiera sé porque escribo sobre el Sr. Ferrara, un hombre al que no conozco, que en un sentido no está nada mal, y que a fin de cuentas ha podido hacer grandes películas.

Mi punto es que está de pinga ser un caballo como Ferrara y tener que, con avanzada edad, seguir bailando, bromeando, chisteando en frente de la gente rica —casi siempre, gente más joven—, para poder conseguir el dinero para la próxima obra.

Es más tiempo el que se invierte buscando la plata, que el tiempo en que estás filmando. Neumonía, cojera, insomnio, pero hay que seguir luchando.

La esposa de Abel, la lolita, todo el tiempo estaba hablando con un salvavidas fuerte, musculoso. Y nuestro genio, solo, a cada rato dejaba el niño a salvo y se ponía a coger un descanso. Mirando al horizonte. No sé en qué pensaba. ¿Pensaba en Claudia Schiffer? ¿En Dennis Hopper?

Una vez más, la juventud, la arrogancia del salvavidas que ni sabía quién era ese viejo, y, así y todo, flirteaba con su mujer.

Una vez más los jóvenes jodiendo a los viejos. ¿O era la vida jodiendo a los viejos? Quise acercarme y decirle algo. Pero la regla en estos casos es no molestar. ¿Esto le pasaba por estar con una mujer más joven? ¿Por haber vivido mucho? ¿El ser un gran director de cine se merecía una vida mejor que el resto de los mortales? ¿Más respeto? ¿Yo era un comemierda? En fin, muchas preguntas en mi cabeza.

De todo esto lo único que saco ahora, a las puertas de mis cuarenta, y sin saber si voy a volver a filmar, es que lo único que uno puede hacer en esta vida, es ser humilde. Muy humilde, y esperar lo mejor.

No quiero con sesenta años tener que subirme a una loma con un rifle para acabar con los jóvenes. No quiero a los setenta, una novia de treinta deseada por todos y tener que estar en esa lucha. Sí me gustaría haber hecho una peli como *The Addiction*. Ni siquiera sé si hay un problema entre jóvenes y viejos, o es solo esta industria que funciona para los jóvenes, porque se supone que después de dos películas ya los directores la van a tener más fácil para seguir y aumentar la filmografía. Pero no es así.

Lo que sí sé es que yo de joven era más soberbio y ahora la vida me está poniendo en mi lugar. Intentar ser humilde, serlo, es algo sabroso. Está bien. No sé si Paul Leduc pudo hacer su película. No sé si Abel sigue con la misma chica. Lo que sí sé es que nadie de esos monstruos se interesó por mí, ni por mis proyectos. Para ellos, nosotros, los dos cubanitos, éramos unas *rara avis*, nos miraban raro, nos preguntaban como si quisieran saber y cuando íbamos a responder, se perdían sin mostrar ningún interés.

Solo espero tener fuerza para, a los sesenta años, poder seguir pidiendo por ahí dinero para mis películas, lo mismo delante de un grupo de jóvenes, que de un grupo de millonarios. No sé si llegue. Solo trato de no parar de trabajar y esperar, con humildad. Pero no es fácil. No es nada fácil.

En caso de que, con el tiempo, no logre crecer en mi filmografía, no logre aprender —ya que para aprender hay que filmar mucho—, sí sé que habré aprendido a ser más humilde.

Bueno, si sirvió de algo esta muelita, esperen mi segundo *post* sobre directores de sesenta años, aún no sé si hablaré de Curtis Hanson o David Trueba.

Bajanda, afectuosamente.

FALLO TÉCNICO

A David Trueba

Hubo una vez, una tarde de aire caliente y promesa de aguacero en la vieja cinemateca de Casablanca, en La Habana, en la que a las cinco iban a proyectar una de mis películas cortas antes de la película larga, protagonista de la sesión. Hacía tanto calor que las puertas del cine estaban abiertas, y la claridad entraba por doquier al viejo teatro de varios pisos y muchas plateas.

El cine estaba lleno, lleno de gente obediente que miraba a la pantalla. Pero también había muchas personas interesadas en tocarse mirando a las señoritas de al lado. No sé por qué la función empezó a demorarse y no empezaba. La gente miraba a la pantalla, se entretenía hablando, o seguían las pequeñas broncas o trifulcas que se formaban entre el público decente y los señores calurosos, una especie de desamparados sucios, que no paraban de tocarse el pantalón. Cada cuatro segundos los *voyeurs* eran descubiertos y no les quedaba otra opción que huir.

Mi entrada me la había comprado Claudia, mi exmujer, que me esperaba en una silla de platea. Cuando llego junto a ella, ansioso por ver el resultado de mi corto, me doy cuenta de que detrás, a mi izquierda, estaba este director de cine español tan gracioso, ameno, delgado, de unos sesenta años, que no parecía tan mayor. David no me había visto, lo saludo.

¿Estás en Cuba? No me habías avisado. Le digo que un día de estos salimos y lo llevo a algún lugar de La Habana de noche, que no conozca. Me viro y sigo mirando a la pantalla, en espera. La función se demora y David me pregunta por un lugar cercano para comer algo, ya que tiene un hambre tremenda. Claudia, que sabe de buenos sitios, le recomienda Don Julio, un lugar cercano, bien de precios y sabroso.

La gente, muy obediente, seguía mirando a la pantalla, pero no había película, nadie hacía nada: ni se movían, ni se quejaban por el retraso. A cada rato, pasaba un policía y vigilaba que nadie se estuviera tocando, si descubría a alguno, se lo llevaba. El resto miraba adelante, conversaba bajito.

Por las puertas entraba un aire cálido, casi de Sahara, naranja, polvoriento. Las construcciones de la sala estaban bien oxidadas. ¿Estábamos en Cuba o en la India? Dilatado el tiempo, pesado el aire. Aburridos. La espera. No empezaba nada. En la pantalla no había imagen. De repente, David se levanta, se va al extremo final derecho del cine y empieza a hablarles a todos. Entretiene a la peña. Hace una historia muy bella. El público se gira, sin saber bien quién es este señor, lo escucha y se deja llevar por la bella anécdota que él hace de cuando venía a Cuba, en los 90, porque tenía un proyecto con una cantante llamada

María Antonieta; y María Antonieta pa' acá y pa' allá. Ahora no recuerdo bien como era el relato, pero qué lindo era. Todos en la sala encantados con el cuento, riendo. Claudia y yo nos mirábamos y decíamos: qué buena onda David. De improviso, desde el fondo derecho, escuchamos una voz que interrumpe, y vemos a una mujer delgada, misteriosa, *femme fatale*, con una chambra verde enroscada en la cabeza, como un faquir, y unas gafas redonditas oscuras. Era ella, la actriz.

Que indiscutiblemente conocía de atrás a David, y, por algo que desconozco, quería hacerse la graciosa. Intervenir. Ser parte. Y le empieza a preguntar si no recuerdaba de esos años de La Habana, que estaba ella también y un gordito misterioso, llamado Pablo. David, no sé por qué, con mucha educación, trataba de evitar la conversación con la misteriosa mujer.

Algo se me escapaba, entre estos dos había pasado algo. El tal Pablo habría tenido que ver seguro. No sé. No sé bien por qué, me los imaginé a los tres en un apartamento de microbrigada, con cigarros y ron barato, asomados a un balcón frente a la bahía, cerca de la iglesia de Yemayá.

Una época que ya no está. David, un poco dolido por algo, corta suavemente a la actriz y, como un Humphrey Bogart, la va alejando, se va deshaciendo de ella, para seguir su historia. Aplausos.

Termina el cuento y David vuelve a su silla. Todos seguimos mirando al frente. No acaba de empezar la película. Uno de los espectadores de la primera fila se levanta cansado de esperar, o como sabiendo que ya no va a haber peli, y otro tras él, y otro, y todos van llenado el pasillo y las salidas. Se van satisfechos, sin haber visto nada, pero con la actitud de que esa tarde pasearon, y ahora toca enfrentarse a la realidad, a qué se va a comer hoy, a las colas, a las guaguas. Salimos del cine. No sé por qué no pudimos ver nada, ¿un fallo técnico?, Da igual, nos vamos satisfechos, obedientes.

BERGMAN Y OLOFFIN

Yo no sabía que Ingmar Bergman había nacido un 14 de julio y, sin embargo, como una señal del más allá, aquel 14 de julio del 2017 me encerré en un apartamento a ver todas las películas del maestro, en una especie de trance. Como si estuviera haciendo una misa espiritual en su nombre o tratase de recuperar la fe. Yo pasaba de los treinta y nunca me había dado por eso. Pero ahora lo necesitaba. Es raro pensar que el espíritu de este hombre que vivió, amó e hizo cine tan lejos, pudiera llegar a esta isla, en este verano tan caluroso.

La depresión y el cansancio me comían por dentro y solo tenía fuerzas para ir de una película a la otra. Mientras pasaban las horas, los días, me fui levantando poco a poco. Me fui embullando y comencé a vislumbrar una luz al final del camino. La trilogía del silencio me marcó tanto, que empecé a indagar en el tema del silencio de dios en las creencias afrocubanas. Mi abuela era espiritista y yo, desde chico, vi todo lo que ella hacía, y con el respeto que lo hacía. Tras los problemas que me trajo *Santa y Andrés,* la única manera de volver a recuperar el amor hacia el cine era haciendo un viaje hacia la semilla, hacia mi infancia. Y así comencé a escribir una nueva película. Una película sobre la fe. Una película que tenía que tener la frescura del agua clara de un bautizo. Pasó el verano, y cada vez que me sentía por el piso, ponía fragmentos o volvía a visitar algunas de sus películas. Era como una especie de cura. Al final, en muchas de sus obras, la fe era algo muy importante y yo estaba buscando mantenerme con fe.

Para octubre empecé a visitar religiosos: cartománticas, babalawos, paleros. Y todos me decían algo distinto, como si mi futuro no estuviera del todo claro. O como si los grandes entes no se pusieran de acuerdo sobre qué iban a hacer conmigo. ¿Me iba a ir del país? ¿Iba a tener una mujer nueva? ¿Iba a cambiar de trabajo?

Un amigo me prestó una serie de documentales sobre Bergman y viéndolos, me descubrí imitando su acento, y sin saber una gota de sueco, empecé a tratar de repetir lo que decía. En uno de los documentales se hablaba de los últimos días de Ingmar en su casa, solo, en medio del silencio, el frío, la sequedad.

Creo que desde esta isla de la fiesta y la sandunga es imposible que salga una obra que se pare al lado de *Persona* o de *Los comulgantes*. Pero al mismo tiempo, yo personalmente agradezco no estar en una isla fría. Aquí la soledad es distinta, porque es una soledad en medio de la gente. Aquí un asesino en serie no puede tener a su víctima en el sótano, porque se enteraría el CDR; ni te pudieras suicidar en silencio, porque los ruidos de los vecinos, los gritos del motor de agua, el reguetón a todo lo que da, no te permitirían estar un momento a solas contigo mismo. No te dejarían concentrarte.

Yo soy devoto de la virgen de la Caridad del Cobre. De pequeño era muy enfermizo, y un día mi madre, que era del partido comunista y reprendía a mi abuela por sus creencias, me llevaba por el parque; cuando una señora morena le dijo que yo no iba a salir del hospital hasta que no me presentaran ante mi verdadera madre: La Virgen de la Caridad. A escondidas, mi madre me llevó ante ella y hasta el día de hoy no he entrado más nunca en un hospital.

Cada vez que me he ganado un premio importante en mi país he tratado de llegar hasta el Cobre para donar el trofeo y dejarlo ahí, cerca de la virgen. Pero las últimas veces no he podido tener ese momento de meditación antes de entregar el regalo, los vendedores no me han dejado. Siempre han estado arriba pidiéndome dinero. Y, la verdad, he tenido que hacerlo todo muy apurado. Como corriendo. Sin poder concentrarme.

Bergman, a solas, frente a sus diablos de cola torcida, seguro que sí podía concentrarse más. Pero no sé qué es mejor, para estar en una isla fría a solas hay que tener un buen par de cojones.

En muchas religiones afrocubanas se habla de la soledad, como el peor estado en que se puede estar. Cuando los negros africanos fueron traídos y esclavizados, llegaron sin sus familiares a una tierra extraña, donde tampoco tenían cómo pelear contra los blancos explotadores, pero se valieron de las creencias y de los muertos para luchar, para no sentirse solos. La soledad era y es lo peor.

Las personas que crean, me parece, pueden combatir la soledad con su obra. Todas estas ideas me han servido para tratar de, en mi próxima película, hablar de la crisis existencial de una afrocubana, en esta isla de la fiesta, la risa y la gozadera. No sé si lo logre.

A veces siento que Bergman me acompaña, pero cuando me pongo a revisitarlo, en el fondo, la vecina pone a Chocolate, y ahí solo, como un desquiciado, me pongo a bailar en mitad del salón. Sin entrar en comparaciones súper estúpidas, a veces Chocolate me ayuda a levantar el día, y a decir que sí, que uno es un tigre, un caballo, un bárbaro y pa' la pinga el mundo y pa'l carajo los demonios.

Ingmar, en su isla, con qué música pondría para espantar a los bichos. Con algo clásico. Pero seguro que no podía bailar. Cuando se acabe el mundo, y no queden humanos, espero que una de las películas que sobreviva sea una de las de Bergman, pero quién sabe, quizá la que sobrevive es *Una noche en el Roxbury*.

Maestro: la tiraste fresca, hiciste tu pincha y tomó vida propia, viajó y llegó a la Cochinchina. Y hoy acompaña a muchos. A muchos que intentan, día tras día. No me abandones, Olofin. No me abandones, San Ingmar.

EL CHINO PÉREZ

El chino Pérez se levanta cada mañana en su apartamento en Innsbruck, Austria, y antes de tomarse su sorbito de café, recita algún pedacito de los discursos de Fidel. Lo hace para sí, como si fuera un ritual, ya que, desde hace muchos años, muchos, está solo. El chino Pérez tiene cincuenta y ocho años, pero parece que tiene setenta y seis, su melena está llena de canas y su *swing* se ha empercudido. El chino Pérez es uno de los mejores directores de cine de Cuba, pero nadie sabe esto. Algunos por ignorancia y otros, porque no es conveniente. En el año 92, cansado de que no lo reconocieran y de todo lo demás, no aguantó más y partió. A pesar de que aquí en la isla le habían hecho la vida un yogur, El chino Pérez es fidelista. Es rojo. Y sabe que si el Che estuviera vivo se descargarían y se harían socios. Sin embargo, el chino no puede escuchar hablar de Cuba, ni del cine cubano. Es como si le faltara el aire y estuviese sentado en un hormiguero. De «esto», de lo que ha pasado con el país, no piensa. Por lo menos lo intenta. Es la manera que ha encontrado para seguir. Es más, las dos veces que ha estado de visita en la isla, no ha salido de la casa de su madre para nada. Se ha quedado en la cama o en la sala y no se ha acercado ni siquiera al portal. Nada más escuchar los comentarios y los temas de los vecinos que pasan por la casa lo ponen mal. En Cuba no quiere saber nada de Cuba y allá en el culo del mundo donde vive, en Innsbruck, tampoco quiere saber nada de Cuba. Pero tiene que seguir viniendo, o intentarlo, porque tiene a su madre acá, muy viejita. Como a todos, al chino le cuesta ser consecuente consigo mismo, y a veces, se enreda en discusiones tontas con las amigas de su vieja. En estas conversaciones hay algo triste, porque en todo momento, el chino trata de informarle a la gente las cosas que él hizo, sus cortos, sus guiones.

Allá, en su nuevo paradero, El chino Pérez es débil y a veces en la madrugada, con un traguito de ron y un tabaco seco, se pone en YouTube a buscar video de Los Zafiros, Elena Burke, El maleconazo, chistes de Pánfilo y Chequera; y así se ha topado par de veces con *Santa y Andrés* y se la ha echado. Que me lo dijo él mismo. Como también me dijo, por correo, que es muy duro no sentirse bien en ninguna parte.

¿Cómo llegué al chino? Hace par de años estaba de profesor en la Escuela de Cine de San Antonio de Los Baños y en un momento libre me metí en la videoteca a husmear y buscar cosas raras. Las muchachitas de la videoteca son socias mías y me dejan hacer ahí lo que me da la gana. En fin, buscando por la Y, me encuentro un título muy curioso, que enseguida me llamó la atención: *Ynexperiencia* así, con Y. Agarro el DVD, lo abro y veo que tiene un papelito que explica que la copia está muy mala, porque el telecine no había sido hecho a conciencia. Me voy a mi habitación y me pongo a ver la misteriosa película. Era un corto en blanco y rojo de dieciséis minutos, en ruso, sin subtítulos. La primera imagen era una gran estepa, inmensa, desolada. De repente, un soldado con un solo brazo aparecía en la pantalla, el hombre se veía desesperado, agitado, y, entonces, de la nada, nos mira y nos retiene la mirada. Al fondo, en el cielo, comienza a aparecer un objeto redondo. Que se acerca y se acerca. Las palabras no logran describir lo sublime de una situación tan aparentemente sencilla. Era un plano que erizaba. No quiero seguir contándoles. Da igual. El corto estaba bueno. Muy bueno. Y era algo distinto a lo que se hizo y se estaba haciendo en este país.

En la mañana empecé a averiguar entre los fundadores de la escuela por este tipo, el nombre que había leído en los créditos finales del corto: El chino Pérez. Y todo el mundo me daba de largo, olvídate de ese, ese es un loco, ese está muy dañado, ni busques a ese. Ese es un gusano, un marigüanero, una «loca». Todo me parecía muy raro, pero nada, las cosas de la vida. Volví a mis clases, a mis guiones, y olvidé todo.

Unos meses después tuve una cita con una muchacha en el café de 19 y 24. Tras media hora de conversación, la muchacha me empezó a hablar de un enamorado que tuvo cuando ella estudiaba en Austria, que era un hombre bisexual, enfermo, que llevaba muy adentro a Cuba. Pero que, como muchos de esa generación, no podía ser feliz. Lo intentaba, pero le dolía, Cuba le dolía. Yo ni sé por qué coño la chiquita esa me estaba hablando de un ex, ya yo sabía que ella no se iba a ir a la cama conmigo, y para no ser rudo le escuché la muelita bizca esa. Pero, como una bala, me atravesó cuando dijo: El chino Pérez es un personaje, pero es de las personas más infelices que he visto en mi vida. En ese momento le caí arriba a la chiquita y la acribillé a preguntas. La cosa acabó en que me dio el correo electrónico del bárbaro, un correo electrónico bien loco: llorarsinperdon456@hotmail.com. Después, el mismo Pérez me contó que escuchando a Los zafiros y recordando el número de la casa donde nació, dio con el puñetero correo. Un correo que solo usaba para sus cosas familiares, y nada más. El chino Pérez ya no hacía cine, ni nadie del pasado le escribía. No le escribía ninguno de los cineastas cubanos, ni ninguno de los entusiastas compañeros de estudios, de esos de la comunidad «eictveana».

En el año 92 había llegado a España con un poco de plata, muy poca, y cuatro laticas de película de 16 mm donde estaban sus dos únicas obras. *Ynexperiencia* y *Chicharrón con dulce de guayaba*. *Chicharrón con dulce de guayaba* al final se llenó de moho y no queda copia alguna. Un total de treinta personas la vieron en su momento. Y lo único que queda es el guion técnico de rodaje, lleno de garabatos. Jorge Molina fue uno de los afortunados en ver *Chicharrón con dulce de guayaba* y me dijo que era una mierda; pero para Molina todo es una mierda.

Puede parecer raro y hasta exagerado, pero sí, con tan solo un corto, este hombre era un inmenso. Un inmenso como Guillén Landrián. Y cuando alguien es grande, la gente trata de apagarlo. Y el chino se dejó apagar. Yo no estoy en su pellejo, ni quiero juzgarlo, pero debió quedarse un poco más acá, luchar, tratar. Hacer algo en video. No sé. Era otra época también.

Luego de dormir en el sofá de una tía abuela y trabajar en disimiles cosas: de portero, de taxista, en la cocina de la famosa residencia estudiantil. Un día conoce a un muchacho austriaco, fotógrafo, llamado Karl Haimel y enamorado, se va tras él a Viena. Karl le prometió el cielo y las estrellas. Ahora sí iba a poder hacer películas. Volvería a estar 24 por 24 pensando y haciendo cine. Pero aquello no terminó nada bien y sin un peso, no le quedó otra que volver a trabajar en lo que fuera. Y así, poco a poco se fue poniendo viejo y la vida lo fue empujando a un lugar tan raro como Innsbruck.

El chino me cuenta, que una de las noches, cuando aún estaba en Madrid, trabajando en la residencia de estudiantes, estaba muy fumado y tuvo una visión. Dalí, Buñuel y Lorca, en una bicicleta para tres, pasaron frente a él y le sacaron la lengua. Iban borrachos, felices. Con los ojos aguados por el frío, el chino les gritó: «¡Chicharrón con dulce de guayaba!». Esa noche, a pesar del frío y la soledad, fue feliz.

En fin. Nada. Para no alargar la cosa. Las cosas de la vida son de pinga. En Innsbruck hay un festivalito de cine, un festivalucho, que por mucho tiempo ha llevado cine cubano. Eduardo del Llano y Daniel Díaz Torres estuvieron allí. Y antes de partir, hablaron con la madre del chino, y lo buscaron. Aunque el muy condenado no quería aparecer, pero le insistieron, mucho, y pudieron verlo. Se tomaron unos tragos en una taberna. Se comieron entre los tres una pizza mala. Antes de morir, Daniel me contó, que como por arte de magia, cuando la noche fue avanzando, El chino Pérez desapareció y más nunca supieron de él. Eduardo me cuenta, que el chino tenía las manos llenas de ampollas explotadas y que cada vez que agarraba un pedazo de pizza, él trataba de agarrar un trozo de pizza que estuviera bien lejos de donde el chino había tocado.

La cosa es que, para no alargar el cuento, me invitan al festival de Innsbruck con mi película *Pétalos*. Ya llevábamos un par de correos y me pareció que había algo divino en esto, la vida nos estaba uniendo por algo. Le escribo, le cuento, le digo que quiero verlo. Saber bien su historia. Llenar las lagunas. Saber bien qué le pasó acá. Y el chino me responde que claro, que el sábado me busca en mi hotel y paseamos por la iglesia, el puente, y a lo mejor si hace buen tiempo, nos subimos al teleférico y podemos desde la montaña ver todo Innsbruck.

Me monto en el avión embullado, me quedo en Munich y me mandan un carro que me atraviesa por una estepa llena de iglesias y fábricas. En el camino recuerdo *Ynexperiencia,* la estepa, el soldado.

Llego a Innsbruck y es fin de semana de fiestas, y todo está cerrado. Me como unos espaguetis en un árabe y me acuesto a dormir temprano y cagado. Cagado, porque frente al hotel había un cartel escrito en español: ¡Latinoamericanos regresen a casa!

En la mañana del sábado, nervioso, bajo media hora antes al *lobby* para esperarlo. Pero pasan los minutos y nada. Ni a la hora acordada, ni media hora después, ni pasada la hora. Nada del chino. Me pongo a caminar por los alrededores. Hace mucho frío. Algunas familias van rumbo a la iglesia. Yo me siento solo. Me paro a mitad del puente y veo pasar el agua del río, helada, bajo mis pies. Se me aprieta el corazón. ¿Qué hace un cubano en este pueblo de mierda? ¿Qué hace El chino Pérez aquí? ¿Qué ha hecho este tiempo? Una eternidad. Triste, lloroso, regreso al hotel. Subo a la habitación y sin lavarme las manos me bajo el pantalón y me hago una paja seca. La pinga la tengo reseca, chiquitica. Me mojo la mano y me masturbo. El rabo no se me para. Pero lloro. Lloro como hacía mucho tiempo no lloraba. Y pienso en las mulatas cubanas, en una amante que tuve, una amante de la CUJAE.

¿Algún austriaco sabrá lo que es la CUJAE? *Chicharrón con dulce de guayaba.* Chicharrón con dulce de guayaba. Chicharrón con dulce de guayaba. Chicharrón con dulce de guayaba... Me digo. Y luego pienso: total, es una peliculita perdida más. En la noche tengo que presentar en el cine mi película *Pétalos*. Película que, a pesar del título, me parecía dura, buena, sentida. En el público había unas treinta personas. En el minuto diez, un encapuchado, con pinta de pordiosero, se levanta y se va. Creo que es él. En la oscuridad no puedo verlo bien. Da igual, de todas maneras, en internet no hay ni una foto suya. Corro. Lo sigo. Tiene que ser él. Salgo al *lobby* del cine. No hay nadie. Salgo a la calle. Nieva. No hay nadie. Regreso y la chica que vende las entradas me habla en un idioma que no entiendo y me entrega un papelito. Agarro el papelito y leo en un perfecto español: Traidor.

MARZEL ES BUENO, MARZEL ES MEJOR

Hay una conspiración. Un grupo, nada pequeño, de funcionarios y artistas, se ha dado a la tarea de acabar con todas las copias de la película cubana *Evidentemente comieron chocolate suizo*. No quieren que nadie la vea. No es conveniente. En los pasillos de la institución, nadie se ha puesto de parte del artista, todos lo culpan, le llaman extravagante, soberbio, que si está influenciado por ideas extranjerizantes.

No me asombra, pero que los artistas se presten para eso sí me sorprende. Según Braulio Boca Chula existían en el país doce copias, nueve en La Habana, dos en Matanzas y una en Santiago que fue la primera que se quemó. Dice Braulio que entre el fuego y la aplanadora ya no queda ninguna.

Tomándonos unos rones, Boca Chula diserta y cada vez está más convencido de que, aunque la orden venga de arriba, la mayoría de los cineastas se han ensañado porque la película es muy buena. Y los delata. La película es tan buena que hace quedar mal a todo el mundo. Esta es la película que acaba con las justificaciones y las medias tintas, olvídense del bloqueo, del sol abrasador, del hambre. *Evidentemente comieron chocolate suizo* se hizo aquí, con cuatro pesos, a bomba. Pero qué bomba. Con mucha bomba.

En medio de la descarga suena el teléfono y es José Luis con una idea loca, descabellada, que no me puede contar por teléfono. Luego de un viaje en la lanchita de Regla y dos guaguas, José Luis llega a la casa y nos dice que no nos podemos quedar con los brazos cruzados, que tenemos que hacer algo. ¿Pero hacer qué?

Marzel, el director de la película, hace rato que está en Valencia y no quiere saber nada de Cuba. Es conocido que muchos de sus compañeros lo han llamado y no responde ni al teléfono.

Nos quedamos dándole vueltas al asunto y haciendo memoria, empezamos a anotar los nombres del equipo, de los técnicos y artistas que trabajaron en ella. Llamamos a unos cuantos y nada. Nadie tiene copia.

Nos quedamos de brazos cruzados. No hacemos nada.

Pasa el tiempo, un año duro, otro peor, y así llego a mis cuarenta. Ya la mayoría de la gente de mi generación se ha ido, y muchos de los jóvenes realizadores no tienen ni idea de quién es Marzel, ni de qué trata *Evidentemente comieron chocolate suizo*. Paso mis días machacando en baja, haciendo trabajitos de los que no me siento orgulloso, pero que sirven para comer. Ni siquiera para vestir. Solo para comer.

Recientemente, en algunas revistas culturales han salido una sarta de mentiras diciendo que el propio Marzel no quería saber nada de esa película, que se le había invitado a acá a la isla, a su casa, con todos los gastos pagos, y que había dicho que no vendría.

Mucho después, vía correo electrónico, Marzel me contaría que todo era una mentira, él no sabía nada, se desayunaba con lo que yo le contaba.

Como muchas otras cosas que indignan, pero con las que no se hace nada, con esto tampoco pasó nada. Braulio falleció, ahogado en la playita de 16. José Luis tuvo jimaguas con Rita, y no le quedó más tiempo para nada. Entre la búsqueda de los culeros y la comida, casi ni lo veo.

Pero la ilusión volvería a mi cuerpo una tarde de junio, cuando caminando por 23, bajo un sol tremendo, recibo una llamada de Fernando Pérez. Fernando me comenta que acaba de regresar de Valencia, que ha visto a Marzel, y que el tipo ha mandado un manuscrito de más de cuarenta páginas, donde cuenta un poco de su vida. Y sí, Marzel no tiene problemas con que yo lo lea.

Me siento tan honrado. Al parecer Marzel ha estado un poco al tanto de los que estamos del lado de acá.

Me encuentro con Fernando en la funeraria de Calzada y K, donde velaban a un amigo suyo, y apurado, me entrega el manuscrito. Alterado, me siento en un banco y comienzo a leer.

Muchas historias que no conocía.

Marzel es un director de cine cubano, está a punto de cumplir cincuenta y dos años y en ese momento está en Valencia tomándose un té de jengibre, para más tarde fumarse un cigarro de marihuana.

Nació en Santiago de Cuba, el 2 de septiembre de 1967, con el nombre de Manuel Ramón Marcel Rodés. Es virgo y cabra. Su padre era ingeniero agrónomo y su madre provenía de una familia azucarera del batey Media Luna: un pueblo precioso, cerca de Manzanillo, rodeado de cañaverales, que naturalmente olía a melaza. Los dos eran personas muy instruidas, no solo por sus estudios, sino porque les encantaba cultivarse. Leían, veían programas buenos del canal 6 en el televisor soviético ELECTRÓN, iban al cine, al único teatro que había. Tenían discos buenos, de esos gordos de los 50. Y una biblioteca magnífica que a menudo alimentaban.

Su padre fue el que le explicó cómo se hacía el cine.

Ese ambiente fue muy propicio para su curiosidad intelectual. Desde chico era muy manitas, pintaba, hacía de carpintero; y en el patio de su casa construía platós de televisión que incluían cámaras con rueditas y todo. Y él mismo actuaba y armaba ahí sus fantasías.

Casi todos los agostos, con su hermana Cecilia, venía de vacaciones a La Habana. Su viaje era básicamente cultural. Compraba todas las semanas la cartelera e iba a la mayoría de las exposiciones, obras de teatro, ciclos de cine. La Cinemateca estaba entonces en lo que hoy es el cine Chaplin. En el *lobby*, había una tienda donde el joven Marzel compraba decenas de carteles ICAIC, unos cuantos libros de cine y la colección casi completa de la revista *Cine Cubano*.

En Bayamo estudió en la Academia de Artes Plásticas. Allí aprendió a dibujar, a pintar con acuarela, tempera y óleo, a esculpir en barro y hacer vaciados en yeso, a grabar en linóleo y en madera. Con tan solo trece años se ganó un premio de diseño con un cartel de los carnavales, por el que le pagaron doscientos pesos, que era la mitad del salario de su padre. El cartel lo reprodujeron en serigrafía y lo pegaron por toda la ciudad.

Entonces, se entera de que en La Habana iban a extender a nivel superior, el nivel medio ya existente de la Escuela de Diseño. Averiguando, supo que había que hacer unas pruebas de aptitud y fue el número uno en la lista de calificaciones.

Aterrizó en el ISDI, siendo un guajirito cheísimo con la raya al medio que decía «compay», prácticamente no había escuchado rock y era aún fanático de José Luis Rodríguez, *El Puma*. El ISDI era uno de los puntos de la urbe, donde confluía el *swing* externo juvenil. Unos pelos, unos trapos, unos comportamientos glamurosos, unas conversaciones sobre cosas de las que él ni se enteraba.

Gracias a un amigo, aprendió a escuchar y valorar la música de verdad que se estaba haciendo en el mundo, pues siempre tenía prestado algún disco o casete para grabar. De la mano del amigo entraron en su vida los grandes rockeros argentinos, como Charly García, Luis Alberto Spinetta y Fito Páez. En su compañía conoció la marihuana y un montón de gente gozadora y divertida, con la cabeza amueblada, o no. Y, lógicamente, se fue transformando en otro diseñador farandulero, *hippie*, con el pelo largo rizado y toda la extravagancia posible.

Amplia parte del escenario artístico habanero gozaba de muy buena salud. La plástica, sobre todo, atravesaba momentos de gloria. Mucha gente talentosa practicando el posmodernismo, que, después de Dadá y el surrealismo a principios del siglo XX, y el pop en los 60; era la nueva explosión cíclica del metalenguaje. Y a él siempre le fascinó el METALENGUAJE, ya fuera en la plástica, o en el cine, o en la música.

Paralelamente al ISDI, le sucedieron muchas cosas prósperas: justo encima de su casa vivía con su novia un melenudo que, por supuesto, era artista. Resultó ser el pintor Waldo Saavedra. La conexión mutua fue instantánea y lo cogió como ayudante. Junto a él trabajó en escenografías, carteles, postales.

A Waldo le encantaban sus poemas Dadá, y le presentó a Bladimir Zamora —redactor de *El Caimán Barbudo*—, con la intención de publicarlos. Efectivamente, tiempo después aparecieron en la sección «Por Primera Vez». Pero pronto se dio cuenta de que lo suyo no era la poesía, al menos, no la poesía escrita.

En un momento, Waldo fue localizado por el director de cine Fernando Pérez, que estaba preparando su segundo largometraje *Hello Hemingway*, y le quería proponer la Dirección de Arte.

Lo más asombroso es que Fernando y su familia vivían en la misma manzana, a unos 120 metros de Marzel. Marzel fue a visitarlo, y se encontró con una familia encantadora, heterodoxa y heterogénea, donde circulaba una energía espiritual muy poco común en las familias normales cubanas. Fue una noche muy agradable, y Marzel salió cautivado. Parece que también causó buena impresión, porque las visitas empezaron a ser más frecuentes.

Fernando y su familia serían luego los protagonistas de *Evidentemente comieron chocolate suizo*.

Con el paso del tiempo, cada día, Marzel tenía más claro que quería hacer cine. Había oído hablar del Cine Club SIGMA, que dirigía Tomás Piard. Se acercó a la Casa de la Cultura de Plaza. Allí dentro, el pequeño teatro funcionaba como la sede. Básicamente, la actividad habitual era como una especie de terapia colectiva. Tomás dirigía aquellas representaciones improvisadas, y los cogía a todos como actores. Era una buena descarga emocional, pero cine, se hacía poco. Allí se planificaban los rodajes que se estuvieran haciendo. Los recursos eran mínimos: dos o tres cámaras de cuerda de 16 milímetros —esas de la Segunda Guerra Mundial—, la misma cantidad de pintorescas lámparas, y lo que puntualmente se consiguiera.

En los cortos no había sonido directo, de modo que casi todos optaban por eliminar los diálogos y hacer cosas muy gestuales. La película que se usaba era positiva blanco y negro, que conseguía Tomás en los Estudios Cinematográficos del ICRT. Esos mismos estudios eran los que ayudaban en la edición, créditos y postproducción de aquellas peliculitas.

Luego de hacer carteles y seguir pensando en cine, Marzel empezó a averiguar cómo podría conseguir material para realizar una idea, que venía rumiando desde que vio un ciclo de las fabulosas animaciones de Norman McLaren. Alucinó con las barbaridades que fue capaz de hacer ese hombre, directamente en el celuloide. Y él quería hacer algo parecido a eso, tenía muchas ganas de ponerse a animar en esos rectangulitos chiquiticos, que son los fotogramas de una película de 35 mm.

Entonces, Fernando empezó a llevarle material descartado del ICAIC. Para él no significaba ningún problema, y empezó a traerle rollos variopintos —también cola blanca, tan útil—. Se construyó una mesa de luz y la puso en su cuarto. Las primeras pintadas fueron muy básicas, de inmediato se le disparó la imaginación y decidió que agotaría todas las posibilidades que hubiera, inventándose los métodos y las plantillas adecuadas para cada cosa. Así se pasó un año completo para realizar —en su tiempo libre— todo el material bruto para once minutos. Se llamaría «A Norman Mclaren», tal cual. La música elegida —una versión electrónica de Egberto Gismonti de *Trem Caipira*, de Heitor Villalobos—, sería la que marcaría todos los tiempos y tempos de las imágenes. Cronometró minuciosamente la música y tradujo los lapsos en fotogramas por segundo. Tenía que ser así todo —aproximado, prefiriendo que sobraran fotogramas—, porque no tenía, ni tendría una moviola —ni había tocado una en su vida.

Sería un cortometraje abstracto, con recurrencias y guiños.

En este punto la lectura se me hace más difícil, está anocheciendo y me percato de que al manuscrito mandado por Marzel, le faltan unas páginas.

En fin, llego a lo que más me atrae, a *Evidentemente comieron chocolate suizo*.

Marzel continúa diciendo que no quería imitar a Tomás Piard, sino a Godard y Almodóvar. Quería hacer una comedia bien loca. En casa de los Pérez Royero se embullaron con la idea, y serían ellos mismos los actores; y la propia casa, una de las locaciones importantes. Sabiendo ya los actores principales, inventaron los personajes, pero aún no tenían idea de la historia. En esta película quería crear un contraste, que creara el efecto Brecht, que en principio es hilarante. Amaury Pérez le permitiría usar un trozo —así tal cual— de su disco más reciente: *Estaciones de vidrio*.

Poco a poco fueron moldeando el guion, así como las justificaciones posmodernas, que sostendrían ese experimento, donde el texto no sería más que una excusa para loquear. Un buen día, Marzel rotuló a mano un único guion colectivo, de páginas enormes, porque se trataba de las partes traseras de un montón de carteles de MAYOHUACÁN, que tenía por ahí. Enrique Pineda Barnet se río muchísimo el día que lo vio y leyó.

Fernando Pérez viajaba mucho por el mundo con sus películas, y siempre traía tabletas de chocolate y bombones para complacer a su familia —y por extensión, a Marzel—. Él acababa de llegar de no sé dónde, y Marzel fue a visitarlos. Cuando entró vio de casualidad en el suelo un papelito dorado, muy típico de envolver bombones, que había caído ahí por accidente. Marzel lo señaló y le dijo a Mayda: *Evidentemente comieron chocolate suizo*. En ese momento, le dio un ataque de risa contagiosa, y tuvo la certeza de que ese debía ser el título adecuado.

Como el personaje de Susanita Pérez iba a ser sacudido por el cuello durante toda la película por su *partenaire* Henry Pacheco, ella se preparó para eso, haciendo con disciplina mucha gimnasia de cuello. La Bebé Pérez sería la protagonista de la historia, y se reveló desde el primer instante como la extraordinaria e instintiva actriz que es. Mayda era tan divinamente explosiva, que a veces había que bajarle un poco el tono.

Se incorporó gente del Cine Club para conformar el equipo, y esos rodajes se extendieron durante meses, porque solo podían hacerlos durante los fines de semana.

Iluminaban con una lámpara del Cine Club y lo que apareciera. En su casa rodaron el baño y la verja que da a la calle. La mansión del Personaje Siniestro —Enrique— era la UNEAC.

La sangre de Henry —cuando Bebé le clava el tenedor en la espalda— era tinta azul, porque total, la peli era en B/N. Mucho entusiasmo y gozadera en esos rodajes, muy buena energía, muchas ganas de hacerlo. Se notaba la felicidad.

Anochece, no puedo seguir leyendo, salgo caminando para mi casa.

En el trayecto comienzo a pensar en el pasado del cine cubano, en el presente, en el futuro, en mi futuro. Ahora no existe ni 35mm, ni 16 mm, ni positivo, ni negativo. Ahora solo se habla de pan y pescado. Antes era tan artesanal, tan real, poder tocar el celuloide, olerlo...

El cine cubano sería diferente si Marzel se hubiese quedado. Cuántas películas nos perdimos.

Llego a casa y preparo comida para mí, para la perra y para la vieja.

Comiendo, sigo leyendo.

En este momento del manuscrito, en la página 22, hay varios párrafos tachados con creyón negro. Agarro el papel y lo pego al bombillo. Pero no logro leer más. Hay un salto en el escrito.

Creo que ahora habla de *La ballena es buena*.

Le rondaba por la cabeza como representar en el cine *la Nada,* que no es lo mismo que el vacío. Y suponía que la cosa iba por quitarle significados al discurso. O sea, no hablar nunca de algo concreto, sino reducir la expresión a lo puramente formal, al arte por el arte. Y ahí tenía ante sí, su aburrida calle, donde no pasaba nada, salvo cotidianidades, tonterías, la nada. Filmaría su calle una tarde de domingo, y la música ya la encontraría. Él mismo haría la cámara en mano, y hubo de aclararse bien sobre cómo la haría. No era de gran interés documentar lo que se viera y sucediera, sino jugar con la cámara; y se inventó el personaje del curioso que se acerca a todo, que cambia de parecer, como si siguiera una extraña coreografía, o estuviera borracho, o medio loco. Se lanzó a la calle y se dejó llevar, como la escritura automática.

A todas estas, me quedo con una duda: ¿Dónde acabó de editar *Evidentemente comieron chocolate suizo?* ¿Qué pasó con esto?

Estoy cansado, no puedo seguir leyendo, dejo el manuscrito en el suelo y me quedo dormido.

Amanece, y lo primero que veo es a mi perra *Yadira* acostada a mi lado. Busco los papeles en el suelo y los encuentro con la tinta corrida. La perra se ha orinado arriba de los papeles.

¿Y ahora qué me hago, Dios mío? ¿Cómo le digo a Fernando? Saco para el patio los papeles y los cuelgo bajo el sol. Pero nada se salva.

Prendo un tabaco, vencido me tiro en una silla, y viendo el humo subir, siento lo frágil que es la vida. Sobre todo, la vida del artista. Como en un santiamén puede desaparecer todo: un manuscrito, las copias de una película. Y a nadie le importa. La gente en la calle tiene otras preocupaciones: la comida, el vestir.

Me siento culpable. He sido partícipe de borrar un tin más a Marzel de la faz de la tierra. Con una cosa tan tonta, como dejar en el suelo sus papeles, lo he jodido. Como los que acabaron con su película.

Después de darle el almuerzo a mi madre, llamo a casa de Fernando y no sale nadie. A las cuatro de la tarde había una reunión de jóvenes cineastas cubanos en la sala «Terence Piard», y fui caminando para allá con la esperanza de encontrarme con Fernando. No tenía ni idea de lo que le diría. En la entrada me encuentro a Ray, que me dice que Fernando está de viaje. ¡Qué suerte! Aplazo el mal rato.

En la reunión, mirando a mí alrededor extrañé a mucha gente. Gente que ya no está. Salí corriendo, me conecté y traté de ponerme en contacto con Marzel, al que no conozco personalmente, pero al que ya siento cercano.

Para mi sorpresa, Marzel me respondió enseguida y me llamó. Hablamos un rato y me dijo que no cogiera lucha con lo de los papeles. Me pareció muy zen. Le hice mil preguntas, pero Marzel me daba largas. Quería hablar de otras cosas. Me hizo una pregunta varias veces, que no supe cómo responderle. Una pregunta rara: «¿Cómo están las salamandras?».

Yo que no soy nada zen, le volví a insistir, le conté mi molestia con lo que pasaba en el país con su obra. Y entonces, al santiaguero se le fue todo lo zen y me retó: «Oye, yo no soy ni una víctima, ni un marginal, yo soy una puta burguesa, que no es rica, pero que vive bien». No quería tristeza, ni nada de eso de exilio, para él no estar en Cuba había sido una bendición.

Colgamos.

Perdido, regreso caminando a la casa. ¿Y ahora qué?

El domingo por la mañana me despierta el timbre insistente del teléfono. Medio dormido, respondo, es Marzel, está agitado, feliz, al parecer, por obra de la casualidad, un pequeño agricultor de Bauta, llamado Rosendo Gutiérrez, se encontró el ultimo rollo de *Evidentemente comieron chocolate suizo*, entre las cosas de una sobrina. Una sobrina que ahora está muerta, pero que antes trabajó en el telecine del ICAIC, y, al parecer, había robado parte del material.

Marzel me mandó a salir inmediatamente para allá. Antes que llegaran «los otros».

Me pongo un pulóver, agarro la billetera y salgo para 23. Montado en la guagua volví a recuperar la fe. Llego a casa del guajiro, agarro la lata, la llevo a casa de una prima, por si acaso. La escondo. Y llamo a cuanto joven realizador se me ocurra. También llamo a José Luis. ¡Ha aparecido! Unos pocos minutos. Pero algo es algo. Al fin los cubanos vamos a poder ver *Evidentemente comieron chocolate suizo*. El martes, Medina nos va a dejar usar el viejo proyector del cine El Mégano.

El lunes me lo paso comiéndome las uñas. Estoy loco por ver ese último rollo. Y que los jóvenes lo vean.

Asustado, cambio la lata de lugar varias veces.

El martes llego temprano a El Mégano y con el jorobado proyeccionista preparamos todo. Ya son las dos de la tarde y estoy esperando en la puerta. No llega nadie. Ni José Luis, ni los jóvenes. En la calle hay un rumor, al parecer sacaron pollo en La Época.

Entro, decepcionado, solo, y me siento en esa sala desolada que huele a moho.

Se hace la luz.

FIN

Para los curiosos les dejo la filmografía de Manuel Ramón Marcel Rodés:

En Cuba:

- *A Norman Mc Laren*
  (35 mm, color, 11 min, animación, 1990, independiente ICAIC).
- *Evidentemente comieron chocolate suizo* (último rollo).
  (16 mm, B/N, 14 min, ficción, 1991, independiente).
  La ballena es buena
  (16 mm, B/N, 13 min, documental, 1991, independiente).
- *La pasión de Juana De Hardcore*
  (16 mm, B/N, 7 min, ficción, 1991, EICTV).
- *Primavera 92*
  (Video UMATIC, color, 12 min, documental, 1992, EICTV).
- *Et Alors...* (Dentro del programa Nosotros Cubanos, para la TV francesa).
  (video BETACAM, color, 10 min, documental, 1992).
- *La ballena es mejor*
  (16 mm, color, 10 min, documental, 1993, independiente EICTV).
- *Chao Sarah*
  (35 mm, color, 13 min, ficción, 1993, EICTV).
- *Marzel... A Spinetta*
  (35 mm, color, 8 min, ego-clip, 1994, ICAIC).

SPOT DEL 16 FESTIVAL INTERNACIONAL DEL NUEVO CINE LATINOAMERICANO

(35 mm, color, 1 min, animación, 1994, ICAIC).

SPOTS DEL 17 FESTIVAL INTERNACIONAL DEL NUEVO CINE LATINOAMERICANO

Versión cine (35 mm, color, 2 min, ficción musical, 1995, ICAIC).
Versión TV (35 mm-video BETACAM, color, 1 min, ficción musical, 1995, ICAIC).

GUIONES SIN RODAR:

- *Nos vemos en Atlanta* (mediometraje, 1992).
  TI (largometraje, 1994).

EN ESPAÑA:

- *Material para fanáticos*
  (Estrenado en internet sin postproducción. Es una descarga con Santiago Feliú en un ático de Vigo. Fue rodado con dos cámaras distintas simultáneas. La descarga duró 9 horas que yo comprimí en 1. Está bien bueno; fue un enorme éxito internetero). (video, color, 59 min, documental, aproximadamente 2010, independiente).
- *22 videítos*
  rodados con mi Handycam y editados en mi Premiere. La mayoría son documentales espontáneos sobre gente cercana; algunos son para arrastrarse de la risa. Hay también un videoclip y una ficción de 3 min llamada *Fulanito de tal*. Los estrenaba periódicamente en una WEBLOG que tuve y ya no existe. Conservo los videítos en DVD.
  (Video, color, entre 3 y 12 min, documental y ficción, aproximadamente entre 2011 y 2014, independientes).
- *Last Christmas I Gave You My Heart*
  (Digital HD, color, 29 min, ficción, 2014, independiente Besafilms).

- *Carne sospechosa* —aún en postproducción—.
  (Digital HD, color, 17 min, ficción, 2019, independiente).

Guiones sin rodar:

- *Paranoias Luly*
  (largometraje, 2000).
- *Código naranja*
  (largometraje, 2003).
- *¿Te aburres, gatito?*
  (Largometraje, aún muy verde, 2005).

SIETE TEXTOS YUGOSLAVOS SOBRE UN GATO BLANCO

Son las siete y media de la mañana, en el desayuno de un hotel de Novi Sad, en Serbia. La francesa tiene treinta años y tiene tremendo *jet lag*, porque acaba de regresar de Japón. La francesa es una mujer atractiva, misteriosa, con una piel oscura, y un encanto de antes. Pero, lo esencial, la francesa es importante. Es la tipa. Es una de las mejores productoras del cine francés.

El restaurante está vacío y estoy solo en una mesa. La tipa me pregunta si se puede sentar conmigo. Empieza el reto. No sé por qué, pero me interesa marcarla, quiero que se acuerde de mí, en su mente están conversaciones recientes con Polanski, Xavier Dolan, incluso Godard. Y yo lo que más quiero, en este martes, a esta hora, es marcarla. Que sepa que el cine cubano no está muerto. Que seguimos en la lucha. Luego de tres o cuatro preguntas y respuestas acerca de los guiones, la producción, la amiga me empieza a hablar de su vida privada. En un momento, levanta los brazos y se recoge el pelo. Estoy embriagado. Su belleza e inteligencia me van ganando. Me da un poco de entrada. Cuando le voy a caer, de repente, suena el teléfono: una llamada en WhatsApp. Una llamada de Cremata, desde Estados Unidos. ¿Qué hora es allá? ¿Qué hace despierto? ¿Por qué me llama ahora? Justo ahora. No sé qué hacer. Pero bueno, la cosa es que levanto mi dedo índice, pido disculpas y cojo la llamada. Cremata está contento o alterado. No me doy cuenta. Le respondo sin prestarle atención. Mi mente está en dos cosas: viendo cómo la francesa acaba de desayunar y se despide lentamente, y tratando de descifrar lo que me dice Cremata. Bueno. La francesa se va. Ya. No hay conflicto. Atiendo a Cremata. Me empieza a hablar de un amigo suyo al que debo conocer. En fin, me relajo. Me da alegría hablar con Cremata.

Desde hace días he empezado a escribir varias veces un texto sobre él. Pero es difícil. No sé porqué me cuesta tanto. La primera versión era una especie de carta, donde le pedía disculpas por las cosas que pasaron antes de su partida de Cuba y por no haberlo ayudado más. No sé por qué no lo defendí más, no sé si fue por miedo, pero me quedé callado. Ese texto no me llevó a ningún lado. El segundo, era sobre la infancia de Cremata y decía:

Una casa habanera, un domingo por la tarde. Abuela, mamá, papá, hermano, las tías, los primos. Un mantel blanco, la vajilla familiar, abundante comida criolla, todos a la mesa. Los grandes ventanales dejan entrar la luz y un poco de brisa cálida con olor a mar.

El niño Juan Carlos juega con la comida y no se imagina la cantidad de problemas y tristezas que le esperan. No hay una señal clara, no hay una alerta a descifrar, el porvenir es un misterio.

Pero el niño tiene un ángel, un ángel que lo cuida y lo va a ayudar a salir de cada hueco que aparezca en el camino.

Y lo va a necesitar, porque en su caso, la tragedia no va a tocar una sola vez a su puerta, enfurecida golpeará la madera varias veces, y toque a toque tratará de menguarlo.

Lleno de dolor y abatido, Juan Carlos tendrá que encontrar la manera de seguir de pie, y para no convertirse en un cuero duro, utilizará varias máscaras a manera de escudo.

Lo bueno es que el niño tiene un secreto, una especie de don que le permite viajar, volar y olvidarse así de la realidad que lo rodea. El niño Juan Carlos crea historias y muchas veces va a tener la fuerza y la ayuda para convertirlas en realidad.

Este texto tampoco me acabó de cuadrar. No sé porque se me hacía tan difícil escribir sobre Juan Carlos. Pero la realidad me lo volvía a poner delante. Cremata seguía apareciendo. En la llamada empezamos a hablar de cosas de la vida, de Cuba, de algunas películas cubanas recientes que ha visto. Películas que no nos gustan.

Es un tipo muy gracioso. No para de hacer chistes.

Cerramos la conversación, le comento que quiero escribir algo sobre él, y Juan Carlos me deja claro que él está tranquilo, feliz, y en algún momento, como quien no quiere la cosa, me dice que las cenizas de su madre están esperando por él. En La Habana, en Cuba.

Las cenizas de la madre esperando por el hijo.

Las cenizas… de la madre… esperando… por el hijo.

Y pienso, que en algún lugar del Canal del Cerrro, hay un abusador, que de alguna manera también es culpable de que Cremata aún hoy no pueda despedir a su madre. Las cenizas… de la madre.

Un abusador, que ni sabe de cine, y que seguramente con indolencia, se rasca los huevos.

También pienso en el tal Arthur González ese, nombre inventado, máscara que esconde a algún miedoso, que también, sintiéndose vencedor, anda rascándose los huevos por ahí.

Cuelgo y me digo: cojones, Cremata es como un gato. Un gato blanco de siete vidas. Qué fuerza tiene.

Salgo a dar un paseo por Novi Sad y a pensar en este país que ya no existe. Y hablo de Yugoslavia, no de Cuba. Este país que fue dividido en pedacitos. Y pienso en Cremata, en Marzel, en Zayas, en Acosta. Y en la gente de mi generación. Tanta gente que está afuera. Dispersa. Y como todos tenemos un pedacito de Cuba en nosotros.

Entonces comienzo un nuevo texto:

Creo que uno de los mayores pecados que podemos cometer es ser indiferentes, o inventarnos un cuento en la cabeza para no tener que enfrentarnos a la dura realidad.

Hace días, dos intelectuales, heterosexuales, cubanos, conversaban parados en la acera de un organismo cultural. Uno de ellos, el mayor, le contaba al más joven la historia de un intelectual homosexual de provincia que había fallecido hacía poco, según él, a causa de los estragos del alcohol en su hígado y de la mala vida que llevaba con los efebos.

Yo sabía de quién hablaban, yo conocía al muerto, pero lo que más me causaba curiosidad era, cómo, por el tono y los movimientos corporales, el viejo quería culpar al fallecido de todo lo malo que le había ocurrido en la vida. El viejo creía que la historia había comenzado en el momento en que el muerto, en su provincia natal, había sido culpado de ser homosexual y por esto le habían hecho la vida un yogur. Su fallo, decía el viejo, era que no le había dado un bofetón al que lo desenmascaró, por esto le habían cogido la baja y había tenido que salir huyendo a La Habana, donde trabajó en una revistica de mierda hasta que murió. El muerto nunca pudo levantar cabeza.

En la mente de este viejo intelectual cubano, todo se hubiera resuelto con un bofetón, con un acto violento. Y pensé, coño, qué jodido tener que vivir en un país así.

En su charla, el viejo intelectual no se refirió, ni se acercó, a lo que realmente había matado poco a poco al sujeto de su cuento. No habló de la crisis, ni de cómo lo fueron echando a un lado, ni de la censura, ni de la prisión.

Qué jodido es que un artista no tenga la capacidad de levantar el dedo, mirar hacia arriba y culpar al fuerte, al abusador, al censor. Siempre es más fácil culpar al débil, al individuo. A lo mejor me equivoco y la cosa es peor, a lo mejor el viejo intelectual a cambio de un poco de gasolina, una merienda en un cóctel, o la publicación de uno de sus libros, esconde la verdad y prefiere hacerse el bobo, el loco, para mantener esas nimiedades.

Cualquiera de las dos son situaciones bien jodidas. Ese momento que presencié me hizo pensar mucho en los últimos días de Juan Carlos en la isla. Recordé cómo muchos lo defendieron y trataron de ayudar, pero también me acordé cómo otros muchos lo único que hacían fue centrar el problema en él, en Cremata.

En aquella época no paraba de escuchar: el problema es que Cremata es muy llamativo, le gusta llamar la atención, ser el centro. Cremata está jodiendo al grupo de cineastas. Hay que salvar al grupo de cineastas, para lograr la ley de cine, y no podemos permitir que un loco extravagante joda todo esto. Y hoy, también me arrepiento de no haber enfrentado a esa gente, a pesar de que yo pensaba algo distinto, como buen carnero degollado asentía y evitaba un problema.

Me acuerdo de uno de los últimos días que lo vi, Juan Carlos estaba con su hija en el teatro Bertold Brecht, vestidito de blanco, con su sombrero y sus gafas, como siempre. Y parecía un bombero de Chernobyl, era radioactivo, nadie quería acercarse ni siquiera a saludar. El miedo era ser tomado por un «enemigo del estado», por el hecho tan solo de saludarlo. Y confieso que lo saludé con miedo. Soy un tonto.

El hecho de que se largara y no tener que verlo por acá, les trajo mucha tranquilidad a algunos. Cuando no se ve el pecado, el horror de lo que le pasó, no hay que acordarse de eso y uno puede seguir para adelante. Seguir en los cócteles grises, conversando de películas que no tienen ningún valor. En fin.

Me acuerdo, cómo un «amigo» que estaba «tratando de ayudar», me invitó a abandonar el país en los días del festival de cine de La Habana, en que habían censurado mi película.

Mi texto creció y siguió así:

Coño, Crema, uno no sabe lo que tiene hasta que lo pierde. Qué manera de extrañarte. Extrañar la fuerza inspiradora esa que tienes. Extrañar cómo andabas en tu Lada blanco buscando cosas para tus próximas películas, para las obras de teatro. Me acuerdo un día que me diste botella y andabas buscando unos juguetes en la tienda del costado de Galerías Paseo. Y te pregunté, coño, asere, y esas cosas no las hace el departamento de arte. Y ni sé qué me respondiste. Tú tenías fuerza para hacer cada cosita por ti mismo y mucho más. Como los nadadores, que cuando nadaban con Michael Phelps, este los tiraba para adelante y los inspiraba. Ya en Cuba no hay nadie así. A quien seguir.

Crema, La Habana está de pinga. Mano, que aburrida está La Habana. El domingo pasado, para no volverme loco, luego de una semana sin querer salir de casa, agarré bajo un sol abrazador por la calle 23 rumbo al puente. Es como si estuviera en el escenario de una película de catástrofe, pero de una película de catástrofe en un pueblo árido de provincias, lleno de un aire cargado, un aire cálido y naranja. En la calle no había nadie. En una esquina, cuidando un edificio destruido, había un custodio, medio calvo, que no paraba de pasarse un peine de plástico por los pocos pelos que le quedaban. El custodio se peinaba y se volvía a peinar. Ese gesto, que luego de una vez, era innecesario; levantó mi curiosidad. ¿Y si a eso estábamos destinados? A hacer un gesto inútil y repetirlo hasta la saciedad, hasta que llegue la hora de morir. ¿Y si la función del hombre en este mundo es esa? Hacer algo inútil. Hacer algo que llene el tiempo. Me pareció curioso, seguí caminando, y en la esquina de 4, vi a una chica, gordita, morena, tirada en un mueble, cansada, hastiada, con la mirada perdida. Esa fue la señal, la confirmación. Lo único que me faltaba era encontrar ese gesto, esa acción inútil, la mía, la que llenaría mis días.

Claro ese gesto inútil, no podía hacerle la vida más difícil a nadie. Era un gesto para mí.

Y después de mucho pensar, di con la acción. Ya había tomado la decisión de que no iba a salir más de mi casa. En el patio del fondo encontré mi oasis. Estaba en el medio de una ciudad que ya no reconocía como mía, que estaba invadida por una serie de seres a los que no entendía, ni sabía qué querían.

Pero mi patio, era como si no estuviese en esa ciudad, desde allí no se veía La Habana.

En fin, mi gesto, mi acción, iba a ser estirar la mano y agarrar el respaldar de una vieja silla de hierro. Cada dos segundos, mientras fumaba o me tomaba un café, estiraba la mano y tocaba el respaldar de la silla. Una y otra vez. Y así, pasaba el tiempo.

Me quedaba una esperanza, escribir algunos textos y esperar a ver cuál de los seis guiones que tengo, se convierte en película algún día. Pero luego, en la noche, me vino una imagen. Me imaginé el mundo en el año 2090, un mundo destruido, sin seres humanos, donde los extraterrestres no tienen un formato, ni un equipo para ver las películas que sí se salvaron. Pensando que alguna de las mías lo hiciera, no había cómo verla. ¿Entonces para qué hacemos todo esto?

El cine es algo tan bello, pero trae tantos dolores de cabeza ¿Vale la pena?

En fin, regreso al hotel caminando por un terreno árido y ya no me siento en Novi Sad, ni en Serbia, ni en la antigua Yugoslavia; siento que ando caminando por una calle de La Habana. Y pienso en cómo nos convertimos en cómplices de tantas malas cosas. Pienso que Cuba no existe. Quizá nunca existió. Lo que sí existió fue gente linda, creativa, distinta, que le daba un sabor diferente a esa rara manigua. Y a todos, poco a poco, los dejamos ir. Los dejamos morir. Los malos ganaron. Los grises. Los feos. Los que no tienen nada de imaginación. El lado oscuro le ganó a la claridad. Y eso lo sabemos todos. Unos, nos colgamos cascabeles en el bolso y tratamos de que no nos apaguen la luz. Otros, disimulan y sonríen esperando a ver cómo acabará la película.

Sé que me faltan por ver los mejores trabajos de Cremata. Sé que vienen cosas buenas. Sé que, aunque muchos lo creen, este no es el fin. Y aunque la francesa estaba bella, esta noche, si se me da, no me la voy a meter. ¿Dónde estaba la gente del Festival de Cannes, los productores franceses, los distribuidores? ¿Cómo nos ayudaron? Nos dejaron solos. Solos con la bestia.

Nada. Lo dejo. No puedo escribir más. Me siento a tomar un café y a esperar la próxima llamada de Cremata. O el próximo recuerdo de Virgilio. O la aparición repentina de una foto de Lezama. Así, como si nada, sé que, en el momento menos esperado, mientras amo, como, o camino con la cabeza en otro lado, ahí habrá un llamado de atención, que me recordará las injusticias que se han cometido.

Y sé que no solo me pasa a mí. Pero no sé por qué extraña razón, no hacemos nada al respecto.

LOS PORNÓGRAFOS

Todo está filmado con una cámara de video de muy baja calidad, que al mismo tiempo le da una belleza distinta a la imagen. Un viejo carro ruso. Dos muchachas, una morena y otra mestiza, en el asiento trasero. Por la ventanilla pasa el campo cubano a alta velocidad. Manigua, manigua, matorral, matorral. El sonido es terrible, pero se escucha a lo lejos una canción de esas que sirven para llorar. Se intuyen dos hombres en los asientos delanteros, el chofer y el fotógrafo. Las muchachas miran en silencio. Parecen avergonzarse de algo. Un corte. Ahora el carro está detenido. La puerta trasera del vehículo está abierta y la morena está afuera, agachada, orinando en la yerba. Una yerba amarillenta y seca. En el fondo aparece la mestiza, tiene un aire lejano, como si fuera una nativa de 1492. La mestiza comienza a hacer muecas y mueve la cintura. Otro corte. Estamos en una especie de laguna o charca de aguas verdosas. Las muchachas ya no tienen ropa. La mestiza nada de un lado al otro con suavidad. La morena se acomoda con trabajo sobre una roca y con una cara de tragedia tremenda abre sus piernas flacas. Su sexo es prominente y está afeitado. La mestiza se acerca y empieza a pasarle la lengua por la entrepierna. La cámara se centra en la mamada y luego sube a la cara de la morena. Al parecer el fotógrafo le dice algo, que sonría. Apenada, y sin hacerle mucha gracia, la morena sonríe. La mestiza la sigue trabajando con esmero. Un nuevo corte. Por primera vez aparece un hombre, mulato, fuerte, mucho mayor que las chicas. El hombre está con el agua al pecho, desnudo, con una lata de cerveza en la mano y parece que tiene el rabo parado. La mestiza se desliza suavemente por el agua, abre las piernas y se engancha sobre el hombre. Empiezan a moverse con placidez y constancia. Unas pequeñas olas se forman alrededor de la pareja. La cámara panea y la morena, aún en la roca, saca la lengua queriendo ser sexy. Pero no lo logra. Todo está filmado con una distancia y un extrañamiento que, como cineasta que soy, me hace envidiar toda la puesta en escena. Ahora aparece un segundo hombre, más delgado, con los brazos tatuados, penetrando a la morena que con trabajo se ha ubicado en posición de gatica sobre las rocas. El flaco le da con fuerza y estira la boca como si estuviese soplando. La cámara enfoca al lado derecho y vemos a la mestiza recogerse el pelo. Sus axilas a medio afeitar. Mira a cámara. Nos retiene la mirada. Una mirada triste. La misma mirada que, quizá, tengan su madre o su padre. Padres que son campesinos. Campesinos con la piel curtida por el sol. Todo el video está lleno de pieles que no han podido ser cuidadas. Pieles que viven de sol a sol. Un cuadro azul. El agua se pixela. Los píxeles parecen formar un rostro. ¿El rostro de un héroe? A lo mejor es una especie de presagio. Quizá en estas mismas aguas hace siglos lavaron el cuerpo inerte de algún héroe de la patria.

Se reinicia la imagen y ahora vemos al mulato fuerte con la morena enganchada y la mestiza a su espalda abrazándolos. Los tres, como un flotador inflable, dejándose llevar por la corriente del agua. Corte. Las dos muchachas le hacen sexo oral al mulato. Sus bocas suben y bajan con suavidad por el miembro del tipo. A lo lejos, entre las cabecitas, vemos que el sol se está poniendo. El sol se pone y la imagen es rojiza. El reflejo naranja en el agua. Sin previo aviso se acaba el sexo. Oscurece en la laguna. Solo vemos los contornos de las dos muchachas y uno de los hombres. Nadan. Ese anochecer no solo tiene una fuerza en la naturaleza, por alguna razón sabemos que para estos seres también anochece.

El video acaba. Ya no hay imagen ni sonido. Me pregunto qué pasa después. Seguro que se vuelven a montar en el viejo carro ruso y se marchan. A lo mejor, se detienen en algún puestecito de la carretera para tomarse unas cervezas. Quizá no. Total. Ya lo que iban a hacer, lo hicieron. Me imagino a las muchachas regresando a sus casas. Casas en algún pueblo del Oriente —no sé por qué pienso que todo tiene lugar en un pueblo perdido—. Las dos, ahora con el ánimo un poco más desinflado, de vuelta a la cotidianidad. No sé si los hombres les pagaron, o ellas lo hicieron por diversión. Pero la diversión no se les notó en ningún momento. El documento parecía más una película del Discovery Channel sobre el apareamiento de ese animal que es el ser humano.

Me imagino el pueblo de la morena y la mestiza como la locación árida de un *western*. Un lugar como

Banes. Donde el calor ahoga y los pocos pobladores que se atreven a salir, se refugian en los portales. Un lugar donde no hay ni dónde comprarse un refresco. Esa zona ha dado mucha gente conocida y esto, a veces, merece un castigo. A lo mejor, al amanecer, la morena y la mestiza se refugian en un lugar abandonado y cubren las ventanas con cartones y periódicos viejos. Para evadirse, al tiempo que toman ron malo y se olvidan de si es de día o de noche. Sin pensar si es lunes o viernes. A la espera. Aguardando que llegue alguien de afuera. Alguien que les pueda contar cómo es la vida en otro lado. Una vieja amiga, que se casó con un extranjero, y ahora regresa cojeando, con una muleta.

Se me olvidó decir que, en un momento, en el agua de la laguna, en la oscuridad, se vio flotar una lata de cerveza. Esa lata, tirada con soberbia al agua, era lo único que probaba que habían estado allí. Esa laguna había visto cientos de millones de atardeceres y todavía le quedaban miles de millones de anocheceres más; y una lata era la única prueba de que esas personitas habían estado ahí.

Sé que a pesar de que este video es mucho más hermoso que muchas de las películas cubanas de los últimos tiempos, sospecho que los hombres que lo filmaron no tenían ninguna intención estética. Querían mostrar que se habían divertido. Que habían hecho algo diferente. A pesar de vivir en un país del Tercer Mundo, en crisis, estos seres querían demostrar que ellos también se divertían e, incluso, que vivían a una velocidad distinta a la del resto de la gente del pueblo. Ellos sí eran unos locos.

Pienso en la juventud cubana y en cómo a veces muchos, con tal de pasar un rato, son capaces de lo que sea. Y, ojo, que no me interesa hacer ninguna anotación moral. La peliculita es bella por sí misma.

Hace unos años, en una laguna como la del video, también en el Oriente de la isla, coincidí con un muchacho, que era un guía autodidacta que, a escondidas de la policía, cobraba por indicar a los turistas nacionales un camino más corto hasta las cascadas. El muchacho nos brindó langosta, pescado, tostones. Él subía y bajaba al pueblo cuantas veces fuera necesario, para que los campistas pudieran disfrutar en calma. En un momento, después del almuerzo, le pregunté por su futuro. El muchacho me contó que la policía quería tirar una roca inmensa sobre la cascada para secar la laguna. Así acabarían con los jóvenes como él, que se ganaban unos pesos sirviendo de guía.

Aquello no me lo creía, cómo iban a acabar con el fluir de un agua clara y natural, solamente para impedir que los vecinos de la zona se ganen unos pesos. Pues es así, me dijo. Luego, me contó que su madre estaba presa, porque le había dado candela a su padrastro. Al parecer, la madre estaba viviendo con su marido en una cabaña en el medio del campo y se morían de aburrimiento. La señora sufría de una especie de angustia, que no la dejaba dormir bien. En una de esas noches en vela, la señora logró recuperar el sueño y, entonces, tuvo una pesadilla terrible en la que ella le daba candela a su marido.

A la mañana siguiente, la madre del muchacho le contó al padrastro lo que había soñado, y el hombre, que se dedicaba a chapear la yerba de un centro de elaboración, le dijo que se iba a comprar un pomo de ron, porque si ella había soñado eso, él se iba a sentar en el portal del bohío a emborracharse hasta que ella lo quemara.

Y así fue, él, tranquilo empezó a tomar y ella, como quien prende una luz, lo roció con luz brillante y le dio candela. Dice el muchacho, que el padrastro ardía en llamas y no dejaba de mirar a la mujer. Lo tuve que parar, ese cuento no podía ser cierto, no era posible. No tenía sentido. El guía me juró que sí, así había sido. El padrastro estaba tan caliente cuando lo montaron en el jeep para bajarlo al policlínico, que se hundió en el asiento de plástico. Todavía hoy hay un hueco negro en la silla del vehículo. ¿Pero, por qué se dejó quemar? Pregunté. El guía me respondió, que a veces, en esa zona el aburrimiento es tan grande, que con tal de que pase algo, la gente hace lo que sea. Da igual si es bueno o malo. Lo importante es que acabe de pasar algo. La gente necesita una salida a tanto ahogo.

Ese cuentecito y la peliculita tienen algo en común, que ahora mismo no soy capaz de vislumbrar. Yo vivo en la ciudad, y, aunque a veces me venza el pesimismo, sé que soy un privilegiado. Pero igual a ratos también me ahogo, y entonces lo que hago es fumarme dos tabacos seguidos, o voy al refrigerador y me lleno la boca de mil cosas asquerosas. Mastico y mastico y así trato de calmarme. Pero en algunas zonas, en situaciones puntuales, o en medio de dramas personales, debe de ser difícil vencer la ansiedad. Si no hay tabaco, ni comida, no sé.

En mi barrio, en el medio del Vedado, los socios, cuando llevan varios días sin sexo, necesitan meterse en problemas, fajarse un poco, darse unos golpes y así soltar lo que tienen dentro. Todo no puede ser una olla de presión cerrada. Hay que sacar eso de alguna manera.

La música, los viajes, la lectura, el buen cine ayudan. Pero en un país en crisis esto en ocasiones parece inalcanzable. Acá, a veces la música de fondo, en las aglomeraciones multitudinarias sirve para que se escapé por ahí una galleta, un tin más acá una puñalada. Accidentes de avión, choques de carro, fenómenos de la naturaleza que destruyen barrios enteros, parecen ser como señales de un más allá. Señales, o simplemente la manera que encuentra la naturaleza de liberar la presión. Una presión insoportable.

Por estos tiempos la gente ha perdido la ética con respecto a lo que se filma. Como cada persona tiene un celular, cada ser humano es un reportero. En el accidente del avión los que filmaban no ayudaban. En los choques de carros los que filman solo quieren subirlos a las redes, enseñarlos. Y a la gente le encanta ver esto. No sé por qué. Será que, como hemos estado aislados por tanto tiempo, compartir en las redes, incluso las catástrofes, es una manera de sentirse parte de algo.

Hemos estado tan encerrados que las referencias que nos llegan vienen con un retraso y un error cíclico. En mi cuadra un día escuché este diálogo: «Asere, Braulio Boca Chula tiene ocho gigas de machetazos». Esto me llenó de dudas. ¿Cómo se llenan ocho gigas de fotos y videos de machetazos? Eso es mucho material. Eso es mucha sangre.

Yo no llego a tanto. Yo solo busco las fotos y los videos del porno cubano. El porno cubano tiene una naturalidad y una cultura propia, a diferencia del porno profesional, bien cuidado e iluminado. Los actuantes cubanos tienen una verdad en el rostro. Una especie de ansiedad.

Una de mis fotos favoritas de un desnudo cubano, es la de una mujer de unos treinta años, que completamente desnuda, en la sala de su casa, levanta un brazo y sonríe, como diciendo: «primo, lo máximo». En el fondo de la foto, encaramado en una silla, a punto de caerse, se ve un bebé. Es solo la captura de un momento. El momento antes de la caída.

Ni el fotógrafo, ni la modelo, ni yo, podemos salvar al niño.

BAJADA

Tengo treinta y seis años y estoy perdido. Ayer, en una fiesta, una conocida me llevó aparte y me dijo: tienes que parar, tienes una especie de ansiedad que no te va a llevar a ningún lado; y otra cosa, tienes que dejar las redes sociales. Pero ya. Esto me molestó, agarré la puerta y me fui al carajo. Caminando por G para abajo me quedé pensando: a la mujer le faltó decirme que tengo mucha rabia. Una rabia contenida. La tarde había empezado mal, yo tenía que estar a las ocho en la fiesta y había salido a las seis de mi casa. Sentado en un parque me metí casi dos horas sin nada que hacer. Mandándole mensajes a mujeres desconocidas: Hola ¿Qué haces? Luego, llegué a la fiesta y en una hora ya me había ido, molesto. Caminando G abajo sin rumbo fijo terminé encaminándome hacia el Brecht. No me gusta llegar solo a los lugares, pero necesitaba una cerveza antes de irme a dormir. En la barra no había nadie, todo el mundo estaba adentro, en el concierto. Entré. Me paré y miré a todos lados. No había ningún conocido. El lugar me parecía extraño. La gente se movía a un ritmo que desconocía. ¿Dónde estaban mis amigos? La sensación que tenía era que había mucha gente encerrada en su casa, con miedo a salir, esperando a que cambiaran las cosas. Y que un grupo de seres humanos nuevos se había adueñado de la ciudad, la disfrutaba, la conocía. Era una ciudad distinta, a la que no me habían invitado y, por ende, desconocía sus códigos. Pero esto era una construcción de mi mente, la verdad es que la mayoría de mis amigos desde hacía mucho vivía fuera, o había muerto, o ya no me hablaba.

¿Ustedes saben lo que es una cápsula del tiempo con mensaje para los jóvenes del futuro? Es algo que hacen algunos seres humanos, a veces en sus empresas o centros de trabajo, donde agarran un papel, escriben un mensaje y lo entierran o empotran en una pared, con la intención de no sacarlo en veinte, treinta años. Pues después de estar casado, tranquilo, encerrado en un hogar; cuando uno se enfrenta al divorcio y tiene que volver a la calle, uno se siente como una cápsula del tiempo que abren varios años después. Los jóvenes que escribieron el mensaje ya no están, el paisaje ha cambiado y la gente ya no es la misma. Pues así me siento en este momento.

La cabeza es traicionera y te deja caer algunas ideas que no son ciertas. La rabia no es de ahora. La ansiedad no es nueva. Desde los once o doce años ya tenía la misma ansiedad. Es como si padeciera una enfermedad que hace que me cueste vivir como una persona normal. De adolescente trataba de llenar el vacío, los días, con cualquier cosa que pasara. Era como si fuera un niño barroco, con miedo al *horror vacui*. Llenaba mis días con boberías, buscar el pan, ir al cine, llegarme a casa de mi tía. La existencia dolía y tenía que inventarme algo para aliviarla. Una especie de acontecimiento tonto que me sirviera como morfina.

Luego, pasé por varias escuelas, varios proyectos, varias mujeres; y creo recordar el pasado como un tiempo mejor. Pero la verdad es que estoy seguro de que estaba igual de ansioso y molesto. Lo que pasa es que sí, entonces tenía más gente a mi alrededor, gente que me acompañaba y me ayudaba. Gente morfina.

Dos de mis grandes amigos, que ya no viven aquí, se acercaron a sus cuarenta años estando aún en la isla. Yo todavía no llegaba a los treinta y recuerdo bromear y burlarme de ellos. Los dos, habían logrado una obra, y de alguna manera sentían que el techo ya les rozaba la cabeza. Habían llegado a un punto en el que no podían hacer más nada. El país se les había quedado chiquito y la vida continuaba. No estaban enfermos ni iban a morir. Uno de ellos me dijo: al llegar a los cuarenta la vida parece que se va a acabar, pero la muy cabrona sigue y sigue.

Bueno, la cosa es que los dos tenían que reinventarse, y lo que hicieron fue irse del país. Empezar de cero en otras tierras. Antes de partir, estaban como yo, muy presentes en las redes sociales, incómodos, tratando de darle un rumbo a sus carreras, pero de nada iba a servir eso. Tenían que pasar a lo próximo. La vida aquí se les había acabado. Uno estaba alcoholizado y usaba unas gorras muy graciosas. El otro, lo único que hacía era criticar a los ministros y a los que gobiernan desde su Facebook. Esta gente se fue y ahora no sé si son felices, no sé si siguen ansiosos; quizá tienen otro tipo de ansiedad.

Lo duro de esto es que yo no me quiero ir de mi país. Pero tampoco quiero quedarme en este país que desconozco por completo, y al que temo. Estoy viviendo encerrado y no me conviene ninguno de los caminos que me imagino. Cuando uno cursaba el preuniversitario y estaba esperando carrera universitaria, había una jerga graciosa, algo así como: «no bajó tal carrera» o «las opciones son». Pues las carreras y las opciones que me imagino para mi futuro, ninguna me acaba de cuadrar.

Ayer mismo, sobre las cuatro de la tarde, una santera amiga me llamó y me dijo que había algo muy bueno que venía para mí, y que yo no quería, pero tenía que aceptarlo. Algo en un país frío. Pero algo muy bueno. ¿A qué se refería? Es que ni yéndome de guionista de *Juego de Tronos* me iría de aquí. No quiero. Y sé que soy bruto. Y que estoy como un toro metiéndome contra una pared. Pero no quiero. Y eso que mis días en Cuba me enferman: me fumo cuatro tabacos en la mañana, tengo insomnio, tengo sexo desprotegido, exploto y me meto en broncas, siendo tremendamente cobarde. En fin, en algún momento, algo muy malo me va a pasar. Además, cuando empecé en esto, en lo del cine, tenía una identificación con el otro, con el prójimo, quería desentrañar la realidad cubana. ¿A dónde se fue esa sensación? Ya nada de eso me interesa, ya no soy tan inocente, y la patria no es la misma. ¿Qué hago aquí entonces? Envejeciendo a una velocidad vertiginosa, cansado, vencido.

Siempre se abren unas ventanas pequeñitas, que dejan entrar un poco de luz. Sin ser escritor me piden estos textos raros, que no sé cómo la gente los lee. Yo no leo nada que sea muy largo en internet. Pero bueno, quizá la gente está menos ansiosa que yo.

Tengo una amiga, cubana, que actúa como si no estuviera en Cuba, tiene montado el personaje de una burguesa bohemia europea y me habla de sus planes de mantenerse soltera, sin esposo ni hijos, viajando con una mochila por Asia, Oceanía. ¿De dónde sacará el dinero? La socia me habla de unas fiestas privadas llenas de extranjeros de embajadas, me habla de que hay que mantenerse positivo, de que hay que hacer yoga. Y la miro con admiración. Yo quisiera poder ser un poco más así. Salir a correr por malecón sin miedo a que un borracho me atropelle. Inventarme un negocio que me dé dinero para poder viajar de mochilero.

Todos los viajes que he hecho en mi vida han sido por trabajo. En esos viajes, que han sido muchos —al final soy un blanquito afortunado del Vedado—, he podido visitar a algunos de los amigos cubanos que viven fuera. Una de las visitas que más me marcó fue cuando fui a ver a un amigo mulato en un pueblito de las afueras de Oslo. El tipo estaba casado con una noruega y era el único de piel oscura en el pueblito. El lugar, para colmo de males, era bien aburrido y desde la ventana del baño de la casa uno podía ver los venaditos y las liebres pastar. Los horarios de sol, las noches largas, lo tenían loco. Luchaba con el idioma. Cuando la noruega se acostó, después de ver un partido de balonmano femenino, traté de encontrar cierta paz en la conversación con mi socio. Ansiaba con ganas que me dijera: quédate, aquí vas a estar en paz. En estas tierras frías se calma el espíritu. Pero no. El tipo no pudo abrir su corazón. No quería contarme realmente cómo era la cosa. Solo hablábamos de cositas menores, de músicos cubanos, de programas humorísticos. En un momento, el socio hace una videollamada a otro amigo, cubano también, que se pasó el resto de la noche hablando como Fidel. Lo imitaba bien.

Luego de esta visita, me monté en un tren, un tren que me iba a llevar de vuelta al aeropuerto. Me puse a pensar en que para mí sería imposible vivir en un país así, tan frío, tan distinto. Mientras me quedaba dormido, no sé por qué pensé en la película de Will Smith *Hombres de negro* y pensé en el aparatico, en el lapicero con la luz, que después de apretar un botón, te borraba la memoria. Luego, pensé en la cantidad de ideas, gestos, frases, que todos los cubanos tenemos asimilado en nuestro organismo. Situaciones, conceptos, que han ido moldeando nuestra cabeza en sesenta años de revolución. Cosas de las que no nos podemos desprender, incluso criticándolas, caemos en lo mismo. Ni lo sabemos. Nos parece normal. Y me quedo mirando por la ventanilla del tren. Afuera, por la campiña, unas noruegas fuertes, de muslos gordos, pasaban montando en bicicleta, felices, sin saber lo que me pasaba. Sin saber qué cosa es Cuba.

Y, entonces, pensé y me imaginé un tirachícharos con balines de metal, que agarro y al que estiro el dedal hasta el límite. Apunto a las piernas blancas de las europeas. Y antes de disparar, siento la rabia. De nuevo. Vuelvo a la realidad y rezo, rezo por un accidente de tren que le ponga fin a todo esto. Que romántico sería, cientos de cuerpos europeos, del primer mundo y un cubano, desconocido, sin identificar, tirado en la yerbita noruega.

CON COLINA

Estamos en un caluroso jueves de julio, en La Habana. Llego sudado y Colina, como si estuviera preparando una escena, me da órdenes: abre esa ventana, corre la silla, siéntate ahí. No nos conocemos mucho. No somos amigos. ¿Pero quién en Cuba no conoce a Enrique Colina? Tras treinta y dos años educándonos e invitándonos a amar el cine desde su programa *24 por segundo;* hasta sus más antológicas películas como *Jau, Vecinos, Estética,* ya todos lo sentimos muy cercano. Mi objetivo no es otro que hablar un poco de cine. Es una pasión que nos une y nos hace un poquito mejor la vida.

Nos tomamos un café y empezamos por el principio. Enrique Colina nace en La Habana, un 27 de abril de 1944. Desde niño vive solo con su madre, ya que su padre murió y el resto de sus familiares se había ido del país. En sus propias palabras, se define como un blanquito del Vedado, clase media baja, que vivía en 14 y Línea.

De pequeño era fan del cine de barrio, que había a dos cuadras de su casa, que se llamaba el cine Ámbar.

Allí iba dos veces a la semana. Para las matinés generalmente iban al cine Trianón, o al Rodi, o al Yara, o al 23 y 12, pero entre semana era al Ámbar. Ahí veía mucho cine del oeste y de acción norteamericano. Luego, poco a poco, vio de todo: dramas, películas de los años 30, *El ciudadano Kane*.

Fue creciendo y para cuando tenía unos quince años ya había abierto su espectro: ya veía cine de arte, italiano, francés, las rusas de Eisenstein.

Luego se va a estudiar a la Escuela de Letras. Y toda la gente que estaba con él en la Escuela de Letras iba a la Cinemateca a ver los ciclos, a conocer nuevos directores.

En un momento se decide y escribe par de críticas para el periódico *El Mundo* y es cuando lo llaman para trabajar en el ICAIC. Trabajando en el Centro de Información del Instituto de Cine, lo invitan al programa *24 por segundo*, junto a Daniel Díaz Torres, para que hablen de las películas que se estaban estrenando. Las compañeras que se ocupaban del programa no querían seguir haciéndolo, y viendo que él se desenvolvía bien, le piden que continúe. Y a partir de ese momento *24 por segundo* cae bajo su control y se convierte en su escuela nacional de cine.

Para Colina *24 por segundo* es como una universidad. Y desde temprano, se da cuenta, le queda claro, que ese aprendizaje tiene que compartirlo con la gente. Y la verdad, que lo compartió a pecho abierto. De una manera sencilla, interesante, muy criolla y, al mismo tiempo, metiéndose en las complejidades del lenguaje cinematográfico. Tantos cubanos aprendieron con él. Tanta gente empezó a ver las películas con otros ojos, más maduros, gracias a lo que nos hacía ver.

En paralelo al programa y a su labor como maestro en escuelas y universidades de todo el mundo, Enrique

Colina va haciendo su obra. Su obra que más allá del humor y los valores estéticos que logra, se convierte en una crónica de primera mano de un país.

Le pregunto de Jau, Vecinos, Estética, Yo también te haré llorar. *Quiero saber cuál prefiere. Y me dice:*

Me cuesta mucho trabajo, porque me gustan por distintas razones. Los veo y pienso que los cortos no son malos, pienso que tienen un criterio estético, una tendencia, un estilo definido y una propuesta conceptual. Tienen una impronta de autor que está asociada a la ironía, a una visión crítica un poco amarguita. Hay una variedad de cosas que me gustan en unos y en otros. No sé, hay algunos en que me gusta la cosa del protagonismo de un personaje como el del perro, a mí me gusta la historia del perro, y la del león, también. Ambos encarnan valores humanos y ansían preferiblemente la libertad al inmovilismo y a la seguridad de la domesticación. Asumen la precariedad material de vivir sin el amparo del dueño, pero preservando su autonomía.

Me cuenta que le gusta encarnar en personajes definidos y alegóricos el tema crítico social que aborda.

Por ejemplo, en el corto *Chapucerías,* el chapucero lo personifico con el Mr. Hyde, del filme *Dr. Jeckyll y Mr. Hyde*. La estructura narrativa que utilicé era el montaje que hacían los personajes realizadores del corto con la filmación de un programa de la televisión cubana, *Escriba y Lea,* en el que a los miembros del panel se les presentaba la incógnita de un personaje al que debían identificar con las preguntas que hacían al animador.

Hablamos un poco de lo inútil que es definir su obra como documental o ficción, ya que todo va mucho más allá y los límites se diluyen. Me comenta:

Todo lo que yo hago tiene ficción, lleva una preparación, cada documental tiene un guion y está construido sobre la base de una estructura narrativa ficcionada. Hay muchas escenas, muchas situaciones filmadas de manera espontánea, pero casi todas están montadas, es decir, yo hago *Vecinos* y voy y veo qué imagen hay ahí, y veo que haya alguien que bote la basura, y cojo y saco un cachorro de tigre del zoológico y lo pongo en un balcón, porque estoy hablando de gente que tiene animales.

Además me cuenta que generalmente hace una escaleta de todas las cosas que tiene que filmar. Jau *es la realidad vista a través de los ojos de un perro, hay entrevistas, imágenes de documentales etc., pero el personaje protagónico es un perro. Y en* El rey de la selva *es la estatua de un león que ha visto el decursar de los años en el Paseo del Prado, que nos cuenta lo que él ha visto como ser escultórico, inmóvil y pasivo durante más de sesenta años.*

Yo tengo imágenes que son auténticas, como lo que pasa en esa calle, pero la mayoría son cosas que yo he visto y que reconstruyo. También hago e incorporo entrevistas reales y ficciono lo que en ellas me han relatado. Por ejemplo, un perro que orina a un cartero: filmo al perro como si estuviera acechándolo desde arriba y al cartero que mira con desconfianza hacia lo alto. Y estas reconstrucciones tienen sus consecuencias, a veces, no muy perfumadas, porque en un encuentro con una persona un año después de la filmación del tigre en el balcón, me dice que el tigre se orinó en el ascensor y el mal olor permanece. Como ves, tengo puntos y contrapuntos, y esos puntos o contrapuntos están ficcionados.

Nos tomamos otro café y lo veo mirar para la calle con cierta nostalgia.

En los 80 solo hice un documental titulado *Yo también te haré llorar*, donde los entrevistados: zapateros, relojeros, gastronómicos, taxistas, etc., se quejan del mal servicio que reciben unos de los otros. En el hice entrar por la puerta de una gran tienda en la calle Galiano un rebaño de carneros para ilustrar lo que denunciaba una entrevistada acerca de la pasiva resignación de la gente a ser maltratada y no ser capaz de protestar. Por esta ilustración el documental fue censurado.

Concretamente, documentales son aquellos que he realizado a partir de los 90, pero que no se han exhibido aquí, algunos a causa de ese malsano espíritu censor que prevalece en nuestros medios. Puedo citarte: *Los bolos y una eterna amistad*, sobre la memoria que guardamos los cubanos de la presencia soviética en Cuba; *La Vaca de Mármol*, sobre la campeona vaca lechera, Ubre Blanca; *Cuba, oferta especial: todo incluido*, sobre el cubano y el turista extranjero; *La huella de España en Cuba; La Habana de los años 50*.

Trato que Colina me cuente un poco de Entre ciclones, *su largo de ficción. Pero Colina tiene temas pendientes, de política cultural, de la ley de cine, de los jóvenes; y se desvía. No me responde lo que quiero. Trato de encaminarlo y finalmente me habla de la película. Le pregunto si le gusta* Entre ciclones, *su propia película. Y me dice que no, que él es una persona muy insatisfecha e insegura con las cosas que hace. Colina busca la luz con la mirada y me dice que cuando pasa la barrera autocrítica, muchas veces le cuesta desgarramientos internos, porque él mismo tiene que sobreponerse a insuficiencias, que él ve insalvables. Sus conocimientos de cine son sobre la práctica del análisis, me recalca. Y no el análisis de un doctor, lo suyo es más humilde, parte de lo profun-*

do que él ha podido ser en el análisis de una puesta en escena determinada.

Un poco en broma le digo que se lleva recio. Se lleva recio, porque él es su crítico más duro. Serio, me dice: bueno, te estoy diciendo lo que me gusta y lo que no.

Luego quiero volver a la idea de sus características personales, y es cuando me dice que tiene una visión un poco amarga de la vida, pero al mismo tiempo cree que la gente, la fragilidad de la gente, hay que respetarla. Y hay que compartir lo que uno sepa. Me dice:

Todo lo que tú hagas: sea una elaboración de ficción, sea un trabajo documental, sea lo que sea, lo que tú escribas va a tener la impronta de tu personalidad. Si tú eres de una manera, por ejemplo, yo creo que la visión amarga, irónica y crítica no se despega de tu manera de ser, y hay una cierta amargura en el reconocimiento de nuestra futilidad, si tú quieres, del ser humano y de nuestro carácter efímero, eso yo no lo puedo alejar de mi manera de ser.

Pero, al mismo tiempo, en las relaciones humanas considero que no se debe abusar de esa fragilidad y que uno tiene que respetar a los demás, y si tengo algo más que el otro, y sobre todo en este ámbito intelectual, eso se debe compartir. Tengo también una inclinación a la rebeldía, pero no a la rebeldía desafiante, sino a la rebeldía que tiene una razón para defender algo. Lo primero para mí es mi dignidad como persona, es decir, a mí hay que respetarme. Y la manera de respetarme es que yo tengo criterio, y ese criterio, aunque esté equivocado, hay que oírlo.

HACER EL AMOR CON ANA MENDIETA

Pongo un vaso de agua sobre el refrigerador para su espíritu. Prendo un tabaco. Bajo la iluminación del salón y me siento en el sofá cama a unos pocos centímetros de Ana. Ella lleva un cuello de tortuga naranja y un pantalón verde que le marca los muslos. Hace un ratico se quitó las medias y sus pies juegan con la tela del mueble. Le miro las cejas, los labios. Me ve a punto de equivocarme y me dice: ¿Ponemos la película o qué?

Le doy una calada al tabaco y me extiende la mano. Quiere. Se lo doy y voy al proyector, coloco la delgada película y apago las luces. Comienza el filme.

(Elena Burke canta).

La primera vez que estuve en Miami fue en el 2013 y pasé por una especie de trance, donde sentía que todo el tiempo estaba siendo acompañado por los fantasmas de Guillermo Rosales, Carlos Victoria y Reinaldo Arenas. Una amiga me paseó por el *downtown* y entre los pordioseros afroamericanos me pareció ver el fantasma de Esteban Luis, y recordé a Guillén Landrián. Me entró una especie de bobería que no me dejaba disfrutar de lo material. Qué triste todo. Los cubanos divididos. Miami y La Habana tan cerca y tanta gente que ha muerto en el trayecto. En fin.

En Nueva York me pasó, pero con Celia Cruz, entonces caminaba y en cualquier esquina, como si fuera lo más normal del mundo, yo gritaba: ¡Azúcar! Estaba convencido que la negra me estaba cuidando las espaldas.

Pero desde hace un tiempo, la que tengo más en la cabeza es a Ana Mendieta. Jovencita. Yo no estudié artes plásticas mucho, solo unos meses, y luego he sido un poco vago para las exposiciones; más a esta tipa la tengo pegadita. No soy un conocedor. Pero por algo tenemos un lazo.

(Elena Burke sigue cantando).

Ana Mendieta está sentada a mi lado, fumándose mi tabaco y mirando a la pantalla. Me estiro y disimuladamente logro ver que atrás se le sale un pedacito de blúmer blanco, entre el pantalón verde y el cuello de tortuga naranja. Y también hay un pedacito de piel. Pero el ambiente está en penumbras.

Ella se da cuenta y pega la espalda al asiento. Sin ser mala onda, pero marcando que ella es la jefa, me dice: No estás mirando nada. Le quito el mocho de tabaco y me lo llevo a la boca, con cualquier otra me daría tremendo asco, pero con ella no. Saboreo su saliva.

Miro a la pantalla y se me aguan los ojos. No sé qué me pasa. Pienso en mi madre. Me imagino a mi madre sola, perdida por las calles de La Habana, tocando puertas, preguntando por su hijo. Su hijo perdido. Una viejita flaca, canosa, loca, perdida en la oscuridad de La Habana, entre los huecos y los baches, e ignorada por todos. En ese momento me doy cuenta de que la pinga no se me va a parar.

Como una brisa. De repente, Ana se quita el cuello de tortuga, porque se está ahogando de calor y queda en unos ajustadores blancos, toscos. Pero por dios, qué sorpresa. Sus axilas, casi sin afeitar, esos pelos negros, gruesos, rebeldes.

(Elena Burke se mete con alguien del público).

Estoy en Houston hace dos años, poniendo una de mis películas en un museo importante. Y en una de las tardes que no tengo nada, me acerco a la biblioteca y agarro un libro que me estaba esperando. Sin título, solo veo la cara de la cubana, de ella. Hojeo y leo:

Una de las historias que le gustaban a Ana, a la que vuelve muchas veces en sus apuntes, habla de una costumbre que tenía la gente de Kimberly. Los hombres de Kimberly salen de su aldea para buscar novia. Cuando un hombre lleva a casa a su nueva esposa, la mujer lleva consigo un saco de tierra de su lugar de origen y cada noche come un poco de esa tierra. La tierra la ayudará a hacer la transición entre su lugar de origen y su nuevo hogar. Alude a esa costumbre africana como análoga a su obra, en sus apuntes inéditos. Ella escribe: la exploración de la relación entre mí misma y la naturaleza que he realizado en mi producción artística ha sido un claro resultado del hecho de que fui arrancada de mi patria en la adolescencia. Hacer mi silueta en la naturaleza mantiene, establece, la transición entre mi patria de origen y mi nuevo hogar. Es un medio de reclamar mis raíces y unirme a la naturaleza. Aunque la cultura en la que vivo es parte de mí, mis raíces y mi identidad cultural son el resultado de mi herencia cubana.

Levanto la vista del libro y solo veo norteamericanas rojizas. El libro vale cuarenta dólares. Cuarenta dólares que no tengo y que me separan de la «mostra». Del coco.

(Elena Burke la tira de pinga y canta ahora «La canción» de Marta Valdés).

La maestra Mendieta, la compañera, la señorita, la tengo al alcance de la mano, a medio vestir, sola para mí. Me seco el sudor de la frente y dejo los restos de tabaco en la mesita. Como si hubiera estado ahí pienso en los niños y niñas de la operación Peter Pan. Pienso en Ana de niña, en su hermana. Y luego, como si viera el futuro, veo una ventana. Una ventana por donde van a empujar a una mujer. ¿Quién la empuja? ¿El marido? ¿Todos? De nuevo las ganas de llorar y como en *Vértigo* yo enamorado de una muerta. Pero a esta mujer ya mucha gente le ha disparado. Y muchos hombres, más altos, con los ojos más azules que yo, la han mirado, como cuando se mira a una *sexy* latina, y la han tratado como si fuera Abella Anderson. Mi labia no me va a funcionar. Además, ¿qué le puedo dar a esta mujer? Nada. Por un momento quisiera ser una mujer y agarrarla, abrazarla.

De repente, se acaba la película. Ana se levanta y prende la luz: ¿qué te pareció? Le digo que me gusta. Que me parece buena. Ana se ríe y me dice que no, que lo único que he estado haciendo es pensando. Pensando en cual va a ser mi próximo movimiento para llevarla a la cama. Cojones, movió ficha, pero me cagué. Disimulo, busco otro tabaco y lo prendo. Le hablo de mañana. Mañana, que es un día cualquiera de 1981, la acompañaré con mi cámara súper ocho a unos manglares a filmar una de sus obras.

Ana Mendieta me mira, sonríe. Le gusta que yo sea cubano, que sea trigueño. Me dice: si tú fueras mujer te parecerías a mí. Mira nuestros perfiles, se parecen. Sonríe y le digo: hay una pequeña diferencia, tú eres una maestra, una «duraka», una tiza. Ana niega con la cabeza, no entiende. Da un grito: ¡ay, me meo! Ana se desabrocha el pantalón y corre al baño. Orina con la puerta abierta. Escucho el chorrón y veo la luz amarilla que prende tarde. Su sombra en el corredor. Me decido y me acerco. La veo orinar. Levanta la vista y me mira: ¿Carlitos, de verdad tú crees que debo volver a Cuba? Sonrío, le digo que sí, que yo la llevo de nuevo a Jaruco o a donde ella quiera.

Se sacude par de veces dando brinquitos y entreveo sus pendejos oscuros. Esa selva, matorral, manigua. Y pienso en un mambí chiquitico abriéndose camino en ese monte oscuro.

Ana Mendieta viene hacia mí y abre los brazos. Me regala un abrazo y me dice: vamos a dormir. Mañana hay pincha. Se pierde en la habitación. Me quedo solo. Me siento en el sofá y mirando a la oscuridad de su habitación, me empiezo a tocar el rabo con buen ritmo. Me la imagino sobre una mesa con las nalgas hacia mí —como una de sus obras—. La veo estirada como una gata en el colchón. Sentándose en mi cara. Empapándome la barba.

(Elena Burke le abre fuego a su guitarrista).

Estoy parado con el libro en la mano, es muy grande para robarlo. Leo, al final, para el año 1983: *por la ira que había sentido y todavía sentía por haberse criado en un orfanato y como hispana en los Estados Unidos, el arte fue según sus palabras, su salvación: «sé que, si no hubiera descubierto el arte, habría sido una criminal. Theodore Adorno ha dicho: todas las obras de arte son crímenes no cometidos. Mi arte proviene de la rabia y el desplazamiento. Aunque la imagen puede no ser una imagen muy rabiosa, yo creo que todo arte proviene de la rabia sublimada».*

(El guitarrista le dice a Elena algo que no se entiende).
Es temprano en la mañana y un amigo nos maneja. Vamos rumbo a un lago. Ana no me mira, va siguiendo el paisaje. Bosteza. Llegamos y la tierra es rojiza, empapada, como la tierra del final de *Gravity*. Ana se agacha y con las manos hace una figura bella. Pero el agua la va borrando poco a poco. Filma ahora, me dice. Prendo la cámara y veo lo efímero que es todo. ¿Lo tienes? ¿Lo tienes? Me pregunta y asiento gritando: sí, mamita, lo tengo. Ana se ríe: eres lo peor, mamita, ni mamita.

El agua va borrando la figura de arcilla. Como el tiempo nos borrará. Pero, cojones, por ese instante, vi una imagen rabiosa.

Apago la cámara y Ana me mira. Está desbordante de un aura hermosa. Le digo: ¿Y ahora qué? Ana Mendieta sonríe y me dice: ahora nada, a singar.

NELSON

Yo quiero que el 2020 sea un año distinto. Espero estar al lado de una mujer que me acompañe, y filmar mucho. Filmar sin parar. Vivir en el set y no tener que escribir más ninguno de estos textos. Este 2019 ha sido deprimente y en ese estado me salen estas descargas. Pero los días que amanezco más animado no logro escribir ni una palabra. Y eso es lo que quiero, estar bien, viviendo, sin tener que hacer esto.

Para colmo de males, en estos días ha estado lloviendo y todo ese gris me tumba. Acabo de regresar de Gibara y, quizá por eso tengo, a Humberto muy presente. Sus canas, su camisita blanca, su fuerza. Estar en el festival que él creó, rodeado de sus familiares, me ha hecho pensar. Y como algo muy natural, si uno piensa en Humberto, es imposible no sentir la presencia de Nelson.

Recuerdo hace años, en una clase de la Escuela de Cine, a Nelson Rodríguez comentando el documental que Manuel Iglesias hizo de los dos, de Humberto y de Nelson. Para los que no lo han visto, el documental en cuestión pasaba por las películas que habían hecho juntos, a través de la mirada de ambos. Pero Humberto y Nelson no estaban en el mejor momento y eso se notaba, se respiraba.

El mismo Nelson, con el pasar de los años, podía ver lo diferente que estaba su ánimo. En la clase estaba tranquilo, sabio, alegre; y en la película sus respuestas eran cortantes, estaba dolido. Y de eso hablamos en la clase como algo normal, sin reparos.

En el aula tuve la oportunidad de compartir un rato con Nelson, no había tenido la suerte de los alumnos de Edición, que sí lo tenían más tiempo para ellos. Y es un hombre que crea una magia a su alrededor. Había algo en sus movimientos y en su hablar, que era de admirar. Este editor flaco, que en aquel momento fumó y tenía una tos terrible, ponía las dos manos en la mesa y terminaba las frases cerrando los ojos. Dejaba caer las palabras con una fuerza y una musicalidad bien sabrosa. Con una sabiduría, como si hubiese pasado por mil batallas y de cada una de ellas hubiese salido victorioso.

En aquella época yo ya había conocido a Humberto, habíamos trabajado varias ideas juntos, y un par de veces lo visité en su casa. Uno de esos días, Humberto me dijo algo de Nelson. Algo que no recuerdo ahora, pero era algo lindo. Y me llamó mucho la atención, porque lo poco que lo conocí, nunca vi a Solás hablando del pasado. Era un hombre que miraba hacia adelante.

Salvando las diferencias, y sin entrar en ningún tipo de comparación tonta, yo y mi productora, con la que he hecho toda mi obra, también éramos pareja. Y eso me hace imaginarme un tipo de atmósfera que, quizá, las dos parejas compartimos. No es fácil ligar lo profesional con lo personal, pero cuando se logra y sale bien, sale muy bien.

Nelson tiene una filmografía compartida con Solás, que es una catedral. Entre las películas que editaron, escribieron, y dirigieron, ya nos dejan atrás a todos. Pero si esto fuera poco, Nelson solo hace otra filmografía envidiable. No voy a mencionar los títulos, porque el que no sepa esto, es porque es de otro planeta.

Pero quiero hacer una pausa en *Un día de noviembre*. Hace algunos años escuché un cuento, que no sé si sea verdad, pero que me marcó. Escuché decir a una de las vacas sagradas del ICAIC que, tras filmarse *Un día de noviembre,* Alfredo Guevara dijo que lo mejor era guardar la película, que Humberto no estaba en su mejor momento y que había que «ayudarlo». No sé si sea verdad, pero si es así, me parece un cuento horrible. Para mí la película es una joyita, y me recuerda tanto a Antonioni. Este cuento me hace imaginar al director y a su compañero editor hablando, fumando, caminando de un lado a otro buscando soluciones. Solos, contra un gran andamiaje.

La gente que estuvo en el set de *Amada,* sin demeritar para nada al maestro Solás, hablan mucho de Nelson. Hay gente que, incluso, le decía la película de Nelson. No sé, hay una historia del cine cubano, distinta, otra, que se extraña.

Mi acercamiento en este momento es desde lo personal. Sin ser cercanos, les guardo mucho cariño a los dos. Hace un tiempo que Nelson está afuera y me causa una curiosidad tremenda. Pero, al mismo tiempo, no puedo estarlo jodiendo a cada rato. Es de los grandes que todavía están vivos, sabes que está ahí, pero tampoco puedes estar molestándolo mucho.

Por eso he buscado ayuda en Marcelino. Si hay una persona que conoce a Nelson Rodríguez ese es Marcelino. La vida es tan curiosa, cuando te parece que ya todo se acabó, siempre hay una sorpresa que está por llegar.

Marcelino está con Nelson desde hace treinta años. Nació en el año 68, es de Santo Suárez y ha trabajado con los grandes. En los 90 colaboró con Jim Sheridan, Terry George o Daniel Day Lewis entre otros. A Marcelino le cuesta hablar de sí mismo: «tienes que entender que no hay nada más difícil que hablar de uno, a no ser que estés haciendo terapia psicológica». Marcelino es Libra, calmado, reservado, pero muy cínico, no tiene los arranques de Nelson —que es Changó con Escorpión—, pero, como mismo dice Nelson: «Marcelino es lapidario».

Marcelino no cree mucho en eso de los horóscopos. Le gusta el cine y el teatro, pero lo que le apasiona son los deportes, el básquetbol en particular; sigue la NBA y su héroe fue Michael Jordán. Son bien distintos los dos.

Marcelino aprendió a cocinar en España, cuando trabajaba en un restaurante en la calle Segovia, de Madrid. Y es muy buen cocinero, al menos, eso dicen sus allegados.

Nelson y Marcelino se conocieron en el año 88 por medio de alguien que no recuerdan. Nelson pasaba por un momento no muy feliz de su vida y Marcelino estaba por el estilo. Me dice: «Estábamos en el mismo punto, aunque hubiésemos llegado por caminos diferentes. Ambos nos salvamos y nunca dejamos de ser quiénes éramos. Conservamos y apoyamos nuestra propia personalidad, porque nadie intentó, ni intenta, cambiar a nadie. Creo que esa es la clave para quienes inician un proyecto de vida juntos».

Y ese ha sido el común denominador de estos dos seres que decidieron acompañarse en el camino de la vida.

Finalmente, me decido y le escribo a Nelson, quiero hacerle una entrevista. Enseguida me responde y me dice que sí.

Me pongo a escribir las preguntas y me doy cuenta de que, realmente, de lo que tengo ganas es de decirle: Hermano, te quiero. Pero la vida no es así. No es fácil escribirle a alguien y decirle de verdad: te quiero.

Lo gracioso de todo es que, sin contarle mucho de mi estado de ánimo, sus respuestas, a pesar de ser escuetas, me dan una tranquilidad. Una tranquilidad para pasar un par de semanas más sin tener que ponerme a escribir. Son un regalo. Un regalo bello.

¿Qué no le debe faltar a un cineasta?
Imaginación.
¿Qué haces cuando llega el desánimo?
Animarme.
¿El plan perfecto para una tarde de domingo?
Dormir la siesta.
¿La película tuya que más disfrutaste?
Lucía.
¿La película tuya que más sufriste?
Una con el chileno Patricio Guzmán, no recuerdo el título.
¿Tus padres?
Bella la mami y muy buena; perdona, de papá no me acuerdo, tenía diez años cuando murió.
¿Un recuerdo agradable de Cuba?
La bahía de Cienfuegos, donde nací.
¿Una esquina de La Habana?
El parque de Santo Suárez.
¿Un recuerdo feo de La Habana?
Ninguno
La canción de tu vida.
«Love Is a Many-Splendored Thing».

Un refrán.
No sé.
¿Una virgen o santo que te acompaña?
Changó
Un ritual.
Ninguno
¿Una actriz de toda la vida?
Bette Davis, la más grande.
¿Cómo se vive ahora alejado de la sala de montaje?
Viviendo.
¿Una película de toda la vida?
Noe Voyager, de 1942, con Bette Davis.
¿Caminas, paseas, por dónde?
Cerca de la casa, donde hay muchos árboles.
¿Douglas Sirk? ¿Almodovar?
Los dos.
¿Lucrecia Martel? ¿Lisandro Alonso?

¿Un amigo muerto con el que te gustaría un café?
Humberto Solás.
¿Sigues fumando, cuántos al día?
Ningún cigarro, hace diez años no fumo.
¿Cómo ocupas tu día?
Pensando en cosas buenas.
Un consejo a los jóvenes cineastas.
Aprendan a vivir
¿Marcelino?
Marce es lo mejor de mi vida, treinta años *together*.

… *y luego acaba la entrevista con esta frase*: Me cansé, chao.

LA PRESA

Ella estuvo presa y La Habana entera se enteró. En las redes sociales, cientos de amigos compartieron su historia y hasta se hizo un *crowfunding*, no sé para qué. Yo, entre el apuro y las cosas de la vida, no estuve muy al tanto, pero a veces compartía y daba *like*. En fin, que la chiquita ya había salido de la prisión. Y estaba en la calle, libre, y con tremendas ganas de vivir. Se había propuesto recuperar el tiempo perdido y darla toda.

Pero los vivos, los blancos, y la gente del Vedado, son de pinga y, como si fuera una apestada, habían hecho un espacio alrededor de ella. La gente la saludaba con cariño y le descargaba, pero solo como una pura formalidad. Nada, que la presa estaba sola.

La primera vez que le escribí por el Messenger, me mando un emoticón que nunca entendí. Luego, le pedí disculpas por mi frescura, y le dije que le descargaba cantidad y que quería conocerla. En ese momento, para mi sorpresa, la presa se conectó un montón y me mando una pila de mensajes. Pero, desde el principio, la presa me dijo: vamos a echarla, no estoy para novio fijo, ni para nada que me amarre. Yo sabía que se había perdido una pila de cosas y que ahora estaba en busca del tiempo perdido. Yo andaba creído y le dije que ok.

Una noche quedé con ella y me confundí de dirección. Al final, gracias a las nuevas tecnologías de los celulares, quedamos y me dijo: «lo que quiero es un café». Eran las diez de la noche, yo era un poco mayor que ella y, a pesar de saber que si me tomaba un café más nunca iba a dormirme, acepté.

Ella encontró un cafetería de tercera, con luz blanca y reguetón en un televisor. Yo invité a los cafés. En una mesa, al fondo, había una familia comiéndose unos espaguetis. La presa me empezó a hablar súper alto y a contarme sus experiencias en la prisión del KM 6 y ½. Yo la miraba a los ojos, súper enganchado, pero al mismo tiempo con un poco de temor, por lo que fuera a pensar la gente. Pero la presa era más libre que yo y le daba igual todo.

Luego de tres cafés, caminamos para su casa. En el camino, porque era bien bajita, la mandaba a subirse en los contenes, para abrazarla y mirarla a la misma altura. Tras un par de abracitos, me dijo: «yo soy Escorpión, así que refresca esta talla».

La dejé en su casa, esperando un beso, pero nada.

La segunda vez que la vi, fue dos meses después. Dos meses dolorosos en los que yo le caí atrás cantidad. Cuando se cansó y me dio VISA, me dijo: «costa, lo que quiero es costa». Me puse mi short verde y mis tenis rojos, y traté de disfrazarme un poco, como para impresionarla, para gustarle. Se apareció con una mochila, una botella de vino y un porro de marihuana, y me montó en un taxi para los yaquis de la playita de 12.

Yo tenía once años más que ella y, así y todo, nunca había estado en la playita de 12. En fin, que cuando me dijo dónde debía poner la ropa para que no se la llevaran ni se mojara, y cómo conducirme a través de las piedras y el diente de perro, sentí por primera vez la felicidad.

El agua estaba tibia. Era por la tarde y la gente que estaba allí, era gente humilde. Nos trataron de maravilla. Verla en trusa fue una cosa linda. Nadamos hasta los yaquis. Nos tocamos para ayudarnos a subir. Nos miramos. Hablamos. Atardecía. Se me quitó toda la carga que tenía arriba, por mis problemas con la página en blanco. En fin. Fue perfecto. Pero duró poco. A la hora, más menos, me dijo: tengo otro compromiso y se fue. Bajanda. *Bye Bye, Lulu.*

Pasó el tiempo, y pasó no sé qué ave por el mar, y cada vez me respondía menos. No sé si me huía o estaba para otra talla, como ella misma siempre me advirtió. En ese tiempo, yo le mandé una foto de una sombra, una foto de un plato de seviche a medio comer, una silla vacía, una flor marchita, un poema, el nombre de una calle que tenía que ver con su nombre. Y ella me mandó su reflejo en un vidrio. Una foto de una negra bailando, y un emoticón, que seguía sin entender.

Disolvencia en la película, y la dejo refrescar. Conozco gente nueva, trabajo mucho, viajo un poco y nada, me dejo llevar. Una noche, sin venir a cuento, recibo un mensaje: Bar Morón. ¿Vienes?. Y enseguida le dije que sí. Me vestí, caminé a prisa hasta sudarme, y la recogí en la puerta de su casa. Estaba con una amiga y con una mochila llena de cervezas. Caminamos por la calle 13 en una oscuridad total, y mientras hablaba, yo lo único que hacía era acariciarle la melena. Ella me miraba como si yo estuviera loco. En el bar había un grupo en vivo, yo entré y ella, la muy degenerada, se quedó afuera. Un bulto de gente nos separaba. Esa noche, entre canciones, la toqué un poquito más.

En un momento se aparece un piquete de otros presidiarios, que no sé de dónde, ni de qué la conocen. Dos tipos súper fuertes, machos alfa, con más músculos y más muela que yo, y acaparan su atención. Los tipos andaban con dos chicas. Dos chicas que andaban pegadas todo el tiempo. Al parecer, los cuatro, hacían unas orgías muy ricas y muy famosas en la parte baja de la ciudad. A partir de entonces, minuto a minuto, fui perdiendo a la presa cada vez más. Era como si yo fuera un abuelito sudado, que interfería en la conversación de una pila de *hipsters cool*. La noche acabó en el malecón. Yo solo miraba el reloj. Se hacía tarde y yo no tenía tiempo para eso. Yo tenía que levantarme a las siete para escribir, porque si no, no iba a poder trabajar nada.

Bueno, para no alargar mi sufrimiento, me le acerqué y le dije: «me voy. ¿vienes?» Me miró con decepción. Me fui caminando solo y por la esquina de la Casa de las Américas, pasó El Válvula con Raquel, y fue un momentico lindo, la verdad.

Hoy es 20 de agosto y acabo de regresar de ver el documental sobre Natalia Bolívar, y gracias a Dios que la sala estaba bien oscura. El cine estaba lleno, pero yo, como un niño chiquito, lloré par de veces. Una mujer brava, con fuerza, la que nos muestra Daranas. Nada, que en un momento aparece una foto de Natalia joven, acabada de torturar, presa por ser parte del Directorio. La foto muestra a una presa con una sonrisa cínica y unos ojos que parecen decir: ¿Tú sabes con quién te estás metiendo? No sé si por esa misma condición de presas, pero verla me hizo pensar en la mía, mucho.

Caminando hacia mi casa, me compro tres cervezas y prendo los datos móviles. Le escribo a mi presa:

¿Dónde estás? Y a los pocos segundos veo la señal: ha visto el mensaje. Bebo, camino, miro bien para cruzar las calles. Respuesta: una foto de ella con un amigo de mi escuela en una pirámide. No sé si está en México o en Guatemala. ¿Se ha ido? Apago los datos. Ya la he perdido. No hay más nada que decir.

Camino. Llego a la casa, prendo un tabaco, y tengo que ganarle a este sentimiento. Enciendo la computadora y me pongo a escribir. El arte, esta pinga, la escritura, coño, qué cheo, nada, que esto sea lo que me salva. Acabo el texto, lo guardo, y no sé si mandarle una copia y decirle: Mira, esto me lo inspiraste tú.

En ese momento reviso un poco mi Facebook y veo unas noticias, terribles, de una masacre en el Medio Oriente. Me siento culpable. Muevo el dedo y veo un diseño muy bonito, de un perro labrador arriba de una patineta, con gafas oscuras en la cabeza. Me río. ¿Dónde será la foto? ¿En Venice, California?

Reviso el perfil de la presa: viajes, bailes, amigos, comidas, cierto compromiso social. Y me siento un poco feliz por ella, pero solo un poco, a fin de cuentas, es una mujer libre. Una mujer libre disfrutando la vida. La libertad. Es una presa libre.

Voy al baño y me acuerdo de un libro en francés. Un libro que tengo: *Mauvaises Filles: incorrigibles et rebelles*. El libro muestra un grupo de mujeres que desde 1840 hasta la actualidad se han portado mal. Mal ante los ojos de los hombres. En sus páginas aparecen histéricas, mujeres que fueron encerradas en manicomios por sus esposos —como la mamá de Cary Grant—, mujeres asesinas, mujeres que se vistieron como hombres, mujeres con cócteles molotov, mujeres raperas.

Al final, hay un capítulo que reza: Lolita 2.0. Y se refiere a las mujeres en la era de la Internet. En una de

las últimas páginas, hay una foto de una adolescente con un bate en la mano. La chica mira al fotógrafo con frialdad. La observo y siento un escalofrío. Siento, que tengo a la chica al lado diciéndome al oído:
abróchate el cinturón, vienen turbulencias.
abróchate el cinturón, vienen.
abróchate el cinturón.
abróchate el.
abróchate.

RICARDO ACOSTA, IRREVERENTE EN CADA FOTOGRAMA

Ricardo Acosta: el cineasta maricón, latino, cubano, apasionado, honesto. El director, el documentalista, el escritor y editor de documentales. El miembro de la Academy of Motion Picture Arts —AMPAS—. El ganador del EMMY. El consultor creativo. Ricardo Acosta, con una obra en los festivales más importantes del mundo mundial: Cannes, Berlin, Venecia, Sundance. El que ha trabajado por más de veinticinco años en la industria del cine. El varias veces nominado a los GENIE, GEMINI, CCE y CS AWARDS. Ricardo Acosta, el que en diciembre de 1992 tiene que tomar la dolorosa, pero necesaria, decisión de salir de Cuba.

No lo conozco personalmente, pero esto no me impide escribirle. En la lucha diaria que tenemos dentro de la isla, hay mil cosas que pasamos por alto. Creo que es un regalo para los cubanos, para los jóvenes, los cineastas, para todos, descargarle un rato a este monstruo.

Esta descarga está llena de subjetividades y accidentes de la memoria. Desde su pequeño conuco diaspórico y globalizado, viviendo a mitad de camino del hoy como ayer.

Ricardo cuéntame un poco de tus padres.

Mis padres, Victoria y Ricardo, se conocieron en medio de la algarabía y el júbilo que traía aquella ola de cambio y esperanza, que llegó a La Habana en enero de 1959. Ricardo era un mulato de Morón, y Victoria, una esbelta mulata de cuello largo, nacida en Punta Brava. El mulato de Morón, como buen gallo, le bailó una danza a la esbelta Victoria, y ella cayó redonda ante su embrujo. Meses después nació el primogénito, este servidor, quien vino al mundo en la madrugada del 23 de diciembre de 1960. A mitad de camino entre el lechón y Los Reyes Magos. La epifanía de los Acosta Fernández llegó una noche capricorniana y fría, en Maternidad de Línea.

Películas.

Yo, lo confieso ahora, soy un cineasta del nuevo cine latinoamericano. Del montaje intelectual ruso. A mí las películas americanas no me alborotaban ni la pluma, ni la razón. Sin embargo, *Dios y el diablo en la tierra del sol, De cierta manera, Los días del agua, Tire die, Potemkin* y *Lucía* me ponían la cabeza y la pluma mala, malísima. Me hacían perderme en las praderas de mi mundo convulso, reimaginándome una Cuba, un Yo, un Nosotros, lleno de significados. Iconografía, sueños hechos realidad, pobres que salían del fango, mujeres que renuncian a declararse impotentes ante el arrastre del macho. Maricones justicieros...

Tus primeros trabajos y alegrías.

Ser parte del grupo creativo Ritual, junto con Marco Antonio Abad, Inés María Otón, Yanesito, Juanci, Alejandro Robles, y editar mi primer filme, *Ritual para un viejo lenguaje,* en una noche. Todos en mi cuarto de edición; bueno, era el cuarto de edición de Justo Vega. Yo era su asistente, su «Lina Vaniela». En una noche que bendecía cada plano, que yo cortaba con la maravillosa poesía de sentirme parte de los cineastas jóvenes, que estábamos inventándonos un hurto creativo. Como bien dice Kiki Álvarez: haciendo *cine parásito*. Creando la narrativa de nuestra razón de ser. Éramos parte de esa maravillosa y truncada experiencia que fue el Cine Joven Cubano de los 90.

Mi filmografía cubana es corta y convulsa. Tremebunda y arrebatadora. Fundacional y totalitaria. Apoteósica en su significado e irreverente en cada fotograma. En cada fotograma robado,

rodado,

editado,

proyectado,

censurado,

dispersado,

abandonado,

rescatado.

Y en medio de todo eso «La flaca», mi Miriam Talavera. A ella le debo los códigos fundamentales de mi proceso creativo, como editor y como cineasta. «La flaca», como algunos le solemos decir, me enseñó que editar no es pegar un plano, todo lo contrario, es encontrar la razón de ser de ese plano en el engranaje de la historia que queremos contar. Miriam también me enseñó, que toda narrativa documental, por muy cerebral que pueda parecer, tiene como todo cuerpo vivo, una corriente subterránea que la hace convincente y es lo que suelo llamar: «narrativa emocional».

Miriam, mi maestra, fue también la que me ofreció a mí y a otros jóvenes editores del ICAIC, nuestro primer «bautismo de fuego» como editores. Siempre habrá para mí un antes y un después de la experiencia de haber editado *Como una sola voz*, documental dirigido por la maestra y cineasta Miriam Talavera.

La Brigada, La Muestra de Cine Joven, el sueño colectivo. Tener la posibilidad y la responsabilidad de ser uno de los protagonistas de ese momento en la historia del cine nacional y en el bautizo de lo que hoy somos, como cineastas dispersos de la diáspora.

Tener la suerte de ser colaborador y amigo de un Ricardo Vega, un Mario Crespo, una Irene López Kuchilán, un Jorge Dalton, un Camilo Hernández, un Bladimir Zamora, un Benito Amaro, una Lili Rentería, un Marco Antonio Abad, un Fundora, un Soliño, un Juan Carlos Cremata, una María Isabel Díaz, un Kiki Álvarez, una Puchy Fajardo, un Donatien, un Omar Mederos, Ibis Menéndez, Raquel Capote, Odette Alonso y tantos otros, hasta llegar a él, a esa luz que aún me alumbra en mis noches de extravío: Raúl Fidel Capote.

Ricardo, ¿qué fue de tus compañeros de esos años? ¿Se hablan?

Esta pregunta tiene mucha *saudade* y toda la humedad de las mil paradas de estación de mi diáspora. Soy uno de esos que disfruta el visitar una ciudad como Estocolmo por primera vez, y deslumbrarme en la belleza austera de un vikingo, y, a su vez, perderme en el arrebato de encontrarme con un amigo entrañable de la secundaria, con quien viví los momentos más cruciales de mi adolescencia, y en medio de un café de esa ciudad ajena, perdernos en un surco de piñas y tubos de regadío humectando Estocolmo con el néctar de nuestros recuerdos.

Pero hay seres entrañables que tengo la dicha de aún disfrutar en mi presente y cultivar su amistad: Marco

Antonio Abad, Ricardo Vega, y Wendy Guerra. Por hablarte de tres, de los que vivo enamorado, enamorado de la manera en que viven el presente, de su aporte, de su compasión, de su callada manera de hacerse querer.

No sé por qué, pero creo que eres hijo de Obbatalá.

Creo en todo lo que amantó mi espíritu y los Orishas estaban ahí desde mi origen, al cuidado de mi abuela Ángela, quien, cuando se encabronaba, porque no le concedían lo que quería, los tiraba pa'el medio del patio y les decía: «ahí se van a quedar hasta que yo me acuerde de que existen, para que aprendan a respetarme, que aquí no los quiero de zánganos, comiendo y bebiendo a costilla mía». Me han dicho que soy hijo de Obbatalá.

Ricardo y tus amores.

Hay un ciervo en mi jardín, ahora mismo, llegó y se ha ido instalando a su aire, con la frescura de los amaneceres. Soy de Lola y Jagger, mis dos Bengalas, ellos son mi más amado tesoro. Me gustan las frutas, el yogur y un buen *espresso*.

A veces, me compro un pedazo de nostalgia en la forma de una canción, o un libro, o un filme, y así la amarro, la amordazo con afecto, para que me deje vivir en mi presente. «Ódiame sin medida ni clemencia/ Odio quiero más que indiferencia porque/ El rencor hiere menos que el olvido».

Cuéntame del Emmy.

Duele y da rabia saber que, aun desde la arrogancia más pírrica, hay quien piense que puede trazar los destinos y reescribir la historia de la nación y sus individuos. Pero reconforta saberme curado de esa dependencia, a mis verdugos no le debo nada del aire que respiro en mi día a día. Aquí te dejo lo que escribí a raíz de que me invitaran a ser miembro de la Academia, creo que lo disfrutarás:

Diálogo con Victoria-mi Madre:

—*Suena el teléfono*— —Oigo... —Hola mami... —Ay, hijo mío, ahora mismo estaba yo hablando de ti con Luisa, la vecina. —¿Qué pasó? —¡Niño, que saliste en el Paquete! —¿Paquete? —Sí, chico, el Paquete, tú no sabes la cantidad de gente que me ha felicitado a mí y a tu hermano René, porque te vieron en el Paquete. —¿Paquete? —Sí, mi amor, en el Paquete se dio la noticia de los tres cubanos invitados por la Academia. La misma noticia que la gentuza del *Granma* no sacó, ¿qué te parece?... —Mami, ¿qué coño es el *paquete*? —*carcajada brutal, despampanante descomunal*—. —Ay, mi amor, es que a mí se me olvida que de vez en cuando te tengo que re-alfabetizar. El Paquete te ofrece lo que Martí te prometió y el *Granma* no cumplió —*carcajada final a dúo entre Victoria y Yo*—.

El ICAIC.
Algo bueno: Esa sensación de familia que se sentía entre mis compañeros del cuarto y el quinto piso.

Algo malo: Esa sensación de ostracismo y discriminación que se sentía, cuando hablabas con cineastas que no iban a festivales, que sus obras eran prohibidas, que sus cuartos de edición nunca eran retocados, cuyos nombres eran olvidados en un grotesco acto de desamor institucional.

¿Cómo lograste abrirte camino? No es fácil para nadie, y pocos cubanos del cine se han podido levantar como tú.

Me fui al norte del norte para reinventarme desde mi mejor yo, mi mejor sueño, mi mejor candor. Hubo días en que tuve que llorarme la muerte de un amigo, solo y perdido en medio de una montaña rocosa, sin que nadie a mi alrededor pudiera entender mi lágrima. Así, por ejemplo, me lloré la partida de Raúl Fidel Capote, en medio del Banff Art Centre, perdido en el bosque, gritando su nombre a la luz de la luna.

Escogí Canadá, porque es un país donde puedo ejercer mis ideas y compromisos con un mundo más justo y democrático.

Toronto, porque ahí ya tenía bellos amigos y, a principios de los 90, era una ciudad donde había mucho por hacer y muchas ganas de hacerlo. Y me encontré con una comunidad de cineastas independientes y solidarios, que me abrieron los brazos y que, además, estaban interesados en lo que yo tenía que ofrecerles, y viceversa.

Fue un acople de duendes. Siempre supe que quería ser Ricardo Acosta, el cineasta maricón, latino, cubano, apasionado, honesto, y cuidar de que no se me viera solo como el editor cubano, o el editor maricón, o el editor latino, siempre como un tipo apasionado y honesto, a veces difícil, tremendamente generoso y orgulloso de todo mi linaje, pero sin permitir el *profiling*.

Quiero que trabajes conmigo, porque nos respetamos y entendemos como artistas, no porque mi lengua, o mi orientación sexual, o mi etnia sean lo definitorio. En eso he sido austero.

Y luego, está toda esa gente linda que ha creído en mí, y me ha dado oportunidades increíbles de pertenecer a espacios únicos para un cineasta, y en eso hay dos seres que son fundacionales: uno es Peter Starr, en el National Film Board, que me ofreció mi primer trabajo con esa prestigiosa institución; y Cara Martes, que me invitó a ser uno de los documentalistas y editores del Documentary Film Program, del Sundance Institute.

Dos oportunidades que marcaron mi vida.

¿Qué te gusta de Canadá?

El aprender a caminar en los zapatos del otro. Esa es la clave de nuestra paz como país, de nuestra compasión, y respeto.

Cannes, Venecia, Berlin, Sundance.

Soy un hombre dichoso y apasionado. Fiel y honesto. Creo en el cine que hago, en cada una de mis películas, y en la fuerza de su mensaje. No podría hacer otro tipo de cine. El ser invitado al AMPAS como documentalista, y no como editor, es un reconocimiento extraordinario, que me hace muy feliz, porque es lo que soy, un documentalista, un escritor documentalista, un editor documentalista. No podría estar más a gusto en ningún otro *branch* del AMPAS.

Me duele que todo esto no lo pude desarrollar con mis amigos en Cuba, me duele que aún sea tan difícil y patológico el poder adentrarse en los grandes temas de nuestro subdesarrollo e injusta sociedad, y que aún un gobierno utilice el maltrato, el desconocimiento, el castigo, como única herramienta de diálogo con los artistas y cineastas con los que no está de acuerdo. Es la perpetuación de una relación abusiva, viciada y retorcida. El subdesarrollo como única salida. Es muy triste el precio que hemos pagado todos por este perpetuo secuestro de la nación.

Un abrazo y toda mi gratitud.

Ricardo

LA CUEVA

Juan Carlos Hevia se dedicaba al hueco. Y no me refiero al hueco como algo emocional, bueno también, ya que todos los cubanos hemos estado o seguimos estando en algún tipo de «huequito», «fundidera», o tristeza. Juan Carlos Hevia se dedicaba al hueco: cavaba huecos. Desde chiquito.

Juan Carlos vivía en una zona oriental de la isla que tenía un mineral especial, y todo el mundo en su pueblo, y en el poblado de al lado, vivía de eso. En los primeros años, Juan Carlos fue contratado para abrir túneles antiaéreos, ya que la invasión norteamericana yanqui era inminente. Todos los días de su vida los pasaba, de seis a seis, metido en la oscuridad. Sin ver la luz. Ya cuando salía, estaba tan fundido que ni se enteraba de lo que pasaba a su alrededor. Como un zombi se sentaba frente al televisor, a esperar a que su mujer le trajera el plato de comida y los locutores le tiraran una serie de noticias bien locas.

Para mi amigo Juan Carlos, la realidad era algo que le contaba yo, o su mujer, o la televisión. No tenía manera de saber si le mentíamos, o si la vida de afuera, la vida del exterior, era realmente así.

En un momento, una empresa canadiense empezó a excavar en la zona para buscar el preciado mineral y, entonces, el flaco Juan Carlos mejoró. Pasó de cavar huecos para el estado y empezó a cavar para una empresa de afuera. El salario mejoró, mas su realidad diaria siguió siendo la misma. De seis a seis metido en un hueco. En la oscuridad. Sin tener referente de lo que pasaba afuera. Sin saber quién era Nicole Kidman, ni Roberto Bolaño. En pandemia. Sin baranda.

Pero este no es mi cuento. Mi cuento empieza cuando Juan Carlos deja a su mujer y viene para acá para La Habana con mucho dinero ahorrado. Después de estar tanto tiempo en la oscuridad, el flaco se había hecho un plan: iba a buscar la luz, iba a saber la verdad, iba a vivir como la gente de verdad, como los blancos de las telenovelas brasileñas. Se iba a ir a viajar el mundo. Y para eso se iba a buscar una extranjera que lo sacara de toda esta mierda.

Domitille era una francesita *hippie,* que había venido para La Habana en busca de una tranquilidad en su vida. Después de dar mil vueltas y tropezar con diez mil piedras, se montó un negocio de alquiler de bicicletas. En una fiesta en mi casa, Domitille y Juan Carlos empiezan a hablar. El cubano se empieza a hacer el gracioso. Le mueve el pelo de la frente. Besito en el cuello. Baile suavecito. Y candela al jarro. La francesita se murió con el guajiro cubano y, a los pocos meses, se lo llevó para Toulouse.

El cuento bueno empieza ahora. Juan Carlos acaba de regresar de Francia y después de mucho tiempo sin verlo, hemos quedado en el Mamá Inés para que me haga todos los cuentos. Para mi sorpresa, me lo encuentro flaco y demacrado. Y le pregunto que qué coño fue lo que le pasó.

El cuento de Juan Carlos es comiquísimo, pero como lo hace él. A mí nunca me va a quedar así. La cosa es que el flaco llega a Francia, como lo que es: un cavernícola al que han montado en una máquina del tiempo. Un *homo erectus* que llega al mundo de los *homo sapiens*. Y en Europa, afuera, en el mundo capitalista, la gente como Domitille está de vuelta de todo. Y Juan Carlos, como todos nosotros, toda su vida ha estado encerrado. Con ganas de ser parte. Con ganas de salir de esta cueva, de este huequito. Pero el *timing* es de pinga. Cuba, los cubanos, nos estamos «abriendo al mundo» (?) en un momento en que el mundo de verdad, la gente de afuera, quiere volver a la cueva.

Cuando Juan Carlos se sienta a la mesa de los padres de Domitille y no ve un pedazo de carne por todo aquello, el bárbaro se funde y le dice: no, mamita, a mí hay que darme vaca.

Cuando Juan Carlos va a una discoteca, en donde tocaban un grupo de chilenos exiliados, que parecían salir de un cuento de Bolaño —apellido que nunca ha oído— y ve que la farándula se mueve de allá para acá, el Juanca quiere probar la cocaína, el LSD. Pero los otros, esa otredad, ya viene de vuelta de eso. Y ya no se meten nada, porque es perjudicial para el planeta.

Cuando Juan Carlos baila y se le pega a una blanca holandesa de dos metros, y le agarra la mano y se la lleva a su entrepierna, la blanca entra en pánico y le empieza a gritar de violador pa'lante.

Cuando Juan Carlos quiere manejar un Ferrari, no encuentra un puñetero Ferrari. La gente anda en bicicleta. En bicicleta, mano, como aquí en el Período Especial.

Y lo peor de todo, vino una fría mañana de invierno, cuando Domitille lo despertó con las botas de agua en la mano, porque su piquete se había fundido del neoliberalismo y la globalización, y todos se iban a vivir a una cueva, a una mata.

¿A una cueva? Me dice Juan Carlos. Imagínate eso, mulato. Yo que me he pasado toda la vida en una cueva, montarme en un avión, dejar a mi madre atrás, para llegar a un lugar, donde lo hay todo y no lo puedes tener. ¿Por qué? Por qué el mundo se está acabando. Los poderosos y el resto de los humanos hemos acabado con los animalitos, con las planticas, con la naturaleza. Y ahora quedan solo días para que se acabe el mundo y lo mejor es volver a la cueva.

Entonces, sin poder encontrar su lugar, mi amigo, el troglodita —tan troglodita como yo— se funde. Se le rompe el coco en dos. Y decide volver. Y ahí sí que no hay solución.

Estamos en el Mama Inés y nos sirven par de rones más. Miro a mi amigo y me voy en un viaje yo solo. Miro a las mesas de al lado, y en una hay dos jovencitas de dieciocho o diecinueve años tirándose fotos para el Instagram. Ponen las boquitas de pato. Bajan la cabeza en un ángulo perfecto. Sacan la lengua. En otra mesa, hay una pareja hablando de lo bien que está hecha la última película cubana —que no es una película es un teleplay—. Un poco más allá, dos cocineras hablan de que Trump tiene un inodoro de oro —sin percatarse del millón de problemas internos que tenemos—. Trump. Trump es el culpable de todo. Y así. Podría seguir mirando para afuera. Para todos los cubanos. Incluyéndome.

No sé por qué, pero en ese momento pienso en lo mal que estamos los cubanos. Hemos sido bombardeados tantos años con una inmensa cantidad de discursos, palabrejas raras, conceptos, ideas.

Pienso en la abuela de mi abuela, en la madre de mi abuela, en mi abuela, en mi madre, en mí, en mis hijos, en los hijos de mis hijos, en mis bisnietos.

Y pienso en que nadie, ni las chicas del Instagram, ni mi madre, ni Juan Carlos, ni yo tendremos un refugio.

Somos un daño colateral más. Como los amigos de Burundi, del Congo, de Irak.

Y hemos llegado tarde a la fiesta. Tan tarde, que la fiesta se acabó. Ya no nos toca enamorarnos en un puente de París. Ya no nos toca una simple ensaladilla rusa en un bar de Madrid. Estamos a punto de salir de la cueva y la gente de afuera, en la entrada, nos dice: vuelvan para adentro, que Corea del Norte y Estados Unidos nos han matado a bombas.

De repente, Juan Carlos me interrumpe y me pregunta: ¿Mano, qué fue lo que pasó con Amaury Pérez? Me río, para no llorar. No sé qué decirle. Prendemos par de tabacos y vemos el humo subir. Miro mi tabaco.

Vuelvo a irme. Pienso en un tabaco Cohiba. Pienso en la palabra Cubanacán. Hamaca. Barbacoa. Sangre. Mondongo. Congo. Bolo. Explotación. Manigua. Sudor. Sangre. Azúcar. Martí. Maceo. 1902. Carta Magna. Partido Revolucionario Cubano Auténtico. Batista. Cigarros malos. Ron barato. Bronca. Reverbero. Luz Brillante. Gritería. Muerto. Baile. Sexo. Sangre. Bajanda. Y la gente pariendo y pariendo. Los buenos, los honrados, agachaditos, callados, escondidos, buscando un refugio.

Un refugio hasta que pase el huracán, la bomba, la candela.

Juan Carlos ya está sabroso y se para dirigiéndose a la dependienta: Mi vida, por favor, ¿puedes poner una musiquita?

La muchacha se ríe y prende la grabadora Sanyo. Suena «Estación de Sol» de Habana Abierta. Muevo la cabeza como un borracho más. Miguel Collazo. Zumbado. Paticruzado. Aguja. Corazón.

«*Recorrí el vacío... mi alma se ha perdido... perdido en la lluvia... desgarrándome... quien dará calor... para tu estación de sol*».

Dios mío, pinga, recojones, ¿cuándo va a acabar de aparecer La Virgen de la Caridad del Cobre? No tiene que hacer mucho. Solo aparecer y abrazarnos, calmarnos, la mano que tranquiliza.

Juan Carlos pide la cuenta. Tiene 200 fulas que quiere derretir. Es noche entre semana y no hay a dónde ir. La calle está vacía. Acabamos en el Tocororo. Dos italianos rojos como camarones. Una muchacha trabajando. Un trovador. Juan Carlos se acerca a la muchacha y negocian. Miro el fondo de mi vaso. Extraño a Sonia. Bailar con Sonia. El olor de su pelo. Su tatuaje minúsculo. La manera en que desayunábamos, mientras fumábamos con un disco volador de queso. ¿Dónde está Sonia? Seguro que tiene hijos, es vegetariana, corre en las mañanas para tener una vida saludable. O no. Quizá Sonia ya está en alguna cueva o mata de Irlanda, España, Italia ¿Ecuador?

Meto un pasillo solo. Los italianos se burlan de mí. Y entonces empiezo a cantar:

«*Me esconde esa bruma... no duermo tranquilo... tranquilo de culpas... tranquilo de culpas*».

PICADILLO DE PALMA REAL

Es 11 de septiembre y están hablando en la televisión de nuevas medidas. Recortes. Me sube un calor por el cuerpo y miro en las redes sociales. La gente no entiende de qué se ríen los dirigentes. Salgo para la calle. Tengo que darme un trago. La cabeza me da mil vueltas. Ya estoy viejo como para un segundo «período especial». Con once años uno lo pasa, pero con treinta y seis la cosa es otra. Pienso en la cantidad de oportunidades que tuve cuando viajé. Podía haberme quedado afuera. Pero no lo hice.

La calle está oscura. Llego a una exposición y la gente está como si nada. Nadie habla de eso. Los cubanitos y las cubanitas se pasean por la galería con vasitos plásticos en las manos. Todo muy bonito. Se me sube el «Sergio» de *Memorias del Subdesarrollo* y pienso: ¿Y ahora qué va a hacer toda esta gente? No estamos en 1994. Ya el pueblo se ha podido tomar un refresquito de lata, algunos han viajado, otros han podido ahorrar algo para ir al bar de moda. El internet, los Rolling Stones, Obama.

Muchos han probado lo bueno. Otros llevan treinta años acumulados con más cansancio en los hombros. No es lo mismo. Me pongo hijo de puta y pienso en todos los durakos, las durakas, la farándula de las redes, la gente de los *gintonics*. Y «Sergio» me susurra: ahora todos van a tener que aprender a montar bicicleta. A llevar un carretón de bueyes. Bajanda para todos. Se acabaron los datos móviles.

Me paro. Trato de entender de dónde viene tanto odio. Y por qué esta rabia me sale con la gente que tengo alrededor. Todo este odio debe irse a otro lado.

En la calle me encuentro a Eduardo Polo, el joven realizador. Eduardo anda con una botella de vino malo. Tiene una teoría interesante. Según él, estas medidas no son para todo el mundo, solo son para los pobres. Los ricos, los hijitos de papá, toda esa gente no van a coger apagones, ni tienen que coger guaguas, ni van a tener que volver a la edad de piedra. El nuevo «período especial» va a ser solo para algunos. El resto seguirá viviendo igual o mejor. Eduardo ya tiene un plan: se va a infiltrar en alguna de las casonas esas de Siboney y va a vivir como una rata. Como un *parasite*. Comerá sobras. Pero sobras ricas. Y no va a pasar calor.

Polo sigue hablando y me pongo a pensar en los videos de reguetón que hacen en la isla. Siempre me llamó la atención cómo la gente, los cantantes, sin tener un peso, lograban que un amigo les prestara una buena casa, o un carro inmenso, para aparentar una vida de reyes. Eso siempre me rompió el coco. No me jugaba el país en que vivíamos con ese tipo de imagen. Pero ahora, cuando empeore —?— la crisis ¿Qué va a pasar?

Estoy loco por ver un video de reguetón con el cantante teniendo que ir en chancletas a la cola del pan, a la cola de la guagua, siendo dejado por una novia que se va con alguien de más dinerito.

Este pueblo, sus dirigentes y nosotros: los cubanitos y las cubanitas, hemos llegado a un nivel de cinismo muy grande. Hoy, por ejemplo, no se podría hacer una película como *Una novia para David*. Es una obra tan inocente, en un buen sentido. Esa belleza. Ese amor desinteresado. Ese «poder creer en algo» ya no existe. No existe, ni para los que vivimos acá, ni para los que viven fuera. Ya hemos visto demasiado como para ser inocentes —*Memorias, again*.

Hay que tener tremenda cara para pararse en la televisión y hablar de los recortes, con una sonrisa.

Hay que haber vivido mucho, para andar por la calle sabiendo que estás solo.

Los dirigentes y el pueblo han llegado a un nivel de separación total.

«Tú has tu vida, que yo voy a hacer la mía, sigue por tu parte, sigue por tu vida». Cantan El Kamel y Un Titico.

A eso hemos llegado. Cuando cae la noche, los dirigentes se recogen en sus refugios, mandan a la policía para la calle, para que «ponga orden»; y la gente, el pueblo, queda en la oscuridad, abandonados por Dios y por todos.

Eduardo Polo me enseña el decálogo para sobrevivir en la Cuba del 2019:

1. No caigas en un hospital.
2. Evita la policía.
3. Evita la calle.
4. No veas la televisión nacional.
5. No tengas familia —nada que te ate—
6. Fuma o Bebe.
7. Hazte de un arma: una lanza, un palo, un bate.

8. Ahorra un poquito y ten guardadas tus laticas de conservas.
9. No te vuelvas loco.
10. Perfil bajo (todo el tiempo).

En la madrugada del día 11 se nos suman unas amigas. Unas muchachas que trabajan en la cultura. No están preocupadas. Vienen de una piscina. Hablan de un hombre que tiene una súper moto y un yate. El tipo es el jefe de una de ellas. Se parece a Maluma y tiene lindos tatuajes. Al final de la noche, ninguna tendrá transporte para regresar a casa. Pero así y todo están contentas. Contentas de que el Maluma tenga su moto y su yate.

Amanece. Es día 12. Dice mi vecina que hay que estar tranquilo, porque uno no puede resolver nada. Me deja con la palabra en la boca, y como una loca, corre a ver a una cantante que hay en la televisión. La cantante no afina, pero da igual. Lo importante es que las imágenes sigan fluyendo. —*Showtime*.

Me acuerdo de algo. Busco en un disco duro un libro que tengo en PDF:

«Con nuestros propios esfuerzos» (algunas experiencias para enfrentar el período especial en tiempo de paz). © Editorial Verde Olivo. 1992.

Leo indistintamente:

Artículos de carey.

Artículos de fibra de plátano.

Colchón, falda, riñonera, funda de pistola hechas con malangueta.

Aretes de caña brava.

Sonajeros de caña brava.

Doyle con recortería de plywood.

Pantuflas confeccionadas con fibra.

Carbonización en tanques desechables de 55 galones.

Fabricación de bloques con cascara de arroz.
Vivienda de tabla guano y piso de cemento.
Viviendas construidas a partir de bambú.
Enrollado del motor del ventilador órbita 5.
Tapa para motor de lavadora.
Convertir ropas de mayores en ropas de niños y niñas.
Coger de ancho y estrechar.
Aprender a montar bicicleta.
Coger o estrechar bajos.
Parches y remiendos a todo tipo de prendas de vestir y de trabajo de hombres, mujeres, niños.
Aparato de hacer tostones o chatinos.
Junta para olla de presión.
Jugo de maguey para lavar.
Jabón líquido de jugo de maguey y ceniza de cieno.
Estropajo de yagua.
Crema acondicionadora de naranja.
Champú de romerillo.
Champú sorpresa.
Champú de estropajo.
Ambulancia y carro fúnebre de tracción animal.
Carreta de bueyes.
Aguardiente de papa.
Vino de plátano burro.
Dulce de col.
Yemitas de tamarindo.
Dulce de remolacha rallada.
Pizza de acelga.
Masas para pizza confeccionada con viandas —calabaza, boniato, yuca—.
Recuperación de huevos con membranas perforadas.
Jamón de tilapia
Mortadela de pescado.

Cría de jutías en cautiverio.
Humus de lombriz en cultivo de tabaco.
Producción de larvas para alimentación animal.
Pienso para las ocas.
Y me llama la atención esta:
Picadillo de palma real. «Picadillo de palma real». *Wow.* Pura poesía. ¿Cuántos años faltarán para que Cuba sea un país normal? ¿Cuánto tiempo necesitará este pueblo para sanarse? ¿Cuántos «períodos especiales» nos faltan?

El cartero de mi barrio me dijo una vez: Yo solo quiero ver el final de esta película. Ver cómo acaba la cosa. Quién va preso. Quién muere, y quién se escapa con el dinero. Como en los oestes —*westerns*—.

Yo creo que esta película debería de llamarse así: «Picadillo de Palma Real». Es un filme iraní, en blanco y negro, de siete horas y media de duración, que hay que ver sin subtítulos, copia de cine y en un celular.

Hay que joderse. ¿Serio? ¿Hay que joderse?

ROTO Y CALLADO

El viejo Sam escribió más de mil páginas para Jessica. Jessica lo partió en dos, como a un lápiz amarillito de esos. Lo volvió loco. Le hizo la vida un paraíso y un yogur. Sam Shepard tiene muy buenos cuentos. En una entrevista lo oí decir que no escribía por dinero ni fama. Escribía para sacarse de arriba a una mujer. No podía decir su nombre. No podía hablarlo con nadie. Ya tenía cansado a Patti Smith con las quejicas y lo único que podía hacer era descargarle, en la soledad del desierto, a la página en blanco. Ya nadie, ninguno de sus amigos, ni él, querían saber nada de Jessica Lange. La actriz lo había hecho sufrir mucho. Como ya dije: lo había partido.

Mr. Shepard se tuvo que quedar solo, con muchas de sus historias, besos, olores, que cargó entre pecho y espalda, hasta que murió. Hasta la tumba.

Escribo esto y pienso en una columna vertebral rota. Roto. *Broken*. El chamaquito que acaba siendo rey en *Juego de Tronos*.

Estoy enamorado de una mujer que está casada. Ama a otro. A mí nada más me cogió para el sexo. Me dejé envolver. Perdí. Tremendo punto que soy. Pero cada minuto que disfruté con ella, no lo cambio por nada del mundo. Voy a estar llorando, mucho. Y ni siquiera puedo contar lo que pasó. En fin. Así es la vida.

Cuando uno ama a alguien así, y no lo puede decir, es de pinga. Cuando tú después de tres días de cama, quieres agarrarla de la mano y caminarla 23 arriba, 23 abajo, para que todo el mundo sepa con quién estás. Y no se puede. Y te esconden. Es de pinga.

Cuando no puedes ir al cine con ella. Ni a un bar. Ni a un café. No la puedes besar en la playa. No. No. No.

Hace unas horas le dediqué un texto y me dijo que no. Que lo borrara. Que lo rompiera. No quiere que nadie se entere de lo nuestro.

El karma. Yo les he hecho mucho daño a algunas mujeres. Ahora me toca a mí.

En casa tengo una foto que por mucho tiempo me ha inspirado, y siempre he querido hacer algo con ella. Les cuento, en la foto aparece una pareja a principios de los años 50 en el club El Zombi. La foto es en blanco y negro. En ella está una pareja en una mesa. Parece que la foto la tiraron *in fraganti,* porque el hombre se tapa la cara. La que está sentada a su lado en la mesa, sí muestra la cara. Es mi tía abuela Xiomara.

Cuando mi abuelo Carlos cumplió cuarenta años, su padre —mi bisabuelo—, se lo llevó a comer a una cafetería y le hizo un regalo: le presentó a su hermana Xiomara, que tenía la misma edad que mi abuelo y que por cuarenta años había estado en *modo avión.*

El bisabuelo no quería que se conocieran. No se conocían los hermanos.

Bueno, la verdad es que mi abuelo salía en la televisión y por muchos años Xiomara lo tuvo que ver.

Sabiendo quién era. Pero sin que el periodista supiera quién era ella.

En la vida de Xiomara había como un karma raro, destinado a repetirse muchas veces. Su padre no la reconoció. La mantuvo escondida. Y luego, cuando se hizo mujer, el hombre al que amó, la escondió también. El tipo estaba casado y nunca quiso nada serio con ella. Nunca iba a dejar a su mujer por ella. Jamás.

Xiomara era un mujerón. Una trigueña hermosa, con tremenda sonrisa y los dientecitos de adelante un tin separados. Vivía por el parque de los mártires y tenía la casa llena de guajiritas jóvenes, a las que ayudaba a encaminarse. Les daba un plato de comida. Les buscaba un buen trabajo o, incluso, un buen marido. Hacía por ellas, lo que nunca pudo lograr para sí. Ah, eso, sí. Cuando llegaba su macho, mandaba a todo el mundo para el carajo y se dedicaba a su hombre.

Xiomara moría por él. Para conseguir esa foto, estoy casi seguro, que fue ella la que le pidió al fotógrafo, a escondidas del tipo, que tirara para allá. Ahora entiendo todo. Ella quería salir. Ya bastante que el tipo no estaba con ella en sus cumpleaños, ni en las fiestas de Navidad, ni en las de fines de año.

La gente se tenía que enterar. Solo así era más real.

Para todos, Xiomara estaba sola. Pero Xiomara le había dado su corazón a un tipo. Un hombre gordo, de zapatos de dos tonos, que nunca le supo dar su lugar.

Me pregunto qué pasa con los amantes cuando se mueren. Y cuando se mueren sus parejas, los que están casados con otros. Los recuerdos, los besos, las caricias, se pierden. No quedan fotos. No quedan hijos. No queda nadie que recuerde lo que pasó. Porque lo que pasó fue secreto. Y como el paso de los seres humanos por la vida, es leve. Un besito hacía que para Xiomara se acabara el mundo. Y ese besito no era más que una hojita que caía en un parque. Una mini bobería. Una cosita que nadie recordará.

Al final de su vida, mi tía Xiomara murió sola. Flaca. Con una cara de tristeza tremenda. Y sí, se llevó con ella la mayoría de sus historias con E.

Como Sam, como yo, tuvo que saber estar. Rotura y silenciador.

Cuando mi abuelo murió —el hermano de Xiomara—, mi familia se desarticuló. La mujer de mi abuelo se enfermó de los nervios y se buscó un novio pelotero. Los libros, las fotos, los recuerdos de toda la vida de este señor alto, de barba canosa, terminaron en latones de basura. Poco tiempo después de su muerte, fui a visitar a mi abuela política, y ella me dio el reloj de mi abuelo, y yo me llevé par de libros. Par de libros al azar.

Esos libros, con los recuerdos y el dolor, los dejé a un lado. Hasta hace poco. Cuando reviso. Veo que uno de los libros es *El amante*, de Marguerite Duras. Agarro el libro y veo que tiene en la primera página una dedicatoria. Una dedicatoria que no era para mi abuelo. Una dedicatoria que era para ella, su mujer, mi abuelastra.

Leo:

> *Es difícil expresar con palabras los profundos sentimientos y eso mismo me sucede ahora. Has sido una gran persona en mi vida, con una profunda calidad humana y me siento afortunado de conocerte. Este libro es una historia de amor que me invadió. Qué profundo e intenso puede llegar a ser el amor y que difícil puede ser demostrarlo.*

No sé si mi abuela política tenía un amante. No sé si es un simple amigo, o compañero de trabajo, que en agradecimiento le puso esto. Lo que sí sé es que mi abuelo dejó una película de 16 mm, donde estaba en Varadero bailando y gozando con ella. La amaba. Le gustaba. Ella a lo mejor tenía un amante. Él a lo mejor también la engañó. Nunca se sabrá. Como tampoco se sabrá cuántas veces Xiomara hizo el amor con E.

Ni cuántas veces Jessica Lange no regresó al rancho.

Ni cómo me besa esta mujer, que está a punto de acabar conmigo. No lo puedo contar. No lo puedo escribir.

Pero mi abuelo sí pudo dejar una película mostrando su felicidad. Mil fotos y algunas cartas.

Los seres humanos, cuando viven juntos o se casan, pueden dejar un poquito de constancia de la existencia de ese amor. Pero los que se aman en secreto no.

A los que se aman en secreto no les queda nada más que el recuerdo. Y cuando ponen alguna cancioncita triste, siguen la música con la boca y piensan en lo que solo ellos saben. Es duro. No hay más que eso. Recuerdos. Aire. Nada.

Es como escribir y tener que quemar los papeles. Soltaste todo. Lo botaste. Te sentiste mejor por dos segundos. Pero por gusto. No quedó nada.

Habría que hacer una película que ocurriera en un cementerio. Un cementerio que es tan solo para amantes. Para hombres y mujeres a los que escondieron. Seres pequeños que pasaron sus fiestas esperando una llamada telefónica que no llegó. Gente que se escondió detrás de un poste, y tuvo que ver pasar al amor de sus vidas del brazo del otro. Madres y padres en potencia que nunca pudieron tener hijos. Gente buena que en algún momento perdió los papeles e hicieron brujería, sacaron cuchillos, amenazaron con suicidarse.

Gente que amó. Gente que amó más que lo que la amaban. Gente que no fue suficiente. Platos de segunda mesa.

Esa película es de cuatro horas. Ese cementerio es grande. Allí hay gente, pero genteeee.

Voy a ponerme para ese filme. No lleva mucho trabajo investigativo. «Como una ola» y una pila de canciones cheas me ayudarán. Va y me meto par de meses escribiendo y me olvido de ella. Va y no.

Por lo menos siempre tendré la página en blanco. Hay gente que nunca se decide a escribir, y es peor. No tienen cómo soltar eso. Tendré que disimular los nombres. Revisar. Editar. Revisar. Borrar. Repetir. Pero sí. Hay que escribirlo. Para que sea un poco más real.

Escribir «pies», sin poder describirlos. Escribir «ojos», sin que la palabra capte esos ojos. Poner «manos», y seguir, a medio decir, sin poder trasmitir.

El cuentecito de los amantes es un cuentecito mediocre. Nunca llega a ser un buen escrito. No hay manera, es un texto inútil.

Los días de gloria se fueron con todo lo que un día fui.

MOLINA O MUERTE

La vida del director de cine es dura. Muy dura. Imagínate que tu trabajo no solo depende de ti. No está en tus manos. Necesitas un equipo de gente y necesitas dinero. Mucho dinero. Un director se pasa la mayor parte del tiempo esperando o buscando el dichoso dinero. Tienes que tocar muchas puertas, sonreír cuando no tienes ganas de sonreír, e ir de cóctel en cóctel contando tu película a ver si algo cae. Son muchos los casos de gente que se endeuda, vende su casa o queda en bancarrota por tratar de contar una historia. Cuando logras conseguir el dinero y filmas, llega la gloria. Una semana, tres semanas, seis semanas de rodaje, y ya. Vuelves a empezar de cero. Tienes que esperar años para volver a trabajar. El sufrimiento no acaba ahí: hay películas que nunca se logran terminar y otras que sí, pero nadie las ve: acaban en una gaveta.

Hay muchas películas en el mundo y mucha gente haciendo películas. Por esto, la mayor satisfacción de hacer una película está en eso, en hacerla. Cada año se gradúan miles de nuevos directores de cine de todas las escuelas del mundo y, la mayoría, con el paso del tiempo, tiran la toalla.

Vivir para filmar te puede costar no tener una familia, acabar sin amigos, en la pobreza y en el olvido. Por eso, mucha gente no aguanta, se reinventa y pasa a otra cosa.

Jorge Molina es el director de cine cubano que más resistencia tiene. Para él «tirar la toalla», darse por vencido, no es una opción. Sin embargo, no la ha tenido nada fácil, su propia vida podría ser una película bien emocionante. Así y todo, sigue haciendo cine, con lo que sea, como sea. Si tiene doscientos dólares, los guarda. Poco a poco, paso a paso. La mayoría de sus compañeros y alumnos sí se han «rajado» y han dejado atrás los sueños de dirigir. Esto le duele. Y lo va dejando cada vez más solo. Solo con su sueño: Cine o Muerte.

Hay que ser muy fuerte y muy íntegro para seguir.

Es un jueves por la tarde y Molina ha venido con su hija Paola a mi patio. Lo conozco desde hace años y lo pude dirigir en *Los Baldwin* —uno de mis cortos—. Verlo trabajar es una gozada y, la verdad, es el alma de la peliculita.

Conversamos. En un momento me cuenta que, cuando la niña era pequeña, él estaba entretenido y le dejó caer una lata de leche condensada en el pie. Él pensó que le había hecho mucho daño, pero a los pocos segundos la niña estaba riendo. Molina me dice que él se siente así, como un niño de goma. Se cae y se levanta. Esa es la dinámica. No dejarse vencer. Los «hijos de puta» no pueden ganar.

Nacido en Palma Soriano, en el año 1966. La culpa de empezar en esto la tiene su mamá, que lo llevaba de chiquito al cine. Él tenía una cosa a su favor y es que no lloraba. La luz proyectada lo dejaba encandilado, como si fuera un gato. La pantalla le robaba toda su atención. A los diez años vio *Los malos duermen bien,* de Akira Kurosawa, y se quedó loco. Quería ser Toshiro Mifune, pero también el que estaba detrás de cámara. A partir de ahí empieza a investigar y a tratar de buscar revistas, libros, publicaciones sobre cine y directores. Todo esto en un pueblito de Oriente.

Era un cinéfilo tan respetado, que los mismos administradores de cines lo dejaban entrar a ver las películas prohibidas, las que eran para adultos. Incluso, llamaban a su casa y le decían a su mamá: dígale a su hijo que venga. Esa se convirtió en su obsesión. Mientras otros se dedicaban a jugar o a las novias, él se dedicaba al cine. Su novia era el cine.

Ya en la adolescencia, logra robar un dinero a sus padres y se compra una cámara KODAK de 8mm. Comienza a hacer unas peliculitas antropológicas, sobre el comportamiento sexual adolescente del campesinado. O sea, empieza a filmar a sus socios haciendo el amor con yeguas, cabras, etc. Algunas de estas peliculitas las logra revelar en los estudios de animación de Santiago de Cuba. Imagínense la sorpresa de los trabajadores del lugar al ver una de esas copias.

Luego de estudiar varias carreras como: licenciatura en Historia o Historia del Arte, hace los exámenes de actuación en el ISA. Siempre buscando la manera de moverse a La Habana. Aprobó actuación, pero nunca entró a la escuela.

Llega el año 1986 y se abre la Escuela de Cine de San Antonio de Los Baños. Era muy difícil entrar. Se presentaban cientos de personas y solo daban dos plazas para cubanos. Era una escuela nueva y para extranjeros. Las pruebas se hacían a través de la federación de cines clubes. Las planillas las mandaban a las instituciones, pero en el pedagógico no te las entregaban, porque no quería que hubiese éxodo de estudiantes. Su amigo Charón y él se presentan a ver a Mario Piedra, para preguntar cómo hacer. Y ahí accedieron. La prueba de Molina fue de las mejores. *El guajirito le partió el culo a todo el mundo.* Luego, ese año no abrió San Antonio y tuvo que irse a la Unión Soviética a estudiar. Sin poder acabar, por la caída del campo socialista, debe regresar. Es entonces cuando empieza a estudiar en la EICTV.

En el año 1992 llega su primera gran obra: *Molina's Culpa*.

Desde ese momento, ya como un presentimiento certero, sabía que toda su vida iba a estar al margen de la industria. Sabía que nadie lo iba a querer. En el Taller de la Crítica de Camagüey de 1993, el obispo de esa ciudad, protestó con una carta dirigida a Juan Antonio García, preocupado por lo blasfema que era la película. Con *Culpa* le quedaba claro al país, el tipo de cine que este hombre iba a hacer. Un tipo de cine, que el país no esperaba que hiciera. Su obra no tenía nada que ver con Cuba, era universal. Sus referencias eran las películas que lo habían obsesionado de niño. Contar esas historias, alejado de todo tipo de esnobismo, le trajo muchos enemigos. Era masticado, aceptado, pero no tragado ni querido. *No me parezco a nadie,* me dice.

Molina no tiene problema con la duración de sus obras. Para él, si es una buena película, da igual que dure una hora o veinte minutos. Es tan rebelde que no cree en eso de cortos o largos. De hecho, cuando ha estado en los límites, a punto de tener un largometraje y le han pedido más tiempo, él ha dicho que no. No se vende por nada ni por nadie. La película es lo principal. Lo único.

No hace películas para festivales, ni para nadie. Las hace para él. Para exorcizar sus demonios, que son muchísimos, como sus ganas de matar. Pero, como la sociedad no le permite andar como un vengador anónimo, entonces, canaliza la ira en su arte.

Molina me cuenta que siente que él tiene una ventaja: filma bien, rápido, y barato. Y no entiende cómo siendo tan especial no logra el financiamiento para sus películas. Podría hacer rico a cualquiera. *Estar mendigando dinero está duro. A estas alturas de mi vida.* Quizá, el problema es que Jorge es como un caballero medieval. En otra época sería adorado por todos. Nació en un mal momento, en el lugar equivocado. *No estamos en la Italia de los 70.*

Molina siente que el mundo está lleno de «infladores», mentirosos que no saben filmar y que no paran de rodar. Hacen películas de las que nadie va a hablar mañana. Quizá, como Van Gogh, tenga que esperar a morir para que su obra agarre la importancia que tiene. Contra todos estos temas, para no llenarse de odio, Molina perdona y *Hoponoponea. Hoponoponea* mucho.

La obra del maestro está centrada en su obsesión por el cuerpo y la muerte.

Sus películas: *Culpa, Fría Jennie, Test, Solarix, Mofo, El hombre que hablaba con Marte, Fantasy, Ferozz, Borealis, Borealis 2, Rebecca, Margarita* son buscadas por todos. *Ferozz* llegó a las quince millones de vistas en Youtube hasta que fue retirada.

Preocupado por la deshumanización y el uso de las nuevas tecnologías, que están idiotizando al mundo, cree que hemos perdido lo más bello del ser humano: *Antes la gente se ponía a apretar, a besarse, había más contacto. Ahora todo es a través de los móviles. El sexting antes que el sexo. Un horror.*

Cuando le pregunto cómo vive, cómo sobrevive, de dónde consigue el dinero, me dice que ni sabe. Da clases; mal pagado, a veces actúa, cuando puede. Gana poco y con eso trata de mantener a la familia y llevar a cabo sus proyectos. Lo ayudan sus familiares y ex alumnos. Vive de la caridad pública. Gente que lo quiere.

Tiene una relación muy extraña entre el cine y la familia. Para una persona, para la que el cine lo es todo, puede ser difícil llevar el lado familiar. Pero no ha dejado de ser un buen padre ni un segundo. Me dice: *Brother, yo sí me creo de verdad la historia. La única manera que tengo de ser feliz es poniendo una cámara y contando algo. La familia compensa. Pero necesito las dos cosas y es difícil, porque el mantener a la familia me condiciona.*

La familia piensa que debe hacer cine. Lo apoyan, pero no les gusta el cine que hace. Creen que debe hacer un cine más fácil para el público. Gustar más. Para que sea más aceptado, y no entienden que el artista tiene que ir en contra de los preceptos establecidos. Si no, no es artista. No tiene que ver con izquierda, derecha, centro. Es una cuestión de no ir con el rebaño. Me cuenta: *Artista es alguien singular. Mi mujer pasó trabajo para entenderme. Tener una situación austera, cuando las niñas quieren tener cosas, zapatos, teléfonos y, al mismo tiempo, ahorrar para mis películas. Es complicado.*

Su mujer, Marleny Almaguer, lleva veinticinco años soportándolo y le ha dado dos hijas, Paola y Laura. Se conocieron en el central Chaparra. Era amiga de su prima. Se vieron, se conocieron y empezó la aventura. Es una mujer que lo ha apoyado en las buenas y en las malas. En las más duras, cuando se deprime —porque es humano—, allí está ella para decirle lo que vale. Lo levanta.

Hablamos de la preocupación de las copias. Cómo mantener a salvo tantas películas. Tiene discos duros y algunas, incluso, en casetes de los viejos. Es complicado, es una lucha constante contra el olvido.

No cree en hacer *storyboards*: es un lujo que no puede darse. Además, tiene la capacidad de no dudar. Él sabe enseguida dónde va a poner la cámara. Lo tiene todo en su cabeza. Ningún problema de producción le puede afectar en el set, siempre tiene algo que inventar. Cambia. Se adapta. Es un animal de cine.

Adora *La película del Rey*, de Carlos Sorín. El día que no encuentre actores o actrices, usará maniquíes, se vestirá de mujer, de anciano, hará diez papeles. Lo que sea. Pero no parará de filmar.

A manera de fin, jugamos.

Un fetiche:

La lluvia dorada. Me han orinado en par de películas.

Se acerca el fin del mundo, solo puedes salvar tres de tus películas:

Molina's Culpa —1992—- 18 min.

Molina's Ferozz —2010—- 73 min.

Molina's Margarita —2018—- 46 min.

¿Tu equipo ideal?

En la fotografía Yanelvis González y Javier Pérez. En la edición Miguel Lavandeira. Walter Murch en el sonido. Onelio Larralde como director de arte; y la vestuarista, Anisleydis Boza.

Cinco actrices y cinco actores de Cuba:
Roberto Perdomo, el más interesante posiblemente, es un actor al que los directores no han sabido sacarle, era bueno en teatro, en todo, y con un físico inmenso. Pero no ha sido aprovechado. El único que lo ha aprovechado soy yo. Sus personajes importantes se los doy yo. Luis Alberto García, un actor de verdad, que tiene mucho que dar. Mario Guerra también le parece interesante. Alexis Díaz de Villegas. Y otros buenos que el alcohol los está llevando al cadalso y ya no sé si pueda trabajar con ellos. Y le gusta trabajar consigo mismo —porque es un actor de pinga—.

Yuliet Cruz, una excelente actriz, con un nivel de riesgo increíble. Rachel Pastor, su musa prácticamente. Dayana Legrá. Idalmis del Risco. Le gustaría trabajar con la presentadora de la televisión Karina del Valle, ponerla hacer de Cleopatra o Pocahontas.

Cinco actrices y cinco actores de afuera:
Mickey Rourke, el primero. Robert de Niro. Joaquin Phoenix —aunque prefería al hermano—, River Phoenix. Y Juan Diego.

Nicole Kidman, antes de la cirugía. Famke Janssen. Steffania Sandrelli. Natalia Andrejchenko. Y Monique Van de Ven.

Películas favoritas de género:
Los viajes de Sullivan, de Preston Sturges. *Kronos,* de Kurt Neumann. *La noche de los muertos vivientes,* de George Romero. *La muerte sonríe al asesino,* de Joe d' Amato. *The Killer,* de John Woo. Tarantino es grande, pero es un remedo de todo esto.

Referentes internacionales.
Todo Orson Welles. Todo Billy Wilder. *The Wild Bunch,* de Sam Peckinpah. *Tinto brass.*

¿Película cubana favorita?
Ninguna.
Pero te obligan a decir una, te ponen una pistola en la cabeza.
Ojo, yo respeto y no niego la calidad. Pero mis influencias son otras. Si tuviera que decir, mejor digo directores. Ramón Peón, por el animal cinematográfico que era, que filmó y filmó. Titón, por lo inteligente. Guillén Landrián, por la locura.

Nos despedimos. Me pide un guion para una película. Está pensando en hacer un largometraje con un celular. Me enseña los lentes. Tiene 250 dólares guardados. Su mujer le va a prestar su móvil, que es mucho mejor.

Se aleja embullado. Sabe, que pase lo que pase. No hay quien lo pare.

NO JUEGO

La acabo de conocer y ya le estoy brindando mi leche. Ella le dice esperma. Yo le digo leche. Miro mi reflejo en un cristal del bar de tercera, y me digo: Cojones, te estás convirtiendo en un loco, en un Guillén Landrián, en un Juan Carlos Flores. Pero no, porque no tengo el talento de esos *crazys*.

La tipa es una argentina que trabaja en el cine. Estamos en el mismo taller o laboratorio que nos ayuda a mejorar nuestros proyectos cinematográficos. Es argentina y tiene cuarenta años. Blanca, gordita, ojos claros. Una carrera impecable. Después de Lucrecia Martel es la tipa. Empezamos la tarde en una mesa de una calle de São Paulo hablando con nuestro profesor. El profesor, en un momento, se va, porque tiene que ir a una reunión y nos deja solos. Y así, como si nada, me suelta: creo que me estoy acercando a la edad en la que quiero tener un hijo, pero no tengo pareja, es difícil. Yo levanto la mano y, como si estuviera hablando de alfajores, le digo: «tranquila, yo te doy mi leche».

No sé cómo llegue a eso. No entiendo cómo salieron esas palabras de mi boca. Después le digo: yo tengo muchas ganas de tener un hijo, pero no quiero tener un hijo en Cuba. Aunque tengo un problema: no me gusta vivir fuera de la isla. Fumo tabacos, la temperatura es buena, el sexo es fácil. Es mi país. ¿Por qué me tengo que ir? Que se vayan ellos.

A partir de ese momento, ella como buena gata, empieza a medirse y a calcularme. A partir de ese instante, yo pierdo interés en todo. No sé si lo tuve. Y paro. Se me va la cabeza. Y eso conlleva que mate su personaje ahora. De ella no vamos a saber más. Pa'l carajo. Si algún día me llama y estoy para eso: le doy la leche. A fin de cuentas, no sé lo que me deparará el destino. Lo que sí sé, es que, en este momento, esa blanca tiene sus problemas resueltos y yo no.

El motivo de este texto —si es que hay alguno— es que no tengo más ganas de jugar a este juego. Cuando digo a este juego me refiero a la cosa esa de tener que tener una vida normal, guardar las apariencias, «ser alguien».

No me gustan las reglas. Es un juego feo. Lleno de tramposos. Estoy realmente para encontrarme a una mujer que me guste e irme pa'l campo a tener animalitos, hacer el amor, juguetear con las axilas de mi mujer, con su sudor. Y ya. ¿Qué fue de la vida de Carlos Lechuga, el chama ese que hizo par de películas? Ah, está ahí, vive aún, por Bauta, le llevas par de tabacos y te hace sus historias. Para eso estoy. Estoy cansado de jugar el juego del civismo, de sonreír, de portarme bien, de no decir malas palabras o contener la locura.

Me encanta soltar la locura, dejarla que fluya, que camine. Suave. Echarla.

Mis amigos —bueno, ex amigos, porque desde el divorcio, o desde antes, desde cuando la «cosita» de la película, mucha gente tomó partido y desapareció—, en fin, mis conocidos me miran por arriba del hombro, como diciendo: qué loco, qué mal está Carlitos, con esos textos raros llenos de sexo. *Lechuga está de pinga.* Y se ríen sintiéndose superiores. Ok. Me da igual.

Mis enemigos, por su parte, piensan: *Este ya no va a levantar cabeza.*

¿Y sabes qué? Puede ser. Puede ser que esté de pinga, que no levante cabeza más, que no vuelva a filmar un plano. Pero, en el fondo, en la cuevita que hay entre el corazón y la piedra, ahí, me da un poco igual. Gente más pingúa que yo, gente más talentosa, y más buena gente que yo, han sufrido la aplanadora. Pues nada, abro mis brazos y le digo a la aplanadora: *Cógeme, mami.*

La primera noche acá, me encontré con mi amigo Rubén y con Alicita. Los dos cubanos, artistas, que están aquí desde hace tres años. Mis amigos me invitaron a comer y hablamos mucho. Hablamos de lo bien que están: son felices. Sus parejas, sus encuentros amorosos, el trabajo, la vida. Normal. En un momento nos levantamos y nos vamos a un concierto musical que hay en una esquina. La esquina del bar está repleta de gente joven —entre treinta y cuarenta años—, que tranquilos se toman unas cervezas y ven descargar a un grupito de una guitarra, un tambor, un cajón. Me entero de que a los músicos no les paga nadie. Los jóvenes se reúnen en la esquina y ocupan la calle sin pedir permiso. La fiesta se da.

Toda la imagen parece una publicidad. En Cuba sería imposible. En dos segundos estaría la policía acabando con eso. Y peor, nadie, o casi nadie, ya se reúne simplemente por el hecho de tocar en una esquina. Eso es cosa de publicidades de ministerios de turismos y agencias de viaje. Una fiesta así en Cuba lleva otra talla.

Otros intereses. La gente está pasando tanto trabajo, que la fiesta no puede pasar naturalmente, porque sí. La gente estaría mirando a ver quién es la extranjera, quién paga la comida, qué pasa con el dinero de los músicos. Mucha maldad.

Me pasa igual a mí.

El tiempo de la fiesta se acabó. El momento de la inocencia, ya fue.

La segunda noche, los mismos Rubén y Alicita, me llevaron a un estudio musical, donde un grupo de desconocidos se reunían con sus instrumentos musicales para ensayar una cumbia. El lugar en cuestión era como una especie de aldea *hippie*, donde niños chiquitos descalzos y perros apestosos se mezclaban con los músicos y los visitantes. Entre tragos, con una música hermosa, a todo lo que da, logro ver a Alicita, como una posesa, tocar la campana. Bailando. Tocando. Y de lejos, mi primer pensamiento es: coño, parece una yuma.

O sea, el simple hecho de divertirse, de no tener que estar pensando en el mañana, en cómo ir a trabajar. El hecho de no tener que pensar en el transporte para ir para Alamar, o en la caja de puré de tomate grande o chiquita, y reunirse, sin cobrar, tan solo para tocar, es un lujo, un lujo que en la isla es casi imposible.

Saber que ellos son libres, y no libres por haberse ido del país, sino libres por haber podido dejar atrás eso que algunos llaman «ser cubanos». Son seres humanos. Seres del mundo. Sin patria. Sin amo. Ellos supieron salirse del juego.

Y para eso estoy yo.

Ahora mismo prefiero no hacer una película más nunca, a tener que para hacer un filme jugar el juego de las apariencias. Sonreír, vestirme bien, ir al cóctel del festival de cine y tirarme una fotico. Hay tantos artistas cubanos, mayores, que se han demorado mucho en poder tener lo que tienen, que ahora lo único que hacen es hacerles la guerra a los jóvenes. Están amurallados, con un rifle, disparándole a todo el que se pueda acercar. Tratando de ponerle traspiés a cualquiera. La envidia. La poca cosa.

Imagínate, un país gobernado por gente de noventa años, para la isla alguien de sesenta es joven. No es confiable. Es como esa talla de los mormones. Los jóvenes para afuera. Para los tembitas, poder tener sus carritos con gasolina y poder ponerse sus guayaberas. *Qué lindo quedó el evento del Caracol. Qué fino quedó Sonando en Cuba. Pánfilo, qué osado.*

No, mano, prefiero morirme a estar haciendo daño. A estar jugando el mismo juego viejo ese.

Vaya, que tampoco quiero juzgar a la gente. Yo estoy loco. Y lo que quiero es poder descargarle a esa locura sin ser juzgado. Cuando uno cae en un bache «social»: te censuran, te divorcias, en fin. Gente sin obra, gente de dos caras, te dan patatitas pequeñas para que acabes de morir. A mí me da igual, el que no me saludaba antes, bah. Me jode el que me saludó y ahora se hace el bobo.

Pobres Virgilio, Rey. Tanta gente que ni sabemos su nombre. Y tanta gente gris aferrada.

Yo soy penco. Yo entiendo el miedo. Entiendo lo rico que es dormir en un aire acondicionado. Andar en pupú, paseíto por Quinta avenida. ¿Pero, en serio? Nada, caballero, hay que descargarle a soltar. Soltar el poder, soltar ser el jefe de una empresa, soltar a tu amor, soltar.

Zen. Yimit. Más nada. Sé que se dice fácil. Y que nadie va a soltar nada. Pero bueno. Yo estoy dando pasitos hacia la nada. Poder abrazar la nada y más nada. Y, ojo, el día que me tire de un edificio, me dejaré caer, y disfrutaré el aire dándome en el pelo, en los brazos, en las piernas. Y voy a caer. Pero voy a caer con la pinga parada. Sintiendo algo que mucha gente no siente. Porque como un niño, en un juego de parque, he decidido no participar. No juego. Ganen ustedes. Nadie está cuidando la base. Sean los reyes, con sus coronas de cartón.

CON CARLOS QUINTELA

Si tuviera que escoger y quedarme con uno de los directores cubanos de estos tiempos, sin dudarlo, diría Carlos Quintela. Es el que más me interesa. No somos grandes amigos, pero hemos ido aprendiendo a estar más cerca. Yo estoy en La Habana; él, en Madrid. Sin otra intención que descargarnos y mirar un poco atrás, comenzamos a hablar. Le pregunto:

Carlos, no recuerdo bien cuándo fue la primera vez que nos vimos.

Fue en una fiesta en El Vedado cerca de la embajada alemana. Recuerdo que la dueña del apartamento era una tal Tsunami, a la que le quedaban horas para abandonar el país. Tú y yo ese día no nos conocimos bien, ni tampoco la semana después, ni el mes próximo. Esa noche clasificamos, cuando estuvimos entre los privilegiados que salimos al balcón a fumarnos un porro entre seis. Seis jóvenes y un cincuentón graduado de la «Ñico López», la Escuela Superior de Ciencias Políticas del Partido, la cantera del PCC. Este señor se había convertido en *jíbaro*, en vendedor de marihuana, algo que debería ser completamente legal en un país como el nuestro, sobre todo, con los servicios y la geografía excepcional que tiene la isla para el turismo. Aquel ex «Ñico López» decía que se había pasado la mitad de sus estudios escuchando lo que en el fondo ni siquiera sus profesores se creían, y que aquella experiencia solo le servía de coartada para jibarear. En fin, que la vida de este señor era en sí una gran película, que podría interpretar Mario Guerra, Osvaldo Doimeadiós, Alberto Pujol, Luis Alberto García o si existiera una máquina del tiempo Mario Balmaseda.

Digresión: Nos falta mucho aún para ver en pantalla películas con esa frescura y esas complejidades. Hay muchas historias que aún no tienen cabida.

Volviendo a EXT. APTO DE TSUNAMI, BALCÓN — NOCHE. Los seis queríamos hacer la noche con una sola calada de aquel «costa playa», que había puesto sobre la mesa el *jíbaro* de Tsunami. El último que integró el círculo de las ligas menores fui yo, y no me di cuenta de que seguramente el grupo había acordado una fuerte calada por turno. Recuerdo que, cuando aquel «costa playa» llegó a mí, a ti te molestó mucho, lo leí en tu expresión. Tú eras como el quinto de aquel círculo, y el único que aún vive en Cuba, de los que compartimos aquella noche. México, USA, Italia, España, Perú, Ecuador, todos desperdigados por el mundo.

A destiempo te pido disculpas, porque, quizás, fue mi culpa que el porro nunca llegara a ti. Por el mocho de tabaco que apretabas entre tus dedos, me di cuenta de tu encabronamiento. La situación era muy graciosa, una suerte de *Vedado Spaghetti* entre dos Carlos, que años después llegarían a ser amigos.

Es bonito ese cuento. No lo recuerdo mucho. Me acuerdo de un día en la muestra, tú tenías una novia muy bonita, y no sé cómo Abelito —Abel Arcos, guionista compañero de Quintela— terminó desmayado en el suelo. Muy borracho. Muy mal. Yo pensé: coño, esta gente viene fuerte.

Cuando terminé de ver La piscina *fue un shock para mí. Por primera vez en el cine cubano alguien estaba proponiendo algo distinto. Un cambio en las reglas del juego. Me quedé muy pensativo con tu película y te confieso que, incluso, la ataqué en algún momento entre mis amigos. Pero la verdad, y pude confesártelo en Madrid hace un año, es que creo que es una obra fundamental.*

Cuéntame un poco de cómo llegaste a ese deseo de filmar la película así.

La estética de *La Piscina* podría entenderse como un lineamiento visual, como una obstrucción que no se debe infringir, aunque la mente te dicte lo contrario. Esa máxima de alternar planos generales y *close-ups* era la herramienta expresiva que tenía en ese momento, a los veintitrés años. No existen otros valores de planos en el *storyboard* y no existieron durante el rodaje. Como tú dices, *La Piscina* es como una declaración de principios en relación a un tipo de cine cubano que se estaba haciendo; un tipo de cine que oscilaba entre la comedia ligera y el drama ligero, reflejos ambos de una sociedad aplastada culturalmente. Fue el asesinato del cine cubano y, por qué no, de cierta forma, el harakiri de mi ópera prima. Nunca antes había realizado un largometraje y aunque no lo creas, el abismo que había dejado la muerte de mi madre y de mi abuelo me habían convertido en un aprendiz de cineasta, que, antes de empezar a rodar, ya sabía que después de perder a una madre, cualquier riesgo artístico no representa ningún riesgo. Como Samuel Beckett dijo: *fail, fail again, fail again better.* ¿Qué me impedía correr ese riesgo? ¿Qué dolor me iba a infringir que la película no saliera?

Te confieso que todo ese *cocktail* experiencial, sumado al coqueteo que ya tenía con el cine experimental norteamericano de finales de los 60 y 70, específicamente con el cine estructural, me llevaron por ese camino salvaje y radical. Las películas de Michael Snow, por ejemplo, *Breakfast* —1972—, donde la cámara en movimiento choca con todo los platos que hay delante de ella, subrayando así el avance físico de la cámara; sirviendo como una gran metáfora sobre la indigestión, hicieron posible esa estética visual de los lineamientos.

Creo que lo que pretendí fue traducir al cuerpo fílmico de *La Piscina,* la constante que veía en mis personajes, es decir, la vida los había condenado con un *handicap* y yo quería también condenar a la película. Creo que ahí podría estar el sentido de su estética y fue por esa idea —quizás, ahora adolescente— que confiné a cuatro adolescentes y a su profesor de natación a la esclavitud visual de ser registrados con una visión inequívoca.

Tener contigo a Abel Arcos es hermoso. Abelito es un súper tipo. Cada vez que pienso en él, en la casa en Guanabo, en sus escritos, no sé por qué, pero siempre pienso en Sam Shepard. Es un cowboy herido.

Nos conocimos en la FAMCA —ISA— en el 2003, en las clases de apreciación de Gustavo Arcos. Yo me sentaba cerca de la ventana que daba a la calle y unos pupitres plásticos más atrás, en el fondo del aula, contra el aire acondicionado, se sentaba Abel. Dice él, que el primer recuerdo que tiene de mí, es contándole la historia de dos adolescentes que saltaron de un edificio. Uno de ellos saltó a los diecisiete años de un dieciocho plantas y, el otro, a los veinte y algo de un doce plantas.

El que saltó del doce plantas tuvo la suerte de caer tres pisos más abajo, en una antena casera hecha de un metal tan fuerte que lo sostuvo. El otro se incrustó contra la acera, al punto, que los peritos tuvieron que quitar con espátula la piel del adolescente incrustada en el cemento.

Habrá sido por aquella historia macabra y porque nos caímos bien, pero la cuestión es que Abel y yo hicimos *click*, y hasta el día de hoy son muy pocos los proyectos en los que no colaboramos juntos. Siento que Abel Arcos es un renegado y su tatuaje del Che, que suprimió con la imagen de un lobo, lo demuestra. Abel es primitivo y brillante. Abel tiene luz larga. No le pidas amor, porque no te lo va a dar, pero seguro estoy de que es capaz de llevar cualquier relato en el que trabaje a otra dimensión.

La Piscina *tuvo un recorrido largo, muy hermoso. Cuéntame un poco de esto.*

La película se estrenó durante una sección de vanguardia —fuera de concurso—, durante el Festival de La Habana. Luego de esto, Hernán Musaluppi —productor de *La libertad, El custodio,* etc.— se la pasó a Luciano Monteagudo, un crítico de cine argentino encargado de recomendar películas latinoamericanas al Festival de Berlín. Con la selección la Berlín se disparó todo. Contar con el apoyo de un agente de ventas internacional —M-appeal—, que se encargó de colocar la cinta en el circuito de los festivales entre el 2013-2015, fue decisivo para la vida de la película. Y gracias a que el ICAIC accedió a que esta compañía alemana distribuyera la película fue posible estrenarla en más de cuarenta festivales, y cosechó en dos años y medio de recorrido doce premios, generalmente, a mejor película, ópera prima y premio de la crítica.

De no ser así se hubiera engavetado, porque el ICAIC nunca supo qué hacer con la película —esas palabras me las dijo un especialista en ventas de la propia institución.

Digresión: Cuando le mostré la carta de selección de la Sección Panorama del Festival de Berlín a un burócrata del ICAIC, mi única intención era que me asignaran un medio básico tangible —un disco duro—, para enviar el ProRes de la película al festival. Pedí en vano ese disco duro y no podía entender cómo era posible que el ICAIC produjera la película y, al mismo tiempo, fuera capaz de privarla de algo tan básico como un disco duro. Siento que desde hace tiempo el ICAIC, como institución, no le hace ningún bien al cine cubano.

De tus películas, hasta ahora, La Piscina *es la que me parece la más redonda. ¿La has visto de nuevo? Qué bolá con eso.*

La piscina es mi ópera prima y de todas, la más cuadrada. Por lo general las óperas primas son un gesto, un rasgo de la personalidad de ese director que se está estrenando. *La Piscina* ya tiene diez años y fue mi escuela, tuve la suerte de hacerla sin saber mucho cómo hacer una película. Había estudiado en el ISA, pero en aquel tiempo el fuerte de la escuela no era la práctica, y el programa de clases respecto a cómo asumir una producción era muy básico.

Gracias a *La Piscina* entré en San Antonio de los Baños y se me abrió el mundo. No la he vuelto a ver, pero estoy seguro que funcionaría mejor como mediometraje. A veces, uno fuerza las narraciones para encontrarles un lugar donde exhibirlas. Recuerdo que los créditos finales de La Piscina están casi en cámara lenta. De esa forma alcanza los 66 minutos.

Digresión sobre la producción: Recuerdo un día que se generó una gran discusión entre el departamento de dirección y la producción, por alguna decisión que envolvía a Camilo Vives —Productor Ejecutivo—. Raúl Rodríguez me dijo: «yo te acompaño al ICAIC cuando sea y como sea». Recuerdo que dejamos a Boris González Arenas —1er Asistente Dirección—, en frente de una de las escenas más complejas —esa en donde alumnos de otra escuela ocupaban la piscina— y abandonamos el set. No recuerdo a qué se debía la discusión, pero sí, que estábamos Raúl Rodríguez, Sebastiá Barriuso, Abel Miyares y yo, descalzos en una oficina del ICAIC, esperando a que llegara Camilo para solucionar el asunto.

¿Cuál te gusta más? Yo ahora mismo estoy enamorado de lo último que filmé. Y, sin embargo, es un corto para un artista plástico. Las paradojas de la vida. No es completamente una obra mía y no soy el dueño. No puedo moverlo a mi antojo.

De mis tres películas *La obra del siglo* es la que siento que tiene más fuerza.

Tuve la oportunidad de estar en el estreno de La obra del siglo *en Rotterdam. Vi la buena acogida de público que tuvo y el merecido premio. Era de las mejores obras del certamen. Siento que a veces la fotografía principal en blanco y negro tiene dos corrientes diferentes. Como dos caminos. Los interiores de la casa de Mario Balmaseda e hijo los siento más suaves que algunos exteriores, o que el momento del bote, con esos bellos retratos, o el momento de la cantante. Igual creo que es una obra importante del nuevo cine cubano. Aunque pierda la impronta de tu ópera prima, que decía: aquí estoy yo. Una voz nueva. ¿Cómo fue el rodaje?*

No existe prácticamente registro documental sobre el proceso de filmación de *Benjamín o el Planetario,* rebautizada como *La obra del siglo*. Solo existen fotografías de momentos puntuales, como la última fotografía grupal de todo el equipo en la gasolinera que se encuentra entre la Ciudad Nuclear —CEN—, y el edificio del reactor.

Para el rodaje logramos que el ICAIC nos apoyara con la tramitación de los permisos y, a través de ellos, gestionamos el alojamiento en Cienfuegos —alojamiento que pagamos a la institución, para que ellos se lo pagaran, a su vez, al PCC de Cienfuegos.

En la CEN no nos podíamos quedar, porque el problema del agua era una constante. Entonces se hacía muy difícil encontrar un alojamiento medianamente cómodo para el equipo de realización. Por último, con esa colaboración, conseguimos que nos alojaran en la casa del PCC de Cienfuegos. Un lugar geográficamente espectacular, en donde preferíamos ni mencionar la película, porque teníamos miedo de que alguien nos delatara y dijera que la película se centraba en el fracaso del proyecto nuclear de Juraguá. Sumado esto, a las paranoias reales de filmar una película como *La obra del siglo, in situ*.

El presupuesto que esperábamos de World Cinema Fund, que debía llegar primero a Rizoma, la productora argentina de Hernán Musaluppi, y luego, a nosotros, en una maleta que no llegó a tiempo para el rodaje. Lo más sensato hubiera sido posponerlo, porque con esa plata solo íbamos a concluir una semana de rodaje. Estuvimos a punto de hacerlo, pero decidimos que no, porque ya contábamos con los permisos de filmación y el miedo a que no pudiéramos volver a conseguirlos, hizo que aceptara el reto.

Con un poco de más experiencia que la primera, pero con el doble de obstáculos, salimos a comernos aquel rodaje. Fue gracias a la ayuda de una amiga, varios miembros del equipo, y a la astucia de Abel Miyares, que logramos afrontar las dos semanas y media que aún nos quedaban.

Logramos recaudar la plata suficiente para costear los días por delante, y así fue cómo se hizo realidad la película que hoy conocemos. Fue una película maldita.

Digresión sobre el rodaje: Recuerdo que Marcos Attila —Director de Fotografía— se rajó el pie con un cristal y le dieron más de siete puntos. Entonces, ese día los planos fueron fijos. En fin, era un aborto que insistíamos en que se convirtiese en película y lo logramos.
Digresión sobre el almuerzo en la casa del PCC de Cienfuegos.
A falta de postre, nos daban paqueticos de sazón total, esos sazonadores que fueron y son muy populares en el país. El tema era que el menú ya estaba pagado con antelación, es decir, que la comida tenía un valor exacto, que no siempre coincidía con los alimentos que brindaban. Por esa razón, a alguien de la administración se le ocurrió ofrecernos paqueticos de sazón total para suplantar el postre. De esa forma las cuentas daban, y el menú seguía costando lo que un mes atrás se había acordado entre el ICAIC y el PCC de Cienfuegos.

¿Qué le cambiarías?
Le adicionaría el archivo de Fidel Castro en la Ciudad Nuclear, el día que anunciaba paralización de la CEN. Nunca pude tener acceso a ese casete Umatic. Las personas que me facilitaron el material de archivo le tenían miedo a que se viera una imagen de Fidel y que yo decidiera ponerla en la película. Quizás, algún día, haga un *auto-remake*. Existen demasiados agujeros negros en la historia en torno a la CEN, pero no los conocí hasta que existió la película y llegó a gente que estuvo vinculada al proyecto.

También me gustaría desarrollar más el personaje de Leo y volver a filmarla con una cámara más pequeña, para que Marcos se pudiera mover más fácil dentro del apartamento. De hacerla ahora, seguramente, habría más promiscuidad entre la ficción y el uso del material de archivo. Ahora el archivo solo está para otorgarle densidad a la ficción. Solo existe una escena en la que verdaderamente se integra el archivo en el cuerpo narrativo de la ficción —el momento cuando Rafael cuenta su pasado en Moscú—. Si la hiciera de nuevo, quizás, concebiría a todos los personajes en dos tiempos. Podría, por ejemplo, hacer un *deep fake* con los actores y poner a hablar a Mario Guerra, de joven, con el director de la CEN.

Sin embargo, todas esas cosas son coyunturales y me puedo contradecir diciéndote que *La obra del siglo* no necesita ningún cambio, porque hacerlo sería traicionar el título, irónicamente, su alma. Si fuera perfecta dejaría de ser como el proyecto nuclear de Juraguá, dejaría de ser la obra del siglo.

Digresión sobre Julio García Espinosa:
La obra del siglo *es deudora del cine imperfecto de Julio García Espinosa.*

¿Cómo trabajaste con los guionistas?

Abel tenía un guion titulado «El balcón», en ese guion estaba el esquema y las relaciones de los personajes que vemos en *La obra del siglo*. Ese guion lo iba a filmar Kiki Álvarez, pero un día hablamos los tres y desde aquella tarde comencé con la reescritura. La idea era inyectar el paisaje de la ciudad nuclear en esa historia. Tenía la experiencia de conocer la ciudad por algunos artículos que había leído en la prensa digital y por mis visitas a la ciudad. En algún punto de la reescritura, Abel regresó al guion y ya con esta nueva visión comenzamos a desarrollarlo en conjunto. Recuerdo que queríamos comenzar con una fuerte pelea y romper la pantalla de un televisor con un martillo. Esa imagen nos parecía muy poderosa, ya que el cristal de un televisor Caribe es muy grueso y cuando estalla suena como una bomba, como si hubiese explotado el reactor. Pero, finalmente, la escena no quedó. Después descubrimos el archivo y con esto la historia se dinamitó por segunda vez. El momento con Yan Vega, en el montaje, fue otra etapa de reescritura y la película se estuvo reescribiendo hasta el último momento. Cambié cosas incluso ya estando en proceso de mezcla.

Digresión sobre el grupo de teatro de la CEN: Con Federico Gottfried, un director de cine argentino y el grupo de guion de la EICTV nos fuimos a la ciudad nuclear. Allí estaba también el grupo de Teatro «La Fortaleza», el grupo de teatro que Atilio Caballero concibió, ese que fue parte de un plan para que aliviara el malestar que existía en la ciudad nuclear, después que se paralizó la CEN. En esa época, cuentan que hubo muchos suicidios y los grupos culturales que se crearon ayudaron a aliviar el panorama.

¿Con los actores?

Mario Guerra es un actor que tiene una fuerza brutal, algunos directores lo encasillan y le imponen un tipo de rol acorde al imaginario de roles y los clichés que existen. Creo que Mario Guerra es un actor que podría asumir cualquier tipo de personaje. Mario consigue encaramarse encima de sus personajes. Gracias a él conocí a Mario Balmaseda y eso fue mágico. Volverme su amigo, pasar el fin de año juntos, escucharlo hablar era una delicia. Nos contaba de todo, sus cuentos pasaban por la DDR, el Teatro Político, una gitana búlgara que le leyó la mano, su interpretación de Lenin y hasta una pinga peluda hecha artesanalmente, que sus colegas del teatro le escondieron en la maleta que usaba el personaje —Lenin— el día del estreno. Ese día, cuando se dio cuenta de la pinga, también se dio cuenta de que Fidel Castro lo observaba desde los primeros asientos del teatro. Por él conocí las historias de Tito Junco, Luis Alberto García, Adolfo Llauradó, Sara Gómez, Pablo Milanés, Juan Formell, o al propio Fidel Castro, que un día le dio por comenzar a dar indicaciones a los actores durante un ensayo de la obra.

Mario Balmaseda construyó a Otto, su personaje, hacia delante, nunca pensó en su pasado, se inspiró en su padre, un vendedor que vivió La Habana de los 50 proponiendo sus productos de puerta en puerta. Hablamos mucho de su relación con Rafael —Mario Guerra— y ensayábamos en el edificio Naroca, en el apartamento que cuidaba mi amigo David Fernández —Productor de Set—.

A Leonardo Gascón lo conozco desde niño, era del barrio y jugábamos al cuatro esquinas. Leonardo tiene experiencias de sobra para contar, es un actor formado por las experiencias de la vida. Llevaba un puesto como vendedor de frutas en el mercado de Cuatro Caminos y negociamos un salario que le permitiera «tomarse unas vacaciones» del agromercado sin tener déficit. Cuando Mario B. y Mario G. trabajaron con él, sintieron que lo que el muchacho ofrecía era genuino.

Siento que es una película maltratada por las autoridades. Cuéntame qué pasó en la presentación.

Fue la película más importante del año 2015, según la crítica. Estuve escribiendo al ICAIC para que me apoyaran simplemente con un ómnibus o con alguna gestión burocrática para exhibirla en Cienfuegos, pero no nunca me respondieron. A Cienfuegos me tuve que ir con un proyector debajo del brazo y así fue cómo la gente de la CEN la pudo disfrutar. La película estaba maldita, no querían que existiera. Nunca llegaron a censurarla públicamente, pero fue marginada.

En la CEN tuve la certeza de que a nuestro gobierno solo le importa sostener el mito de una Revolución "con todos y para el bien de todos", aunque está muy lejos de ser justa. El verdadero fracaso no fue la paralización del proyecto, sino que a todos esos trabajadores que entregaron su juventud al proyecto se les dio a cambio el olvido. La película es una señal de humo.

Si *La Piscina* dices que fue un «aquí estoy», esta vez la señal estaba dirigida al gobierno, es decir: la CEN está en Cuba, la CEN existe, la CEN está olvidada. Algo así acompañado de un ¡Basta ya! Fue lo que dije en público.

La proyección del Cine Chaplin fue la única presentación que pude hacer. Sobre el tema, Rolando Pérez Betancourt sacó un artículo en el periódico *Granma*, haciendo énfasis en que yo había sido muy mal educado, y no explicaba nada más. En el Yara no me dejaron ni presentarla, me dijeron que hacía falta una autorización del Festival, fue muy absurdo.

En este momento de la conversación nos detenemos. A lo largo de estos meses finales del 2019 le seguiré mandando preguntas para tratar de entenderlo un poco más. Falta hablar de su tercera película. Sus nuevos proyectos, etc. No quiero darle un fin cerrado a esto. Que Quintela no viva en estos momentos en Cuba nos ha acercado más. Es raro. Pero es curioso. Para los realizadores hay un momento que se alarga y que es bien incierto: no saber cuándo se podrá volver a filmar. La espera constante. Una noche en Madrid, los dos hablamos de esto. De tratar de ser felices, incluso, aunque no podamos volver a rodar. Sé que vendrán más películas de Carlos Quintela. Las espero con muchas ganas. Esa noche, entre tragos y porros, la vida nos dio la posibilidad de estar más cerquita. Cerquita de verdad. Cerquita de corazón.

Nada, Carlucho. Se te quiere. Abrazo.

CÓMO LLAMAR DESDE LA MANIGUA

El GRUPO EMPRESARIAL me prestó un cuartico en las cercanías de Boyeros. En un lugar llamado Embil. No sé por qué, pero todavía en Embil es 1994. Los vecinos son buena gente, pero no se han enterado que Fidel murió. Leen el *Palante*. Y cuando ven pasar a una muchacha vestida de negro le gritan: ¿Niña, tú eres *freaky*?

Yo no. A mí ya todo me da igual. Estoy tranquilo y veo como una gran victoria, no haber tenido que tomar pastillas.

Tengo treinta dólares y no dejo de pensar en una mujer.

Pero ella es complicada.

Yo entiendo que la gente se haga la dura en Suecia, en Seattle. Te metes en la historia esa de Bergman, o de Nirvana. No sé. ¿Pero aquí? ¿Aquí? ¿Y en el 2019? No, mami, no. Si aquí no hay nada. Aquí a las siete de la noche ya todo el mundo está encuevado. No hay nadie en la calle. No hay nada que hacer.

En el momento que tú estás en la casa, casa que compartes con tu mamá, o con tu papá, o con el primito, y caminando para el baño con el jarro de agua caliente en la mano, escuchas en el fondo, en el televisor, a un ministro hablando del precio de una batidora. Ya. Te jodiste. No puedes hacerte la dura más nunca.

En ese momento, mi amor, sucia así como estás, te tienes que poner los tacos y salir corriendo para acá. Para mi camita. Para darnos besitos de piquito. Caricitas. Y ya.

Los dos, bajo el mosquitero, en el medio del matorral.

Pero no. M no está para eso.

Llevo días tras ella. Llevo días persiguiendo a M. Le digo que venga a dormir conmigo. La espero. Le compré sus cigarros, cervezas, refrescos. El ron oscurito que le gusta. Pero siempre me deja en eso. Me embarca una y otra vez.

Para ella es un juego. Para mí es una cosa de vida o muerte. Se me entrecorta la respiración. Me conecto cada tres minutos esperando noticias de ella. Pero nada. Sé que estoy perdiendo el tiempo. No soy un adolescente, aunque lo parezca. Soy consciente. Y he tomado medidas. Por ejemplo, ayer le seguí la conversación a una desconocida de Marianao. Pensé que así podía olvidarla. La desconocida es una muchacha de veintidós años y después de un rato hablando, me manda una foto desnuda. Le digo que está buena y que tiene tremenda cara de enferma. Se pone brava y con muchas faltas de ortografía, me habla de lo que permite y lo que no permite que le pongan por el chat. No entiendo nada. Es como si todos los aviones del aeropuerto José Martí se hubieran llenado con la gente inteligente y se hubieran ido bien lejos. Lo que ha quedado es la merma.

M sí tiene cabeza. Pero la tiene en otro lugar. Para ella yo soy otro entretenimiento más.

Mientras espero a que aparezca, fumo y toco el techo con la palma de la mano. Me veo pasar en un viejo espejo. ¿Qué tipo de entretenimiento soy? Peludo, barbudo, barrigón, solo, pobre. No sé. M sabrá.

La última vez que hicimos el amor, M me leyó unas tallitas lindas, hermosas, de Javier Marimón. Algo de un libro que rezaba «*cómo llamar desde los pinos, o algo así*».

A Javier lo vi la última vez en Miami. Era mi cumpleaños treinta y cinco, yo estaba en una de mis crisis y no pude tratarlo bien. Luego, aprovechando un artículo que acababa de publicar, me comentó algo en la página de Hypermedia. Aprovecho ahora para mandarle un beso. Él me perdonará.

Una socia que ya murió, diría: *estás igualito a Javier*.

Nada, que M tiene la cabecita mejor amueblada. Es fría. Eso está bien.

Para ella, yo soy otro entretenimiento más. Le tengo una envidia. Hace tanto que no me embullo con nada.

Mi última alegría fue hace un par de semanas, cuando estuve en casa del artista Ezequiel Suárez.

Ezequiel tiene una casita. Llegué con cuatro refrescos de laticas —cerrados—. Empezó a sacar cajas con sus pinchas. Pinchas hechas a mano. Chiquiticas. Bien. Y hablamos. Hablamos de las cosas de la vida, de las mujeres, de otros artistas. Me dijo que tenía que dejar la paranoia. Me quiso regalar unas obras. No quise. No quise ser más invasivo. Pero sí vi un texto y le pedí permiso para hacerme un tatuaje. Y me lo voy a hacer.

En el medio de la conversación llegó una *seño* del MINSAP con una bazuca para fumigar. Nada. El encuentro duró poco. La casita de Ezequiel se llenó de humo. Fumigaron sus obras. Sus cartones, sus maderas y sus porcelanas.

Ese encuentro me dio energía para seguir. Para seguir escribiendo. Para irme tranquilo en el transporte para Embil. Para olvidar a M un rato. Pero fue solo un encuentro. Y mantener ese estado de ánimo es difícil.

Llego a mi zona. Manigua. Manigua. Saco la llave. Bajo la cabeza. No me queda otra que entrar y encuevarme en mi cuartico. Corre una brisa. Un sonido. A lo lejos pasa un avión.

¿Irá M en ese avión? Miro hacia la manigua y pienso. Hay otra opción, no tengo que encuevarme. Y camino y me pierdo en el monte. Cojo matorral. Manigua. Monte.

Pienso en el texto de Ezequiel que reza: «Viene Caviar». *VIENE CAVIAR.*

Y pienso en el futuro. El único caviar que quiero es el amor de una mujer. No tiene que ser M. Pero se debe parecer un poco. Tiene que ser una tipa que me aguante y a la que yo aguante. No es fácil.

Camino entre las altas hierbas. Huelo. Caca de caballo flaco. A lo lejos se escucha «Pakumba» de Chocolate MC. Me dejo llevar y muevo los hombros en el matorral.

¿Qué diría aquella profesora polaca si me viera ahora?

Me sorprende un mensaje. Es M. Aparece. Hoy viene a singar. Sonrío, y salgo corriendo del matorral.

Las medias se me llenan de guisasos.

ENCUENTRO CON ALEJANDRO HERNÁNDEZ

Por estos días se está estrenando *Mientras dure la guerra*, la nueva película de Alejandro Amenábar. En ella descubrimos el enfrentamiento entre Miguel de Unamuno y el general Millán-Astray, en la Universidad de Salamanca. Esta historia habla de la España de ayer, pero también de la situación actual y del peligro de la vuelta del fascismo.

El coguionista de esta película es un cubano. Un cubano muy sencillo y generoso llamado Alejandro Hernández. En mis años de estudio en la Escuela de Cine de San Antonio de Los Baños, todo el tiempo estuve escuchando hablar de él. Luego, tuve la suerte de conocerlo en Madrid, y así nos hemos encontrado varias veces. A mí me da tremenda alegría encontrarme y escuchar a Alejandro. Aunque lo que pasa casi siempre es que, por el embullo y la admiración que siento por él, solo hablo y hablo yo. Y él muy tranquilo me deja hablar.

Creo que es el momento de callarme un poco y dejarlo hablar a él.

Para los que no leen créditos, los actualizo: Alejandro Hernández es el guionista de películas como *Caní-*

bal, El autor, 1898. Los últimos de Filipinas, Hormigas en la boca, entre muchas otras. También ha escrito varias series como *Criminal* o *El día de mañana*.

Para el que no te conoce y en pocas líneas: ¿quién eres?

Soy cubano de La Habana, criado en El Vedado. Nací en el 70, fui pionero, tiré flores a Camilo y grité abajo la gusanera en el 80. Sin entender un carajo. Mi padre era piloto de combate, formado en la China de Mao Tse Tung, mi madre secretaria en el Ministerio de Alimentación. Crecí entre aviones y bases aéreas. Mi hermano mayor se hizo piloto, y aunque es un mundo que me fascina, siempre tuve claro que lo mío era escribir.

¿Qué estudiaste?

Lengua Inglesa, porque no me dio el promedio para hacer Filología. Siempre saqué muy buenas notas en letras, pero odiaba las ciencias. Aún tengo pesadillas con los números.

¿Primeras películas?

Me impactó mucho el Chaplin de *Tiempos Modernos* y *Luces de la Ciudad*. Con diez años, mi padre me regaló *Las Maravillas del cine*, de George Sadoul, y empecé a fantasear con dedicarme a esto. Una vecina mía, Vivian Gamoneda, era psicóloga en el ICAIC, como sabía que me gustaba escribir, me preguntó un día si quería hacer un guion para un dibujo animado. Lo hice y le encantó. Nunca se rodó, pero con diez años fue mi primera historia escrita.

¿Cineastas que admiras? ¿Películas que adoras?

Kristof Kieslowski cambió mi forma de entender el cine el día que empecé a ver las diez películas del Decálogo. Fue en una sala de video del cine Chaplin, una proyección pésima, pero cada noche salía con los pelos de punta. La película que cierra la serie: *No robarás los bienes ajenos,* me sigue pareciendo la historia mejor contada que he visto en una pantalla. Luego descubrí a Tarkovski, David Lynch, Coppola, Scorsese. Tendría unos veintitrés años y recuerdo esas sesiones en el cine como un refugio en medio de los meses más duros del período especial: apagones, falta de comida, incertidumbre...

¿Cuándo abandonas la isla?

En agosto de 1998. Yo había estado un año haciendo talleres en la Escuela de Cine de San Antonio. Allí entré tras ganar un concurso del ICAIC. Un día me llamó Daniel Díaz Torres y me preguntó si quería irme a hacer un máster de guion a Noruega. Resulta que un productor cubano le había enviado un fax desde Amsterdam proponiendo dos nombres: Eduardo del Llano y yo. Como solo había una plaza, Daniel, que entonces estaba escribiendo con Eduardo *Hacerse el sueco,* prefirió proponerme a mí y así no perder a su guionista. Tuve suerte, porque esa decisión me cambió la vida.

Llegar a Noruega fue como aterrizar en otro planeta. Un país donde las mujeres conducían autobuses, la policía no te pedía el carné por la calle, nadie vigilaba lo que hacías y mi universidad organizaba ciclos de cine erótico inaugurados por la alcaldesa de Bergen, que era una señora de sesenta años. Tardé un par de meses en recuperarme del *shock,* pero cuando lo hice me acordé de aquella maravillosa novela de Milan Kundera: *La vida está en otra parte.*

Mientras estudiaba en Bergen, vendí en España mi primer guion. *Hormigas en la boca* era una novela de un hermano de Mariano Barroso, al que había conocido en la escuela de Cuba. Mariano me propuso escribirlo con él. Se vendió bien y con el dinero decidí conocer mundo. Pasé dos meses en Asia, viajando en trenes por China y durmiendo en ciudades enormes, montañas, y templos budistas. Hice el transiberiano con dos amigos, un costarricense y un argentino —que por cierto, hoy tiene el mejor restaurante de carne en Praga: Gran Fierro.

Recuerdo aquello con mucho cariño, pero fue todo una aventura. Viajamos con temperaturas de hasta 38 bajo cero. Nos quedamos sin dinero. Me robaron el pasaporte, me arrestaron en la frontera ruso-mongola por entrar sin documentación. Montamos a caballo con nómadas en el desierto de Gobi. Vimos la Siberia de los Gulags, el lago Baikal cubierto de nieve y una madre abrazada al cadáver de su bebé congelado en una calle de Ulan Bator. Conocí cubanos en Beijing, Mongolia, Moscú. Después de todo eso, en el año 2000, decidí que regresar a Cuba no tenía sentido. Era guardar mi pasaporte en un cajón sin saber cuándo me volverían a dejar salir. Así que compré un pasaje a Madrid y me fui con una mochila y cinco mil dólares en un bolsillo, a empezar otra vida.

Tu relación con Manuel Martín Cuenca.

A Manolo lo conocí en el año 97, en la escuela de San Antonio, gracias a Mariano Barroso, que era jefe de cátedra de dirección. Los tres nos entendimos muy bien desde el principio. Tuve suerte, porque Mariano y Manolo son dos de los más prestigiosos directores del cine español. Pero más allá de eso, han sido mi familia, mis hermanos mayores. Les llamé en cuanto llegué a Madrid. Y me ayudaron a instalarme en una ciudad que desconocía. Los cubanos salimos de la isla muy desorientados, y hay que aprender a adaptarse. Y aceptar que no mereces nada por el simple hecho de nacer en Cuba. No eres el centro del mundo por mucho que te hayan criado entre consignas egocéntricas, pancartas y autobombo.

En Madrid viví dos años ilegal, pero ganaba dinero como escritor no residente —no necesitaba permiso de trabajo mientras pagara impuestos, pues al estado le daba igual si yo escribía los guiones en el desierto del Sahara o en la Gran Vía—. Gracias a Mariano y a Manolo nunca me faltó trabajo como guionista. Con Manolo hice *El juego de Cuba,* mi primer largometraje, que era documental, y con Mariano *Hormigas en la boca,* mi primera peli de ficción. A partir de ahí, siempre he trabajado con ellos.

Por eso fue muy emocionante que la primera vez que me nominaron como mejor guionista a los Goya, en el 2014. Fue con dos películas escritas con ellos: *Caníbal,* dirigida por Manolo, y *Todas las Mujeres,* dirigida por Mariano. Las dos compitiendo en la categoría de mejor guion adaptado. Fue muy ilusionante estar en la ceremonia con mis dos amigos.

Con Manolo, además, soy socio de su productora. Por eso en nuestras películas firmo como productor, aunque el trabajo duro lo hace él. Ahora estamos a punto de arrancar nuestra séptima película juntos.

Con Mariano llevo tres películas y dos series de televisión: *El día de mañana,* que fue un éxito de crítica y público en España, y *Criminal,* una serie internacional de Netflix, dirigida por él, y donde Manolo y yo hemos escrito los guiones.

La suerte de trabajar con buenos directores, sobre todo directores de actores, es que tienes más posibilidades de que la peli/serie te quede bien. Y eso hace que otros cineastas se fijen en tu trabajo.

Eso fue lo que me ocurrió con Salvador Calvo, el director de *1898. Los Últimos de Filipinas.* Le había gustado *Malas Temporadas* —Martin Cuenca, 2005—

y me propuso trabajar con él. Salvador comparte conmigo el gusto por el cine épico, un género que no había escrito nunca, porque suele ser caro. Primero hicimos una serie de televisión, *Los Nuestros,* la primera sobre militares que se grabó en España, y donde coloqué a un personaje de origen cubano, hijo de un veterano de la guerra de Angola. Una guerra muy desconocida en occidente, y en la que yo participé como soldado entre 1988 y 1990.

Un año después, Salva me propuso hacer *Los Últimos de Filipinas,* y siempre le estaré agradecido por eso. Ahí me puse las botas, porque era una historia fascinante, pero muy manipulada ideológicamente por el franquismo. Al final hice un guion sobre seres humanos, no sobre patriotas. Hablé de lo que yo sabía, porque en las guerras la patria es algo impreciso, figurado, y lo único real es el miedo, la angustia, la desesperación.

De chico tenía un fanatismo enfermizo con Amenábar ¿Cómo llegas a Alejandro Amenábar?

Fue a través de Fernando Bovaira, su productor. En el año 2010, Fernando leyó un guion mío no producido, y le gustó tanto como para localizarme —no tenía mi móvil— y proponerme hacer algo juntos. Poco después se convirtió en productor de *Caníbal,* mi peli con Manolo.

Un día, volviendo de Granada en tren, donde rodábamos, me dijo que quería presentarme a Alejandro Amenábar. A mí me encantan sus películas, así que me pareció una oportunidad maravillosa. Quedamos los tres a comer y así nos conocimos. Alejandro estaba terminando su guion de *Regresión* y quería empezar una historia nueva. «¿Te vienes el lunes a mi casa y lo hablamos?», me propuso. Por supuesto, le dije que sí.

Trabajar con alguien que no conoces es delicado. No sabes si vas a sintonizar o si compartirá tu forma de ver las cosas. Pero con Alejandro funcionó muy bien desde el principio. Él consiguió que me sintiera muy cómodo, porque cuando entras a un despacho donde hay nueve premios Goyas, un Globo de Oro y un Oscar, piensas, ¿y yo qué le puedo aportar a este señor? Pero él fue muy humilde y me trasmitió muy bien lo que buscaba en sus historias.

Al principio, nuestras reuniones se centraron en *Regresión*, y yo hice de *script doctor*, o sea, de analista. Eso ayudó a ver todo lo que teníamos en común. Luego, me propuso escribir el proyecto nuevo. ¡Lo terminamos en un mes y medio! Fue rapidísimo, pero ese guion nos salió demasiado caro y tuvimos que guardarlo en un cajón. Empezamos a buscar otra historia. Un día le hablé de Fidel Castro, de ahí fuimos a Stalin, y un par de meses después me llamó y me dijo: ¿qué te parece una peli con Franco y Miguel de Unamuno?. Así fue como empezamos *Mientras dure la guerra*.

Cuéntame de tus relaciones con los cubanos de allá.

Viví varios años en un barrio madrileño, junto al río Manzanares, rodeado de cubanos. Mi compañera de piso, Chaple Rodríguez, era actriz y me presentó a mucha gente, porque yo nunca he sido muy sociable. Allí tenía de vecinos a Kelvis Ochoa, al que conocía de Cuba, y a su mujer, Elbita, que había sido amiga de una novia mía en los años de universidad. Y solía pasar gente como Pavel Giroud, Víctor Navarrete —gran amigo—, Boris Larramendi, Pavel Urquiza y todos los de Habana Abierta. Por cierto, Kelvis es un cocinero cojonudo. Hace los mejores frijoles negros que he comido en la vida.

Aquel barrio era mi conexión con Cuba, porque siempre me he movido en el cine español. Para que tengas una idea, a María Isabel, la actriz, que lleva más de veinte años en España, no la conocí hasta hace unos meses, porque trabajó en un corto que yo escribí para una ONG. Y es alguien a quien admiro mucho, pero nunca nos habíamos cruzado. Lo mismo me pasó con Vladimir Cruz, al que conocí cuando protagonizó *Los buenos demonios*, mi primera peli auténticamente cubana, dirigida por Gerardo Chijona. Yo ya no vivo en ese barrio, pero mantengo contacto con los pocos cubanos que estamos en el mundo del cine. Tengo un amigo, Luis, también habanero, que tiene una empresa de postproducción en Madrid y le va muy bien. Él es quien me avisa cada vez que pasa un cineasta cubano por aquí.

¿Tienes pareja?

Llevo quince años con una médico española, que además de ser una mujer inteligente y preciosa, me lo cura todo. Empezando por el ego. Siempre le paso mis guiones, y no tiene ningún problema en decirme si son una mierda. Eso jode, pero también ayuda.

Gustos personales, café, té, ¿Cómo es tu día a día?

Los españoles dicen que tengo poco de cubano, porque ni bailo salsa, ni tomo café. Pero viviendo en Cuba me aficioné al té —cosa rara, porque allí no es costumbre—. Todos los directores con los que trabajo saben que lo primero que hago antes de ponernos a currar es beberme una taza de té verde.

Trabajo unas seis horas al día. Uso el programa de guion Final Draft, que facilita mucho las cosas —no entiendo que haya guionistas profesionales que siguen usando las plantillas de Word—. Normalmente trabajo dos proyectos, uno por la mañana, otro por la tarde, en medio hago ejercicio para desconectar y cambiar el chip.

No tengo redes sociales. Apenas consumo tele, pero tengo casi todas las plataformas: Netflix, HBO, Amazon, para estar al tanto de lo que se produce en el mundo. Y también las Major Leagues Baseball, porque aunque viva en España y mi hijo sea del Real Madrid, no hay nada en este mundo como un buen partido de béisbol.

¿Un recuerdo lindo de acá? ¿Uno feo?

Pues mira, uno lindo, aunque parezca feo. Cuando regresé de Angola, allá por 1990, me salió una infección en una mano y me fui a tratar al Hospital Militar, que tenía un pabellón especializado en manos. Aquello estaba lleno de heridos de guerra, sobre todo por las minas. Recuerdo que estaba sentado en el portal del pabellón esperando a que me llamaran, cuando vi salir a un herido. Un zapador, tendría veinte años, como yo. Al muchacho le había estallado una mina personal y le había destrozado la cara, le había arrancado el brazo derecho hasta el codo y en la izquierda solo le dejó dos dedos de la mano. Tenía vendajes recientes por todo el cuerpo. Iba en pijama, con chancletas, y en los dedos sanos sostenía un cigarro. Parecía un muerto viviente. Yo era el único que estaba en el portal. Me miró, no dijo nada. Yo tampoco. De repente, vimos pasar una enfermera por la calle de enfrente. Una mulata preciosa, muy sensual, con su uniforme blanco. El zapador le dio una calada a su cigarro y entonces le lanzó un beso de esos largos, muy sonoro, y gritó: ¡Cosa liiindaaaaaa! Al oírlo, la enfermera se giró hacia nosotros. Primero miró al zapador, pero al ver a aquel hombre terriblemente mutilado, dio por hecho que el piropo no podía ser suyo, así que me miró a mí. Y yo sonreí negando con la cabeza. Dándole a entender que estaba igual de impactado que ella. Me acuerdo mucho de ese momento, y de ese zapador. Porque es la metáfora perfecta de lo que significa echarle cojones a la vida.

¿Qué hacer cuando llega el desánimo?
Acordarte del zapador mutilado.
¿El plan perfecto para una tarde de domingo?
Una buena peli con mi mujer y mi hijo —o un partido de los Yankees, o los Dodgers—.
¿La película tuya que más disfrutaste?
La primera, *El Juego de Cuba*. No estuve en el rodaje pero la estuvimos montando durante meses. Y aprendí tanto del arte de contar que, desde entonces, recomiendo a mis alumnos de guion que pasen tiempo en la sala de edición. Es la mejor escuela.
¿La película tuya que más sufriste?
Honestamente, nunca he sufrido con ninguna película. Es de las cosas buenas que tiene ser guionista, y no director.
¿Una esquina de La Habana?
La terraza de mi amigo Julio Carrillo, en 12 y 19. Un sitio mágico.
La canción de tu vida.
Serían muchas canciones. Recuerdo que llegué a Angola escuchando *heavy metal* y regresé tarareando boleros de Orlando Contreras.
Una virgen o santo que te acompaña.
Soy agnóstico, pero guardo con mucho cariño el rosario que me regaló un monje budista durante mi viaje a China, en las montañas de Wu Tai Chau. Recuerdo que también me dio una foto de su maestro y unas oraciones, que, si las recitaba, ayudarían a que las cosas fueran mejor en Cuba. Creo que recé tres o cuatro veces, pero no funcionó.

Una semana después, al llegar a Mongolia, me robaron la foto, las oraciones y el pasaporte, lo cual me lleva a tu siguiente pregunta.
¿Un refrán?
Cuando el mal es de cagar, no valen guayabas verdes.

¿Signo zodiacal?
Tauro.
Un ritual.
Escribir cinco páginas diarias.
¿Una actriz de toda la vida y por qué?
Juliette Binoche. Porque me sigue pareciendo igual de talentosa, bella y enigmática que hace treinta años.
¿Una película de toda la vida y por qué?
Memorias del subdesarrollo. Es divertida, es triste. Es Cuba.
¿Caminas, paseas?
Nado. Cincuenta minutos. Tres o cuatro veces por semana.
¿Directores, artistas cubanos preferidos?
Fernando Pérez, Chijona, Daranas, tú mismo. Mis pelis cubanas favoritas de los últimos años son *Conducta* y *Melaza*.
¿Un amigo muerto con el que te gustaría un café?
Daniel Díaz Torres. Echo mucho de menos nuestras conversaciones en Madrid. Era el mejor cuenta cuentos que he conocido.
¿Fumas?
Nunca he sido fumador. Pero cada vez que voy a Praga, a la Escuela de Cine, me gusta irme alguna tarde a la casa del Habano. Me pido un ron Santiago, un Montecristo nº4. Y es la vida misma.
¿Qué no le debe faltar a un cineasta?
Disciplina. Mucha gente con talento se pierde por el camino. Porque es un camino duro. En cambio he visto gente sin mucho talento, pero sobrados de disciplina y actitud hacerse un hueco en la industria. Eso no es justo ni injusto. Es la realidad.

POSAR DESNUDO EN CALLE PASEO

Una amiga me quiere tirar unas fotos con la boca pintada de rojo. Yo me quiero tirar unas fotos con Laura Mónica desnudos los dos. Pero Laura Mónica me dejó por un tipo con dinero, una clase de mongo que si se cae come fango.

Así que acabo en un apartamento en Paseo, encuero, con unas medias puestas y la boca pintada de rojo. La fotógrafa me tira unas veinte fotos y para. Me da ron. Subimos a una terraza y vemos el atardecer. «La hora mágica» para el cine. Pinga hora mágica ni hora mágica. La hora de la tristeza, del aterrizaje, del bajón, del súper bajón.

Laura Mónica es una fula, asere. Es una niña boba. Ahora me cambió por ese. Pero antes me cambiaba por lo que fuera. Cada vez que la llamaba y le decía: amor, quiero amanecer contigo, cucharita, besar tu nuca, oler tu pelo. Ven. Plis. Ella me decía: estoy prendida. No puedo. Me cambiaba por lo que fuera. Y yo muerto en la carretera con ella. Frito. Por gusto.

Trato de olvidarla y pienso en los fotógrafos y fotógrafas que me han caído bien.

La primera fotógrafa de mi vida fue Sarah. Sarah, mi primera noviecita. Grande, alta, con unos muslones y unas axilas hermosas. Una vez, un familiar nos contrató para hacer unas fotos y aquello acabó mal. Yo lo único que hacía era posar, como un gran fotógrafo, sin pensar en lo que tiraba. Ella se esmeró, pero a la pobre se le trabó el rollo y esas fotos se velaron. Cuando aquello las fotos eran de rollitos, 35 mm.

¿Qué se perdió en esas imágenes? Fotos de familiares. Familiares que ya están muertos. Abuelo gordito, cuidadito, bonito, con su barba blanca. Tía sin cáncer. Con su cara rellenita. Para los cubanos eso de estar gordito es importante. Quiere decir salud. En ese rollito se perdió la salud. Y ahora, ni foto ni familia.

Al final, con los años, Sarah se convirtió en una gran fotógrafa. Ahora vive afuera, como todo el mundo, y seguro que tiene par de buenos discos duros de dos *teras* para salvar las fotos. Lo que más retrata son edificios. Concreto. La vida es así. No la juzgo.

Hay que dejar algo. Mira, ahora estas mismas fotos que me hice, estos desnudos, son para que cuando esté viejo poder verme. O para, si tengo hijos, que mi descendencia diga: verdad que el viejo era un loco, míralo ahí, con el rabo corto por el frío y la boca pintada. Y sus tatuajes. Tatuajes que duren toda una vida. Fotos para el futuro.

Luego de Sarah, en mi vida apareció Karl Haimel. Karl es un austriaco fotógrafo, del 22 de abril, como yo. Pero tenía setenta, cuando lo conocí. Tocayos de día y de nombre. El tipo era un loco que se alquilaba en casa de mi tía y, de borrachera en borrachera, abría el refrigerador y le metía una mordida a lo que fuera. Karl me regaló una cámara y juntos caminamos por La Habana tirando fotos. Ese recuerdo lo borré, porque eso de hacerse el yuma y tirar fotos a la miseria me parece tremenda mierda. Pero bueno, el tipo tiraba unas fotos buenas y sacó una de Korda y Compay Segundo bien rara. Los dos estaban sabrosos. En una calle extraña. Tallas locas. Los dos están muertos. Pero dejaron su arte: canciones duras y fotos de milicianas a la moda que son un diez.

Karl me tiró la única foto que tengo con mi mamá y mi papá. Esa la tengo. Esa no me la quita nadie.

Mi abuelo tiraba fotos también, pero nunca lo vi en el momento. Cuando murió, revise muchas de sus fotos y de sus películas. El tipo dejó material. Fotos de la plaza. Fotos de los viajes. Revolución y burguesía.

Yadira llegó a mi vida hace unos quince años. Cuando yo empezaba a fumar tabacos. Estaba sentado una tarde en la Escuela de Cine fumándome un serie D y ella pasó y me tiró par de fotos. Se acercó. Conversamos y terminamos en su apartamento, en el área destinada a los profesores. Yadira era lesbiana y su novia era una alemana bella, que se parecía a Sigourney Weaver en el 76. No sé por qué, ni cómo, pero acabé mojado y con un billete de veinte pesos en la mano, posando para unas imágenes bien locas. Al acabar me despedí. Besito en el cachete para las dos y volví caminando por el aéreo. De repente, las siento detrás y oigo que me dicen: Carlos, queremos descargar contigo. Yo no sabía lo que eso significaba y me demoré un rato. Yadira me vio cara de comemierda y me dijo: queremos acostarnos contigo. Las dos. Sonreí, como un niño de seis, y les dije que no había problema. Genial. Claro que sí.

Compramos varias cervezas y llegamos a mi habitación. Nos sentamos los tres en mi cama y yo estaba muy nervioso. No sabía qué hacer. En un momento, Yadira se funde y se va. Me deja solo, solo con la alemana, solo con la Sigourney Weaver.

Poco a poco nos empezamos a besar. Nos desnudamos. Y no sé cómo, pero me di cuenta de que a Sigourney le molestaba mi miembro. No quería verlo. Lo echaba a un lado. Entonces la detuve y le dije: oye, no tiene que haber penetración. Déjame mamarte un rato y ya. La tipa entendió y acabó en mi boca. Yo acabé con mi mano. Al otro día, me regaló un abrigo azul hermoso.

Un abrigo azul que se robaron de mi casa. Ahora no tengo ni la foto ni el abrigo.

Lo de las fotos es una locura. Preparando mi tercera película agarré a un vecino. Tocayo mío. Carlos. Carlos, el papá de Mariela. Me lo llevé para el parque de H y 21, y le tiré par de fotos debajo de una ceiba, como si fuera un muerto: con algodón blanco en la boca y medias en las manos. Hoy Carlos está muerto de verdad y yo tengo esas fotos. ¿Pero cómo se las doy a Mariela? En un momento, en un pensamiento bien espiritista, pensé que las fotos lo habían matado. No sé. Me da una pena de pinga.

Aquello de que los aborígenes del Amazonas pensaban que las fotos le robaban el alma. Qué loco.

En Rotterdam entré a un elevador y estaba Bertolucci, no pude tirarle una foto. No tengo *selfie* de eso. Ni de Todd Solondz, en México. Pero pienso que esas son fotos del ego. Pero últimamente estoy pensando que el ego tiene su cosa. Cuando no hay ego es que ya estás muerto.

Por eso, ahora que las tetillas y la barriga no se me han caído del todo, claro que sí. Foto encuero. Y candela al jarro.

Preparando un video junto a un artista plástico revisé las fotos de Figueroa —vecino mío—. Lo adoré. Leandro Feal me ha tirado par de veces, pero las ha perdido o no está para eso.

Atardece en La Habana. Me acabo de desnudar para una socia y con una servilleta me quito el creyón de la boca. Me doy un buche. En este momento, Laura Mónica debe de estar prendida. Fumada. Sabrosa. En alguna casa de bombillos amarillos. Mi casa tiene bombillos blancos. Luz blanca. Luz de policlínico. Bueno, no es mi casa. Es la casa de mi madre.

No sé por qué me he hecho estas fotos. Pero tampoco sé por qué me hice los tatuajes. Bueno, lo sé, pero no puedo. No puedo decirlo. Nada. Ojalá quede una fotico mía, cuando yo no esté.

El sol ya se fue en la terraza de Paseo.

Pienso en el sabor del algodón en la boca del papá de Mariela. Pienso en la mano de mi abuelo en mi hombro, en una foto que no salió. Pienso en los besos que no tienen foto, y si ella lo olvida y yo muero, ¿qué queda?

Pienso en la leche caliente derramada dentro de Laura Mónica. No hay cámara en Cuba para tirar esa foto, diría Chichi, el del barrio. Una cantidad de cosas, momentos, situaciones, miradas, olores, pelitos, carnitas, cosas que se quedan sin su foto.

Noche cerrada. Cero luz. La cámara no registra. Negro sobre negro. Solo sonido y siluetas. Los grillos, los carros que pasan. Gente que va de regreso a la casa, para sentarse a la mesa y comer con la familia. Con las novias, las mujeres. Cama tibia. Señales raras me entran por el oído. Niño que llora. Silla de ruedas.

Y de aquí a sesenta años, con suerte, alguien verá mi foto desnudo y dirá: qué bobería.

Un gesto por gusto. Uno más.
Empieza a llover.
Regreso a mi cuarto.
Tengo tres películas abiertas en el reproductor de video de la computadora: una de Jarmusch, una de Szabo, y *The Square*. Arrastro «Así fue» de Juan Gabriel y para el carajo el arte.
Canto y pienso: borré sin querer a Jarmusch.
Borrado seré.
Un gesto inútil.
Un texto cursi.
Mamar un bollo con merengue casero.

FELIPE DULZAIDES, *AS A MATTER OF FACT*

Cuando tenía veinte años, en una muestra de videos en 23 y 12, tuve la oportunidad de ver dos obras que cambiaron mi manera de pensar el arte. *Siguiendo una naranja* —1999— y *Arriba de la bola* —2000—.

En un ambiente completamente propenso a narrar, a contar algo, donde casi todo el mundo estaba tratando de decir y remarcar mil ideas, estos videos hicieron que mi cabeza explotara.

Felipe Dulzaides. ¿Quién era este tipo?

Una boca pegada al lente repitiendo una y otra vez: porque hay que estar arriba de la bola, arriba de la bola.

Una naranja cayendo por una empinada calle de San Francisco.

Y ya. Sencillez. Humor. Chiquiticos. Y al mismo tiempo, tan bellos.

Me puse a averiguar un poco más, busqué unos viejos catálogos y, con el paso de los años, cuando se presentaba la oportunidad, volvía a chocar con su pincha.

Hoy Felipe está en La Habana y me acepta un cuestionario. La cosa va más o menos así.

¿Cómo se te ocurren estos dos videos?
Gracias por tus palabras, ya esos videos tienen alrededor de veinte años y que estemos hablando de ellos significa algo. Ahora pienso que son videos cortos y, sin embargo, podríamos estar hablando de ellos por largo rato. En la distancia, uno se da cuenta de qué se trataban. En ese momento, simplemente, los hice con un método de trabajo basado en la improvisación, involucrando la realidad en directo.

Sí, claro que eran también una reacción al melodrama que se veía en mucho trabajo en esa época, y que todavía se ve. Trabajar a partir de la ligereza sin perder la profundidad, valorar la espontaneidad, que también significa honestidad y transparencia, una necesaria irreverencia contra todo el oportunismo que se esconde en mucho arte calculado. Yo los hice siendo estudiante en el departamento de Nuevos Medios del San Francisco Art Institute. Allí había un reducido grupo de estudiantes, que nos planteamos lo que mencionas de distintas maneras, siempre a partir de nuestras experiencias personales. Para colmo, esa escuela visitó La Habana.

Yo viví por casi siete años en Miami, sin venir ni una sola vez a Cuba. De repente, me voy a la costa oeste, al otro extremo de los Estados Unidos y llegando, a los pocos meses, ya estaba de vuelta en La Habana.

Conocí la escena de aquel momento, a René Francisco y a los artistas que integraban DUPP. Toda esa conexión está muy viva aún.

Siguiendo la naranja es el inicio de mi trabajo. Fue como encontrar la puerta de entrada y sucedió interactuando con la topografía de la ciudad de San Francisco. En aquel momento, una ciudad con una comunidad que me inspiró muchísimo.

Arriba de la bola surgió después de regresar de un segundo viaje a Cuba con la escuela. Escuché la canción, y me di cuenta de lo que el Período Especial, el cual no experimenté, le había hecho al subconsciente colectivo. Igual este video surge a partir de un acercamiento lúdico.

Eran las 2:00 a.m. y estaba en el estudio. Conecté la cámara al televisor, funcionando como un espejo electrónico, y no sé cómo la frase «arriba de la bola» vino a mi mente. También, hay un momento en que perdí «el control» y me dejé llevar por la imagen que se iba componiendo. Creo que es una obra que, irónicamente, refleja un dolor muy profundo.

Nunca traté de repetir algo igual, ni parecido. Dije todo lo que tenía que decir al respecto.

En aquel momento las cámaras eran bien elementales. ¿Tenías muchos conocimientos técnicos? Yo soy muy ignorante para las marcas y los tipos de equipos. ¿Cómo haces? ¿Te llevas un sonidista o lo haces todo tú?

Ja, ja, ja, colaborando con Teófilo Stevenson. Sin técnica uno está libre de la técnica. Por ejemplo, no me interesa pintar un cuadro y ser valorado por habilidades. Disfruto ver un cuadro técnicamente bien pintado, pero hay muchas formas de reflejar la poesía, la espiritualidad enmarcada por la cultura. La poesía está en la vida misma, en el gesto que se relaciona con ella.

¿Cuántas copias hiciste de estas dos obras?

Hablando de técnica, esos son tecnicismos que manejan las galerías, el mercado, y los artistas tenemos que adaptarnos a ellos. Por ejemplo, no permito que ese tipo de trabajo se muestre en Internet. Fueron hechas para el cubo blanco de la galería. Es un honor que casi todas las copias de las dos obras están en colecciones que respeto.

Eso de ver la naranja cayendo por las calles de San Francisco tiene una belleza extrema. Varios años después, en una exposición del Museo de La Habana, vi Portrait of my Lens Cap *—2000— y tuve la misma sensación. No había visto el nombre del autor. Pero me llamó la atención y dije: ¿qué bola con esto? ¿Qué loco hizo esto? Y cuando vi tu nombre, se me salió una sonrisa. Me volviste a sorprender.*

Gracias de nuevo, es una obra de la misma época. Es, más o menos, la misma búsqueda de los dos videos que mencionas. Yo trabajaba para la cámara. Es un trabajo que refleja el drama existencial de ser un individuo culturalmente fuera de lugar. No puedo dejar de reírme, creo que siempre lo he sido, no importa el contexto.

Estudié fotografía en Miami. Ahora podemos hablar de técnica, ja, ja. Tuve un profesor magnífico en el Miami Dade Comunity College, Joseph Tamargo. Él es un purista. Pero en San Francisco tuve otros magníficos profesores que me ayudaron a entender la necesidad de dar un salto en los contenidos.

San Francisco es una verdadera escuela, que me ayudó a entender, y a explorar, la relación entre la vida y el arte. Pero con la fotografía, ya todo ese conocimiento y diálogo con el medio, estaba en mis venas. Esa obra es una ruptura con lo que yo hacía anteriormente. Todas esas obras lo son.

Empecé a ver la fotografía como escultura, como instalación. Existen millones de fotos de todo tipo de cosas. Pero yo no recordaba una simple foto de la tapa del lente, la que lo protege. Son obras no premeditadas. Estaba en el lugar y, simplemente, inserté la tapa del lente en el contexto. Un contexto que es un paisaje y en la que un elemento circular se repite. Es una reflexión muy formal. Estas inquietudes formales e interdisciplinarias con la fotografía, las desarrollé pocos años después en San Francisco, en un proyecto de SITE SPECIFC BILLBOARDS.

Somos amigos en Facebook y siempre te veo poniendo fotos con este título: «As a matter of fact» ¿Qué hay detrás de esto? Tiene el mismo sentido del humor, pero también es más seco todo. Duro, pragmático. Onda: esto es lo que hay y no hay más nada.

¿Desde cuándo empezaste? ¿Es solo un entretenimiento?

Es un proyecto que está en Facebook. Si supiera qué hay detrás de esa serie de fotos, no lo haría. Lo interesante es que es un trabajo en proceso, compartido a diario. No es una serie de fotos, y sí. Ese espacio indeterminado me interesa mucho. Esas otras obras que mencionaste están ya filtradas, listas para presentar en un espacio expositivo. Todo el que me conoce sabe que jamás he tomado una decisión pragmática en mi vida. «*As a matter of fact*» es una reflexión compartida, sin editar, inmediata. Es un proyecto que también refleja la ciudad, refleja belleza, tristeza, ironía, absurdo, y un montón de cosas más. Es una especie de diario. Mi móvil se ha convertido en una de las herramientas que más uso. Acabo de hacer un video con él. El otro día, un pintor me mostró un cuadro hecho de una de esas imágenes en Facebook. La idea estaba en la realidad, yo la compartí y él la pintó.

La ciudad es para mí el verdadero estudio y lo que busco es el diálogo, la interacción. La vida es muy aburrida. Aunque la soledad es muy necesaria. Quizás algún día ese proyecto pueda vivir en forma de libro. Qué se yo, no quiero racionalizar algo que surge de un impulso.

¿Cuántos años viviste en Estados Unidos?
De siempre viví en los Estados Unidos, pues nací escuchando jazz. Cuando estaba en la cuna ya escuchaba a Bill Evans, a Miles Davis, Ella Fitzgerald, Louis Armstrong, y muchos más. Es más, yo puedo decir que nací en los Estados Unidos. Escuché esa música mucho antes que a Irakere y Los Yoyos. Cuba y Estados Unidos están culturalmente conectados y yo viví en el epicentro de esa conexión a través de mi padre. Un artista y un ser humano del cual podemos estar hablando hasta que se seque el malecón.

Háblame de THE NEW GENRES DEPARTMENT OF THE SAN FRANCISCO ART INSTITUTE.

Es mi escuela, mi otra familia. Allí encontré artistas de distintos rincones del planeta con las mismas inquietudes, un ambiente de experimentación libre, competitivo y estimulante. Tuve la suerte de estar en un momento muy especial, pues todo cambió para mal después: la ciudad, la escuela, los espacios alternativos dedicados a la experimentación. Todos mis amigos y colegas de una forma u otra fueron forzados a abandonar la ciudad. En esa escuela encontré también maestros, cuyas vidas y obras siguen siendo un referente.

Cuéntame de tu relación con Tony Labat.

Un artista siempre sorprendente, radical, un maestro brillante. Aún falta una justa valoración de su trabajo. No llegué hasta sus clases por casualidad.

No sé nada de tus instalaciones, siempre he visto más tus fotos o videos.

En la pasada Bienal hice una instalación SITE SPECIFIC en el evento «Detrás del muro», en el malecón. Muy inspirada en el «Puesto de mando», una obra brillante del arquitecto Roberto Gottardi y en la obra «Sun tunnels» de Nancy Holt. Quizás no la notaste, y eso me cuadra. Pero, sin embargo, era súper perceptible, tenía una longitud de casi cincuenta metros.

Hablando del malecón, lugares de La Habana que más te gustan:

Muchos y todos por igual. El bar Elegante del Hotel Riviera. La bahía de La Habana. El barrio Nuevo Vedado. Las escuelas de arte —ISA—. Los yaquis en el mar, que están detrás del teatro Karl Marx. La arquitectura del restaurante Las Ruinas. El Vedado todo. La sala de Lam, en el museo Nacional de Bellas Artes. Algunas partes de Centro Habana —casi toda—, los Sitios —increíble lugar—, el Cerro, La Víbora, Lawton, Habana Vieja, de Miramar solo sus parques.

Y tres o cuatro cosas de La Habana que te mueven:

El sonido de los amoladores de tijeras.

Las pizzas del restaurante Ven a mí.

La escultura de Sandú Darié en el *lobby* del Hospital Ameijeiras.

El sonido del cañonazo de las nueve, en un lugar recóndito.

La mata de mango al lado de mi casa.

La Orquesta Sinfónica tocando un domingo a las 11:00 a.m.

Los árboles del zoológico de 26.

El sonido de los grillos en la noche.

¿Qué es lo próximo?

Mandarte las respuestas a estas preguntas, ja,ja. En serio, estoy trabajando muchísimo en muchas cosas. Unas, a corto; y otras, a largo plazo. De inmediato una expo de mis videos en la Fundación Ludwig, que reflejan la ciudad de La Habana como subtexto. Ojalá vayas a verla. Tengo trabajos recientes mezclados con otros no recientes en esa expo. También, en una exposición bien procesual con René Francisco. Ya colaboré anteriormente con René, es muy irónico, pero René me dio mi diploma de Master en Fine Arts, en el San Francisco Art Institute. Nuestro diálogo ya tiene veinte años y no le veo final. Vamos a revisitar esa experiencia, que no es más que un pretexto para cuestionar nuestra práctica creativa, desaprender a través del diálogo transparente y desprejuiciado. Lo maravilloso de ser artista es que es un campo abierto. Va a suceder en un proyecto increíble en la calle de San Isidro, en la Habana Vieja.

Hay muchas obras tuyas que no he podido ver. Para alguien que no te conoce ¿Cuáles son las obras que dirías que más te definen?

Hace poco se hizo un libro sobre mi trabajo. Tengo que darte una copia. No me he preguntado eso, ni quiero preguntármelo. Los intentos fallidos quizás eran las obras más audaces, pero ¿quién sabe?

¿Te consideras un artista conceptual?

Mi vida cambio en el MOMA de San Francisco, cuando entendí el urinario de Duchamp en relación con una serie de obras, de la misma fecha, que la rodeaban.

Pero no soy *fan* de las etiquetas. Respiro, tengo ideas, preguntas, proyectos, que me desvelan a las tres de la mañana y sigo una naranja.

GENTE FULA

La primera vez que la Seguridad del Estado fue a mi casa tuve mucho miedo. Llegaron dos tipos, vestidos de civil, pero parecidos, con dos cascos de motos y dos moticos. Los agentes me preguntaron par de veces dónde podían parquear las motos. Como si tuvieran miedo a que alguien se las llevara. ¿Quién iba a tener el valor de robarle a la policía?

Desde entonces, siempre que camino por la calle y veo pasar esas moticos, con su chapa específica, me quedo pensando: allá van ellos.

Hay veces que hay conciertos, o alguna celebración rara de esas, y veo cientos de esas moticos parqueadas cerca del contén. Son una invasión. Y la calle es de ellos. Disfrutan esa socarronería.

Una noche, de carnavales, yo estaba en un séptimo piso, en el apartamento de unas amigas lesbianas que rondaban los setenta años. Mis amigas eran pareja y habían pasado muchas cosas juntas: las verdes y las maduras. Bueno, la cosa es que, desde la ventana, se veía abajo la calle tomada, llena de policías y segurosos. Mis amigas estaban haciendo una fiestecita, un motivito; y todos eran homosexuales en el lugar. En un momento de música romántica, me puse a ver el rostro de todas las que cantaban. Mi amiga cantaba con una emoción hermosa. Recordé el cuento que me hizo de cómo con veinticuatro años se tuvo que casar con el hermano de su novia, para poder estar cerca de ella. Pensé en las UMAP. En aquel video, donde el máximo líder hablaba de los que tenían actitudes de Elvis Presley. En ese momento de la canción me percaté de que el apartamentico era una especie de refugio. Que todas esas mujeres habían pasado cosas muy duras. Y que desde finales de los 60 hasta ahora la calle estaba tomada por gente fula. Gente que no cantaba como ellas.

Mi amiga era fotógrafa de la noche habanera. Iba por bares y cantinas retratando a Bola, Elena, Moraima. Ya esa gente no está. Ya La Habana no es la misma ciudad. Las cosas bonitas pasan de una manera clandestina. Puertas adentro.

La calle es de la gente fula. De la gente mala. Los buenos están encerraditos. Tranquilos.

Hace unos meses, un grupo de valientes afrocubanos decidieron, por cuenta propia, hacer una misa en la iglesia de Reina, en homenaje a los independientes de color. Era a las cuatro de la tarde. El sol quemaba con fuerza. Fui caminando de mi casa al templo —unos tres kilómetros—. En el trayecto, entre el sol y la gente que estaba alterada en la calle, me fui cargando. En cada cuadra había una patrulla o un policía. Más policías que gente. Y la gente en la lucha, buscando qué comer. Al llegar y traspasar el arco de la iglesia sentí un cambio de temperatura. Más fresquito, la sombra, la calma. Pasé unos segundos para recuperar la respiración. Me senté solo. Me sentí solo. Miré al frente. Antes de empezar la misa vi a un tipo raro, me pareció un vigilante. El salón se fue llenando. Mujeres negras. Fuertes. Valientes. No tenían miedo. Habían vivido mucho. En ese momento sentí de nuevo que estaba en una especie de refugio.

Me acordé de mis amigas lesbianas, miré a las afrocubanas religiosas. Me alegré de que la gente pudiera encontrar sus pequeños refugios. Burbujas independientes dentro de un país dominado por gente fula. Se me fue el pensamiento y recordé a los que quieren una ley de protección de animales, los que quieren una ley en contra del maltrato femenino, las bodas de personas del mismo sexo. Una cantidad de pedidos hermosos, que son bateados por gente fula.

Es como si este país estuviese gobernado por una especie de Trump —los extremos se besan—. Todas las tallas lindas bateadas. Solo hay espacio para lo fula: machismo, maltrato animal, conciertos cheos, odio, pollo quemado y cerveza caliente. Represión. Represión.

Mi amigo Leo acaba de regresar de Miami. Lleva dos años allá y ya es más *trumpista* que nadie. Ya es *redneck*. Republicano con pistola y todo. Yo lo quiero mucho y me hace gracia esto. Nunca vamos a tener un problema por nada político. Nuestra amistad es sólida.

La cosa es que me recoge en la casa y le doy una vuelta por la zona de 1ra y 70, donde hay unos kioscos nuevos. El día está gris. El mar está cortado. Leo me dice que todo le parece una zona de Miami. En un momento seguimos y nos vamos a su casa. Su familia reunida. Garbanzos fritos, cervezas, chocolates ricos. El tío de Leo empieza a hablar de las lucecitas de Galiano y luego pasa a los fuegos artificiales. Después de los fuegos artificiales, la conversación pasa a Trump. Ya, se saltó el muro, de aquí no hay nada que hablar. Cuidadito con hablar mal de Cuba. De pinga. No se puede hablar de lo mal que está el país, ni de lo mal que está siendo gobernado. El miedo de nuevo. Que si Trump está loco, que si Trump caga en un inodoro de oro. En un momento mi amigo enfrenta a su tío y le pregunta: ¿Pipo, cómo es posible que un país que no tiene nada, meta una fiesta por los 500 años gastando tanto? ¿Por qué hay mercados de electrodomésticos y no hay puré de tomate? ¿Por qué se pintan las fachadas, si ciudad adentro los derrumbes están a diario? ¿Cómo es posible que un país en coyuntura siga construyendo tantos hoteles? ¿Que gaste en pantallas para la calle?

Pipo, el tío, se queda callado. Y baja la voz. Nos dice señalando al cielo con el dedo: esta gente no quiere crítica alguna.

De nuevo el miedo. Ojo, no estábamos hablando de coger las armas y tumbar al gobierno. No. Solo estábamos anotando ciertas realidades. Pero, aun así. No caminaba la cosa. *Next*. Próximo tema. Pasemos a los koalas. Al club de los ciento veinte años. Al veganismo.

El miedo es del carajo. Y en Cuba todos tenemos miedo. Incluso los guapos duros esos. Los que se creen que son de verdad. Que antes de fajarse arman tremendo escándalo, para que las mujeres empiecen a gritar y se cree el foco. Esa gente, en un momento del lío, siempre para y dice: los guapos son los que estuvieron en la Sierra. Aquí no quedan guapos.

El miedo de nuevo.

Un país que ha vertido tanta sangre en la manigua. Con tanta historia de bronquitas, peleítas, de repente tiene miedo de proponer. De decir. De rechazar.

La segunda vez que la Seguridad del Estado llamó a mi casa fue para decirme que me recogían a las seis. Esto fue por la mañana. Me pasé el día entero con diarreas. No podía preocupar a mi familia. No tenía a quién llamar. No sabía qué hacer. Sentado en una silla me mordía las uñas, pensando en lo que me iban a hacer. A las seis no llegaron. No llamaron. Todo fue para asustarme. Para dejarme claro: aquí mandamos nosotros.

Esa noche no pude dormir.

El otro día hubo un panel sobre las artes plásticas y ser independiente en Cuba. En el panel, en la mesa, había varios curadores, artistas. El local era un espacio alternativo y había un montón de gente con *swing*. La gente hablaba y se llenaba la boca hablando de institución, independencia. Todo muy teórico, muy bonito. En un momento, por sorpresa, aparece Luis Manuel Otero Alcántara, que acababa de ser soltado. A lo largo de un año lo habían apresado muchas veces. Cuando llegó, después de dos o tres chistecitos de un tipo del panel, la cosa siguió en una teoría enrevesada. El miedo se había apoderado del salón. Nadie tuvo la idea de parar y decir: bueno, vamos a escuchar a Luis Manuel. Que nos cuente cómo la pasó. Qué le hicieron. No. Pudo más la teoría y las ideas de gente que no estaba pasando por su situación, pero no quería meterse en candela dura. El miedo de nuevo.

Esa noche, al acabar el panel, volvieron a recoger a Luis Manuel.

Era la noche de la celebración de no sé qué aniversario de la ciudad. Y mientras la mayoría estaba mirando las lucecitas para el cielo y tirándose fotos, a un joven artista cubano le estaban haciendo la vida imposible. Y es así. Pero el miedo te hace mirar para el otro lado.

El miedo te hace justificar al gobierno, al fuerte: algo habrá hecho. El gobierno no hace eso. Eso no existe. Mira cómo está Chile. Mira Bolivia. Mira Ecuador. Trump caga en un inodoro de oro. Pero nadie mira para abajo. Para acá. Es más sano mirar las lucecitas de Galiano, escuchar a Marino Luzardo, esperar los próximos fuegos artificiales.

Escribo este texto con poca sal. Tranquilo. Medio dormido. Sin rabia. No creo que diga nada nuevo. Lo que pasa es que es muy peligroso aceptar el miedo en la vida de uno, como si fuera algo normal.

Si las circunstancias nos llevan a que el horror sea algo normal, todos corremos peligro. Si todos miramos para otro lado.

Un anciano me habló hace poco de la época de antes, de antes de la revolución. Cómo una serie de jóvenes gánsteres rondaban por la universidad, para asustar a los jóvenes que criticaban mucho.

Me habló también de las fiestas privadas en el Capitolio. De «pan y circo».

Por un momento, la conversación parecía algo muy actual. Como si el país no hubiera avanzado hacia ninguna parte. Como si Cuba fuera un eterno *loop* de injusticias y gente mirando para el otro lado. La vista gorda. El autoengaño.

Pensé en los amores que se habían ido. Los amigos que ya no estaban. Un millón de gente linda que pudo cambiar esto. Que pudo espantar a los fulas. Algo mejor. Y volví caminado por la calle 23. Estaba oscura. Desolada. Y en cada esquina había un policía mirándome. Retándome: dale, tírate. País de mierda este, que solo tiene viejos jodidos. Viejos que han expulsado a los jóvenes. Mormones. Para el 16 de noviembre del 2050 solo quedarán policías. Segurosos que se vigilarán entre ellos.

Y no podrán, siquiera, mirar los fuegos artificiales.

AXILAS

No fue hasta el primero de junio de este año, que tuve la autorización para hablar de la dichosa reunión. Casi seis meses después de que ocurriera. Al final, ni sé si la historia tiene sentido hacerla si no puedo mencionar el nombre de los directores, fotógrafos y guionistas cubanos que participaron. Pero bueno, sí me dejaron mencionar a los cineastas y a las estrellas extranjeras. A fin de cuentas, nadie me va a creer. Igual no es tan importante. Cada año, en diciembre, en el marco del Festival de Cine de La Habana, ocurren varias actividades o reuniones colaterales. Los egresados de la Escuela Internacional de Cine se reúnen. Los estudiantes de la Escuela Nacional de Cine hacen un motivito. Hay fiestas. Comidas. Homenajes. El año pasado yo estaba concursando en guion inédito y tenía mi credencial, invitaciones, tenía de todo. Entonces, en los últimos días de noviembre tocan a la puerta del apartamento que comparto con mi bella madre, y descubro a un muchacho joven, asistente de producción, que conocía de haber trabajado en par de rodajes con él. Rodajes ajenos. No sé por qué nunca trabajé con él, ni en *Melaza,* ni en *Santa y Andrés.* El muchacho es de esa gente que uno ve en todas partes. En fiestas, en la calle, y lo saludas con buena onda, pero al final no te sabes mucho ni su nombre. Una persona que puede ser confundida con otra. Que me perdone. En fin, traía una invitación para mí, para una reunión que iba a ocurrir una sola vez en la vida, de la que no se podía hablar, y que iba a tener lugar el día 8 de diciembre, a las nueve de la noche, en el apartamento 11 del 458, de la calle J, entre 21 y 23. ¿Quién me invita? ¿Esto es una broma? Parece el club de la lucha. El muchacho sonrió, como si supiera algo de mí, algo oscuro. Onda, «no te hagas Carlos», y me pasó la invitación que, en sí, era una tarjeta pequeña, color carne, completamente impresa con la foto de una axila femenina a medio afeitar.

Por supuesto, es personal e intransferible, me dijo antes de perderse por el pasillo.

Con el paso de los días, sin poder hablar mucho del tema, investigué un poco acerca del muchacho. Les pregunté a amigos productores y siempre me decían cosas que no eran importantes, ni tenían nada llamativo. Una tarde, pasé por afuera del 458 de la calle J, y no vi nada del otro mundo. Le quité el pensamiento a aquello y en los primeros días del festival me reuní con varios amigos que vinieron, tuve par de reuniones de trabajo. Par de fiestas. Y no mucho más. Con motivo del festival, rondaban por el patio del Hotel Nacional grandes estrellas como Benicio del Toro, Julia Stiles, Tara Reid, Harvey Keitel, Laura Walldon, Jan de Bont, Danny Trejo, Samuel de Trot, Brett Rattner.

Y también estaban grandes cineastas latinoamericanos como Miguel Littín, Jorge Bolado, Luis Llosa, Natalia Smirnoff, Braulio Marino.

Un amigo fotógrafo me contó que también había visto a un grupo de gente famosa, que no estaba por el festival, sino que andaba en un viaje privado, y entre el que reconoció a Marion Cotillard, Léa Seydoux y Laura Rodríguez-Pérez.

El día 7 cogí una borrachera tremenda, con un tequila que había traído un amigo de Monterrey, y todo el día 8 me lo pasé en cama, bastante pachucho, tirando a mal. Pero algo, una fuerza externa, me arrastró, como susurrándome al oído: hay que saltar del lecho. Me bañé, me perfumé, me vestí y salí con la invitación en la mano rumbo a la misteriosa reunión.

La calle estaba muy oscura y, un poco más allá, habían puesto una parada de guaguas nueva. Un par de personas aguardaba en la oscuridad. Subí por J y 21, rumbo a 23. Vi el 454, el 456 y luego, allí estaba el 458. Un edificio oscuro que tenía una escalera iluminada con un bombillito amarillo.

Miré la invitación, aunque me cercioraba por gusto, pues estaba seguro de que iba a ser allí la cosa. Entré, y en la planta baja estaban los apartamentos 1 y 2. Me encaminé hacia la escalera y comencé a subir lentamente. Primer piso. Segundo piso. Poco a poco, empecé a escuchar una música suave, oscura, envolvente, ¿Era Michael Kiwanuka? No sé. Llegué al piso tercero y escuché tras una de las puertas a unos niños llorando. Seguí subiendo. La música se iba haciendo más presente. En el quinto piso no me quedaba duda, era «Love and Hate» de Michael Kiwanuka. Me llené de valor y llegué al piso sexto, donde solo había una puerta, el apartamento 11. ¿Y qué pasó con el apartamento 12? No existía. ¿Aquello era un *penthouse*? Ni idea.

Llegué y, antes de tocar, una guionista cubana, muy conocida, amiga de los años, abre la puerta y me mira sonriendo: sabía que no podías faltar. Por supuesto que no puedo decir su nombre, qué bobería, pero bueno. Le pregunté: ¿X, qué cojones es esto? La guionista se echó a reír y levantó los dos brazos, enseñándome las axilas. Miré sus axilas y miré la invitación, que era una axila también. Pasa, pasa, me dice. Cuando entré al apartamento, me di cuenta de que era un *penthouse* amplio, decorado como en los años 50, con una luz tenue, amarilla, y esa música suave y rica.

Al primero que vi en la terraza fue al asistente de producción que me llevó la invitación. Chocamos miradas dos segundos y luego empecé a panear el lugar. Y sí, de pinga queridos amiguitos, allí estaba la crema y nata de la gente que más admiro en el mundo del cine y de las artes: Hervé de Luze, editor de Polanski; Marion Cotillard; Bruno Saffadi; Juan Salgado; en fin, era una mezcla de gente.

Léa Seydoux no estaba. Todos estaban relajados, con copas o vasos en las manos, conversando, dispersos, a pierna suelta.

Cerca de la cocina, esperando por las bandejas de picaditos, estaba el grupo de cubanos, que no puedo mencionar nombre por nombre. No me dejan. Podría hacerlo, pero el pecado al final de la noche no era tan grave, como para ganarme la molestia de gente a la que admiro y con la que trabajaré en el futuro. Me reúno con el grupo y me miran con cara de: con que tú también. Y me dice uno de ellos, llamémosle Y: con que tú también. Y me sale una sonrisa nerviosa. Pregunto, caballero, ¿esto qué cosa es, quién lo organiza? Llega una bandeja y nadie me hace caso. Todos se van a comer.

A lo lejos veo a Matthew Libatique, con una Leica, tirándole fotos a una chica que parece una modelo y que levanta los brazos. El fotógrafo se acerca a sus axilas y tira fotos. La guionista cubana me mira y me dice: ya sabes de qué va la cosa, ¿no? Todos los que estamos acá somos amantes de las axilas femeninas. Todos somos fetichistas. Algunos somos amantes de las afeitadas; otros, como Pedro, de las a medio afeitar; y, la mayoría, de las peludas.

Sonreí en una mezcla de pena y placer. Y aquí hago un paréntesis.

Desde que tengo uso de razón, desde muy pequeño, no sé por qué empecé a desarrollar un gusto por las axilas de las mujeres. Primero me pareció muy normal, como si todos en el mundo lo tuvieran. Luego, me di cuenta de que podía ser algo raro. Mis primeras novias me dejaron claro que, de sus novios, yo era el primero que tenía ese gusto raro. Luego, me avergoncé. Esa cosa de ir caminando por un lugar, o estar en un ómnibus, y ver a una mujer levantar los brazos y sentir un calor, un cosquilleo; me daba vergüenza.

Con los años lo fui asumiendo y fui saliendo del closet de los amantes de axilas. Investigué y hasta descubrí que había un sitio porno brasileño que solo se especializaba en axilas. Las chicas se comían las axilas unas a las otras. Pero de ahí, a estar en una reunión, donde todos tenían el mismo fetiche. Y ya más o menos me imaginaba cómo iba a terminar aquello. Aparte, como era posible, que alguien, o todos, supieran que a mí me gustaba eso. ¿Por qué yo estaba ahí? Alguna chica con la que estuve habrá chivateado. No sé.

De repente, de una de las habitaciones, salió Ethan Hawke hablando con un productor de cine cubano. El cubano me saludó sin mucho interés, o haciéndose el importante. Y tras ellos, apareció el tipo, el duro de verdad, el que más mea: Léos Carax; y tras él, otro que bien canta: don Harmony Korine.

Léos llevaba un álbum inmenso de papel entre sus manos. Lo seguí —mi mirada en cámara lenta—, hasta que se sentó en un sofá, entre Vincent Gallo y Christina Ricci. Y como si nada, Léos abrió el álbum y la música paró. ¿Por arte de magia? No, la música la había apagado Chloë. Chloë Sevigny. Yo, sin tomar nada, ya estaba en una borrachera que en mi interior decía Chloë. Como si fuera socia mía. Coño, y que yo no tengo un DVD o una USB acá con mis películas. Qué comemierda, esta gente no va a ver eso, me dije.

Agarré una copa de un camarero que pasaba y bebí. Me voy a relajar. Entonces todo el mundo, *everybody,* se fue acercando al sofá. Y yo también me acerqué. El álbum de Léos estaba lleno de fotos de axilas. Fotos de las axilas de las actrices más bellas del mundo, las actrices con las que todos soñamos, con las que todos lloramos. Y no era nada sexual, era sensual, pero ni siquiera, era como cuando un niño cubano te enseñaba su libro de papelitos de caramelos, en el medio del Período Especial.

Era una imagen triste. Ese hombre, crecido, genial, con su álbum de fotos de axilas. Como en una misa, todos callados, mirábamos. La guionista cubana comenzó a llorar, cuando Léos llegó a la página de las axilas de una joven Catherine Deneuve. Y luego llegó la página en blanco y negro de Juliette Binoche, con veinte años, y las axilas sin depilar. En ese momento, Augusto Sinay se cubrió el rostro, era mucha belleza para sus ojos. Entonces, Léos levantó la vista, nos miró y cerró de sopetón su secreto preciado. Comenzamos a aplaudir. La luz de un proyector nos cortó la cabeza. Nos viramos, y en una pared, Libatique empezó a mostrar fotos de axilas de *Requiem for a Dream.*

Y ahí estaba ella, pelo negro, ojos claros, Jennifer Conelly. Y me acordé de aquella tarde en el hotel Reina Cristina, de San Sebastián, cuando a punto de estrenar *Santa y Andrés,* Claudia, Lola, Eduardo y yo, coincidimos con ella. Y serio, modestia y aparte, Jennifer Connelly murió de amor por mí. Muerta en la carretera. Pero esa tarde no le vi las axilas, y yo estaba casado. Pero ellos son testigos. En fin. Así pasó la noche y cada una de aquellas vacas sagradas empezó a mostrar sus colecciones de axilas. Todas fotos e imágenes en movimiento, con el autorizo de las dueñas de esas axilas. Se empezaron a intercambiar e, incluso, a comprar algunas de las imágenes. Pero algunas no tenían precio, eran imposibles de ser entregadas a terceros, y me consta, que un director de cine cubano, abrió su laptop y tenía ocho gigas de axilas de cubanas. Y todos los yumitas se volvieron locos con los tonos, los cortes, los músculos, las formas. El director tenía buen gusto para las axilas, pero ningún gusto para el cine. Esa noche, el muy desgraciado, se fue de la fiesta con dos mil dólares. Qué falta de tacto. Qué falta de sensibilidad.

A las doce en punto, un cubano muy jocoso sacó una olla de caldosa y empezamos a recuperar las formas. El grupo se fue dispersando. Y me quedé solo. Un poco excitado, un poco decepcionado. Regresé a casa y no pude masturbarme. Aquello que había visto era la capilla Sixtina de las axilas, de los grajitos, de los sobacos. Y no podía profanar esas imágenes. No. Traté de dormirme. Y nada. Abrí mi laptop y me puse a ver *Gran Torino.* Clint Eastwood con esa cara de hombre duro. ¿A Clint le gustarán las axilas? Qué dura la vida. Tanta gente talentosa, tanto dinero y nadie interesado en el cine cubano, todos con un *hobby,* que me encantaba, pero yo necesitaba dinero para mi película.

El día 9 me levanté temprano y me fui al Nacional. Felix Beatón me invitó a un café y a una charla que estaba dando Renecito de La Cruz.

El día 10 tuve que llevar a la pura al médico y me perdí el festival.

El día 11, 12 y 14 ni me acuerdo a qué fiestas fui, o qué películas vi. *Rojo,* esa la recuerdo. Esa me gustó. Y *Zama,* ¿O era de otro festival?

A punto de acabarse el festival de cine, no sé por qué, pero estaba un poco abatido, y al salir del Hotel Nacional, en vez de coger rumbo para mi casa, agarré en la dirección contraria y terminé caminando por el malecón. El sol se estaba poniendo, el mar estaba un poco cortado y el viento con salitre creaba una especie de neblina. Una neblina naranja.

Miré a Yemayá y le pedí para mis adentros, bella, sálvame. Entonces, como por arte de magia, la vi venir. ¿Era ella? No. No podía ser. Sí. Era ella. La misma Léa Seydoux, con una camiseta blanca sin mangas y un short corto rosa. ¿Estaba en chancletas? No lo sé. No podía mirar para abajo. No podía perderme el momento. Entonces, antes de pasar por mi lado, Léa levantó los brazos y se arregló el pelo. que estaba intranquilo por el aire. En ese momento, Léa me mostró sus axilas. Debajo de los brazos era blanco como la porcelana. Léa me miró, se dio cuenta, sonrió apenada y bajo los brazos corriendo. Yo no pude sentirme mal, pero le mentí, y solo logré decir: *sorry, desolé.*

Esa imagen nadie me la puede quitar. Me la llevo para la tumba. Y cuando tiren sobre mi ataúd las tres palas de tierra, allí estaré pensando yo en la francesa esa.

TE AMO Y TE LLEVO AL CINE (0)

Mañana empieza el festival de cine y mis mayores esperanzas están en que este oasis me sirva para acabar de salir de Karina. Estar enamorado es muy jodido, porque no te deja concentrarte. No puedes atender una película entera, entonces te levantas o pasas a otra cosa. Y hay que concentrarse.

El festival está empezando y es el mejor momento de todo el año. Las muchachas caminan Rampa arriba, Rampa abajo, con sus credenciales al cuello y el viento les mueve el pelo. Gente linda desconocida que te abre a la esperanza. Las amigas se acercan y te saludan con un abrazo, y hueles ese abriguito que se metió todo un año encerrado en un clóset, y que ahora tiene la posibilidad de salir. Ese olor a guardadito de abrigo y humedad de la sala de cine es una maravilla. Pero para eso hay que estar cien por ciento concentrado en el festival. Como las abuelas, que andan con su potecito de comida arriba, para poder ver seis tandas seguidas sin perderse nada. Así quiero estar. Pero estar enganchado de Karina me parece que puede distraerme. A ella sí no le interesa nada de esto. Con ella no hay eso de te amo y te llevo al cine. Le conseguí una jabita del festival, una credencial, una invitación para la fiesta, pero no quiso nada. Ella no está para eso. Es como si yo no tuviera nada que pudiera darle, nada que brindarle, ella no quiere nada de mí. En fin. Por eso voy a coger calle, voy a prepararme una mochila con todo, para no tener que regresar a la casa en ningún momento. Diecisiete horas de allá para acá, y con el móvil apagado. Para que no pueda encontrarme. Este sentimiento se tiene que acabar ya. «La *sufrición*», como me dice un amigo, cuando me manda el meme del gatico con los ojos aguados. Carlitos, tienes que parar. Y el festival es la oportunidad. Quiero echarme seiscientas horas de drama ajeno. Seguro que viene alguna película de esas de las que te parten el coco en dos. Una vez más el cine me salva la vida.

Te amo y te llevo al cine (1)

Hoy es la inauguración. Tengo mi entrada para el cine, mi entrada para el cóctel y mi camisa planchada. El día empezó jorobado, porque ando con una resaca terrible. Anoche fue el concierto de Haydée Milanés y por cada canción que soltó, yo, a escondidas me di un buche. Haydée es una genia, es una amiga, pero, coño, en el estado en que yo estoy, me sacó las lágrimas. Por suerte, y por la oscuridad, nadie me vio. Pero lloré delante de mil gentes. La compañerita me puso entre la espada y la pared con su voz.

Este amanecer llevó café y mucho hielo en la cara. Me dirigí lentamente hacia el taller de guion «G6», que organizan

Senel Paz, Lía Rodríguez y Arturo Arango, formando parte del festival. Hoy tuve las asesorías con Senel y también me dio con todo. Pero esta vez no lloré. Está claro. El guion no está bueno. Lo que pasa es que ni Senel, ni Haydée, se imaginan por lo que estoy pasando. Así no se puede escribir, así no se puede escuchar un bolero sin que tiemblen las rodillas.

Pero hoy sí me voy a alegrar. Hoy me voy a mantener positivo, positivo. Me voy con el piquete al *party*. Voy a disfrutar del ballet de la inauguración, de la película de Ricardo y Chino Darín y, luego, piscinita, roncito, un poquito de chucho, y algo de *lobby* para los próximos proyectos.

Estoy seguro de que me encontraré con algún director al que admiro, o, simplemente, conversaré con alguna actriz que quiera saber de los próximos proyectos. No sé, lo que sí sé es que minuto a minuto voy ganando la batalla. Ya tengo encargada la caja de tabacos para Polanski, y dicen las malas lenguas, no sé si sea verdad, que la actriz de *Joker,* la chica hermosa de la serie *Atlanta,* está acá, en La Habana, de vacaciones.

Varias razones para mantenerme en talla, e incluso, si la música está buena, meter un pasillo.

Mañana será otro día. Mañana mucho cine y conferencias de prensa: a las dos y media de la tarde en el Hotel Nacional hay un panel sobre coproducción, con la gente de la Fabrique Des Cinémas Du Monde y de Tribeca Films Institute.

Vuelvo a activarme.

Te amo y te llevo al cine (2)

Acabo de pegar uno de los carteles de mi corto, en la sombrillita que anuncia los eventos, afuera de la muestra de jóvenes realizadores. Da la casualidad que Julito Llopiz-Casal, uno de los actores, estaba de paso y pude tirarle una foto. Una foto bien espontánea. Linda. Cuando todos estemos muertos, esa foto la van a sacar para recordarnos como los muchachos de los tiempos locos. Pero no somos ni muchachos, ni existe ya ese romanticismo. Luego me meto en el cine Chaplin para ver *Ema* de Pablo Larraín. La verdad, la verdad que la película me ha dejado un poco como en el limbo. En tierra de nadie. Tiene muchas cosas que me gustan mucho y otras, que detesto. No sé por qué no usan canciones más conocidas —todo el fondo musical es reguetón—. Y es que lo hicieron para la peli. La actriz me encanta y la paleta de colores está muy bien. Pero no es el mismo Larraín de *Neruda,* o la de los curitas. Desde *Jackie,* y ahora *Ema,* no sé, los nombres de mujer no se le dan muy bien que digamos. Pienso en *Ema* y pienso en mi Karina. Las dos comparten el amor y la libertad por el caos, por dejarse caer y volar libremente. Las dos son mujeres fuertes. Yo soy un poco más penco para eso. Prefiero tenerlo todo organizado.

Hoy hay cierre de taller de guion y le vamos a hacer un homenaje al maestro Eliseo Altunaga. Va a ser bien emocionante. Llevo todo en mi mochilita. Como si tuviera miedo de perder los lápices. Es muy bonito ver reunido a un grupo de guionistas tan diverso. El guion siempre es lo más subvalorado en la industria y al mismo tiempo es lo más importante. Si la gente trabajara más los guiones, las películas salieran mucho mejor. Por eso no me gustó mucho la película de inauguración, más allá de que Ricardo Darín está bien.

Pero igual había que ir. Sentir la musiquita del festival y reencontrarse con tanta gente: Manolo Gutiérrez Aragón, que siempre es tan cariñoso. O la chica de *Las dos fridas.* El festival también es eso, recordar cosas pasadas: sombrillitas que anuncian, musiquita del festival. Hoy vuelvo a mantenerme a flote. Hace falta que enero no llegue.

Te amo y te llevo al cine (3)

Estoy en la Embajada del Reino de los Países Bajos, porque hay un evento de IDFA y World Cinema Amsterdam. Tengo una copa en la mano y camino de un lado al otro mirando a la gente. Se me acerca un tipo súper simpático a preguntarme por mi próxima película —los holandeses han ayudado en la financiación—. Hablamos un rato y el clima está agradable. Todo parece ir viento en popa. Estrecho unas manos, una sonrisa pequeña, educación, diplomacia. De repente, a lo lejos, pegada a una bandeja de picaditos, veo a Andrea. Andrea es la socia fuerte de Karina, la hermana, la yunta. Se me pone mala la cabeza por dos segundos. ¿Qué hace Andrea acá? Ah, ya recuerdo, su marido —un tipo súper desagradable— trabaja para algo de embajadas y cosas de esas. Nada, que Andrea me mira y mueve la cabeza de arriba abajo como diciendo: sí, eres tú. La imito y muevo la cabeza de arriba abajo como un tonto. No me voy a mover. Hay una probadera de fuerzas entre los dos. Finalmente se decide y se acerca. Yo doy dos pasos para no ser el pesado. Andrea está frente a mí y su única función, para lo que vino, por lo que asentía y ahora sonríe es para soltarme esta bomba: Karina no quiere saber más nada de ti. Está molesta, molesta.

Me quedo como una piedra de hielo y pienso en la palabra repetida: molesta, molesta. Me pongo rojo, siento el calor en las orejas, y voy a responder, cuando un productor amigo me agarra por el hombro y me gira para presentarme a un director llamado Miguel no sé qué. Andrea se pierde y a partir de ahí sigo deambulando, dando la mano, «conversando», pero como si fuera una carcasa vacía. Por dentro, en lo único que pienso es: Karina está molesta, molesta. Salimos de allí mi productora y yo, nos vamos al Chaplin. Están poniendo *La vida invisible de Euridice Gusmao*. Peliculón, obra maestra, una historia hermosa y contada con una elegancia tremenda. En las dos horas y pico que dura la obra, solo pensé una vez en la señorita K. «La vida molesta molesta de Karina Martín».

Te amo y te llevo al cine (4)

De nuevo llega el domingo. El peor día de la semana. Como para darse un tiro. ¿Por qué, Dios mío, por qué? Ufff, que horror. Lo único que me puede mantener más o menos a salvo es pensar en *A media voz,* el documental de las realizadoras cubanas Patricia Pérez y Heidi Hassan. Es muy difícil escribir de una película que se acaba de ganar uno de los premios más importantes del mundo: el premio a mejor película en IDFA —el festival más importante de documentales—. Eso es como ganarse La Palma de Oro en Cannes. Desde *Fresa y Chocolate* no había en el cine nacional un premio tan grande. Por eso se hace difícil escribir, porque ya se ha escrito bastante. Yo me considero afortunado de conocer a Patricia y a Heidi, son personas muy lindas. Todo lo que les está pasando me alegra, por ellas y por mi ex esposa Claudia, que es la productora. Con Claudia hemos pasado las verdes y las maduras. A lo largo de los años ha sido mi compañera. Y se merece esto y más. Es de las personas con más capacidad de trabajo del «mundo mundial».

A media voz no solo es de las películas que más me han gustado este 2019, sino que, también, es de las obras que más me han gustado de todo el cine cubano. Está en mi lista de las diez mejores películas cubanas. Cuando vence un poco el desánimo y el pesimismo frente al cine patrio, esta es de las pinchas que te sirven de antídoto.

Otra película que me ha dejado pensando es *Los dos Papas*. No parece una película de Fernando Meirelles. Todo es tan sutil, estático, medio teatral, que no parece salir de la mente del creador de *Ciudad de Dios*. Pero se le agradece. Es otro tipo de Meirelles. Las actuaciones de Anthony Hopkins y Jonathan Pryce son bien cuidaditas, recordándonos a los dos últimos Papas.

Tenía ganas de ver *Monos*, pero cayó en El Paquete, así que creo que voy a aprovechar el tiempo y ver alguna otra cosita. Hoy me echo entre cinco y seis filmes, tengo que engañar al cuerpo, a ver si por casualidad se cree que es lunes.

Te amo y te llevo al cine (5)

Tengo que contarles que no aguanté y tuve que llamar a Karina. Ayer domingo a la salida de *Bacurau*, tarde en la noche, le escribí como seis mensajes y con la misma los borré. Pero cuando llegué a la puerta de la casa no pude más, y todo por culpa de la puñetera vecina que se había adelantado a la Navidad y había puesto las lucecitas de colores. Coño, qué gorrión.

La Navidad, fin de año, las fiestas me parten en dos. Karina me contestó enseguida y empezó a actuar como si fuera otra. A ella que no le gusta el cine, le dio por hacerse la cinéfila. Me preguntó por la película de Penélope Cruz, por la del cubano que pasaba en Gibara. *Agosto,* le digo. Estaba informada. Seguro que le había preguntado a alguien. En fin. Después de un minuto hablando, quedamos en casa. Preparé unos tragos, puse *Otra noche en Miami* de Bad Bunny, —que sé que le encanta— y coloqué la luz a media intensidad.

Karina del Carmen Rodríguez llegó a mi modesto hogar cerca de la una de la mañana, con un perfume despampanante, y sus zapatos verdes. Nada más verla no pude contenerme y tuve que arrodillarme y meter mi cabeza en su *jeans,* en la zona de la entrepierna. Tomé aire y respiré con fuerzas. Karina me acarició la cabeza. Y enseguida fui hombre muerto: tanto nadar para morir en la orilla, tanta carretera para perderme en la curvita.

Con sus brazos me levantó y me besó en la boca. Como los besos de las películas. Solo faltaba el cartelito de «The End» o «Vivieron felices por siempre». Pero la felicidad duró poco. La fantasía dio espacio a la realidad. Su móvil empezó a sonar con insistencia. No pude concentrarme más. Ella prendió la luz, evitó la bebida, y al poco rato estábamos fríos los dos sobre la cama. No iba a llegar a ningún tipo de erección. A ninguno de los tres momentos del miembro eréctil. ¿Quién la llamaba? ¿A esta hora? ¿Por qué no lo cogía? Nuestra película se está acabando. Esto es un cortometraje. Un cortometraje documental, en blanco y negro, hablado en italiano, y sin subtítulos.

Continuará...

Te amo y te llevo al cine (6)

Hay una cosa en *Bacurau* y en *Parasite,* que no me acaba de convencer del todo. Quizá era lo mismo que me pasaba con *Roma*. En un momento en el que el mundo se está yendo a la mierda es para agradecer este tipo de películas, en las que se critica y muestra lo mal que va todo —el uno por ciento de las personas más ricas poseen el noventa y ocho por ciento de las riquezas, el cambio climático, la deshumanización, etc.—. ¿Pero realmente no se puede hacer de una manera menos obvia? No sé.

Tres películas con discursos tan obvios, que te lo tiran a la cara sin ningún tipo de velo, así, a lo burdo. Por eso me gustó tanto la última película de Karim Ainouz —*La vida invisible de Euridice*—. No es nada del otro mundo la trama, y muy cerca todo el tiempo del melodrama, sin embargo, logra atraparme, me agarra de la mano y bajito al oído me dice: ven, que te voy a contar una historia, suave, sin tropezones.

El mundo está tan jodido, que a veces necesitamos dejar clara nuestra postura ante la injusticia, de frente; pero el arte no es solo eso. El arte es también un jabón, con grasa, con una cáscara de plátano, colocado en el medio del suelo de una galería. Últimamente, el cuerpo me pide más este tipo de gestos. De tanto escribir, o de tanto ver cine, me he cansado un poco de la narración. Y suena cheo, pero el cine poesía puede ser algo a rescatar. Como la peli *Blanco sobre Blanco* de Theo Court, o *Liberté* de Albert Serra.

En fin, ya di mi muelita teórica, ahora escribo estas líneas desde el baño. Estoy encerrado, porque le estoy huyendo a una persona que habla en la puerta con mi madre y a la que no quiero ver. Y no, no es la compañerita K. En unos días, cuando me reponga, cuando este más fuerte, les contaré como acabó la noche con ella —mi tormento de este diciembre—. Y digo tormento, así, mensual, porque espero que acabe de desaparecer. Como mi madre, cuando ve el parte meteorológico, que en el fondo siempre está pidiendo que venga un ciclón que lo borre todo de la faz de la tierra. Así espero que pase con K. *Bye Bye,* K.

Te amo y te llevo al cine (7)

La virgen de agosto me recordó mis días en Madrid. No llegué a conocer a Jonás Trueba, pero sí a dos de sus tíos. Todo fue gracias a una amiga española, que me puso en contacto con el escritor y director David Trueba. David no usaba mucho las redes sociales, así que nos comunicábamos por el correo electrónico. Me dio cita en la librería de su hermano, muy cerca del metro Ópera.

Al llegar, me volví loco con par de libritos raros, y esperándolo, caí en la tentación y me gasté todos los euros que tenía. David llegó con el actor Rubén, uno de los de *Museo Coconut*, hablamos largo y tendido, y me hizo unas anécdotas geniales de Luis García Berlanga —entre ellas, una del viejo director en un bosque, golpeando con una rama a una prostituta—. Madrid tiene estas cosas lindas. Y, también, tiene muchas de las cosas malas que aquejan *La virgen de agosto*.

La película tiene muchas cosas buenas —más allá de que todo el tiempo tiene a Rohmer presente—. La actriz tiene una piel hermosa, las primeras situaciones, la naturalidad, los paseos. Todo eso está muy bien. Y sé que muchos treintañeros europeos son así. Pero en un momento te preguntas cuál es el drama real de la protagonista. A esa mujer no le pasa nada. En un mundo tan jodido, ese nivel de poco conflicto se puede tomar hasta mal.

Esta película la he estado esperando mucho: con mi amiga Virginia empezamos a escribir una versión parecida situada aquí en La Habana. Y enseguida tuvimos que parar. No se sostenía, era muy hípster todo, muy *bobo* —bohemio y burgués—. *En la ciudad de Sylvia* que tiene cosas en común sí me parece una obra genial y cerrada. En fin, nada, que vayan a ver *La virgen de agosto* y deténganse en la escena de la limpieza emocional que le da la rubia a Eva —la prota—.

Estas líneas las escribo en la oscuridad, porque tengo a una chica durmiendo al lado. No es Karina. Es alguien que traje ayer de la fiesta para olvidar a la Srta. K y nada, que no se me paró. Ya ni sexo tengo.

Te amo y te llevo al cine (8)

Hoy ponen *Generación,* un corto o video que me invitó a dirigir el artista plástico Marco A. Castillo. De todos mis cortos es mi preferido. Tengo una sensación extraña, después del problema con *Santa y Andrés,* volver a ver algo mío en un cine de Cuba es extraño. Muchos amigos y familiares quieren pasar por La Rampa para ver esos siete minutos. En la noche hacen una fiesta y quizá cante Beatriz Márquez —que es la banda sonora de la peliculita—. Tengo un poco de catarro por estar entrando y saliendo de los aires acondicionados de los cines y, además, el estómago destruido: llevo días que solo como pan: pan con jamón, pan con hamburguesa, pan con croqueta.

El otro día salí de ver un peliculón y cuando fui a felicitar al director —después de par de abrazos—, me percato de que el tipo tiene varicela. Yo no he cogido «la china» y ahora estoy paranoico. Paranoico total. Estoy cansado. Muy. Los días del festival hay muchas cosas, y se alargan y se alargan. En vez de veinticuatro horas, parece como si durasen cuarenta.

Ayer vi tres buenas películas: *Mientras dure la guerra, Atlantics,* y *Nuestras madres.* Tuve par de reuniones de trabajo y, además, para rematar, tuve que sentarme en un parque a escuchar a un amigo que está pasando por una separación. Mi amigo hablaba y hablaba y le daba igual escuchar. Ni me preguntó cómo me iba con K, en fin.

Todo es muy raro, porque a pesar del cansancio, cuando llego a la cama no logro dormirme. Es el café seguramente. Tanto café. Creo que no soy el único que me siento así, cansado y alterado al mismo tiempo. Cada vez que me acerco a hablar con alguien, la gente salta y responde con mala forma. El año se está acabando y todos estamos muy agotados.

Necesito un abrazo. Una mano que me calme y me diga: todo va a estar bien. Muy bien. Pero ni yo mismo me creo que todo va a estar bien. El «*Safe Word*» para cuestiones sexuales con K es Verónica. Necesito un «*Safe Word*» para la vida. Hoy andaré gritando por dentro todo el tiempo, así: Veróooooooooooooooonicaaaaaaaaaaaaaaaaaa.

TE AMO Y TE LLEVO AL CINE (9)

A veces quisiera ser millonario para poder pagarme mis películas. Filmar una vez al año. Y, además, poder producirles las historias a otros amigos. Alejandro

Alonso y Rafael Ramírez estarían al inicio de mi lista de «gente con la que quiero trabajar» o «gente a la que quiero ayudar». Sus carreras —que son bien diferentes— comparten algunos puntos en común. En este festival, en la sección Vanguardia, los han puesto juntos, primero *Hogar* de Alonso, que dura doce minutos y luego *Las campañas de invierno*, que es un largometraje de setenta.

No sé si ellos estén al tanto de la valentía que hay que tener para hacer este tipo de obra, este tipo de carrera —más allá de lo hermoso y lo disfrutable que debe ser—. Pero creo que son muy valientes. Las películas que he visto de ellos habitan en mundos aparte, alejados de las categorías de ficción o documental, blanco y negro o color, silente o dialogado. Es lo que a la vida serían lo no binario o el poli amor. Somos afortunados de tener a esta gente acá en Cuba. Y en un mundo ideal deberían estar filmando todo el tiempo. Creo que ninguno de los dos es de La Habana. La mayoría del tiempo las pantallas cubanas se llenan de imágenes de la capital o temas bien citadinos. Y la gente más interesante del cine cubano actual viene de Santa Clara, Pinar del Río, Santiago de Cuba. Hoy voy a ir al Multicine Infanta a ver *Hogar* y *Las campañas de invierno*. Desde ya sé que me van a poner en un estado de ánimo raro. Pero bienvenido sea. Hace falta un poco más de esto y quitarle importancia a gente que tiene una obra de calidad bien dudosa y que, sin embargo, filman y filman cosas caras, cosas que ni recuperan dinero, ni le interesan al público. En algún momento la balanza tiene que cambiar. Tienen que llegar los hombres encapuchados, los hombres de blanco y fumigar. Fumigar. Llenar todo de humo. Para empezar de cero.

Te amo y te llevo al cine (10)

Hay que tener cuidado con lo que se desea, porque se te puede cumplir. La otra noche dejé un texto a medias y no volví a mencionar lo que pasó en el salón de la casa con Karina. Algunos amigos me han llamado la atención de que todos los textos son solo de tallas sensuales, depresiones, o raras críticas de cine, así que no me voy a extender. La cosa es que doña Karina me preguntó al oído en aquel momento: ¿qué quieres que haga? Yo lo voy a hacer. Y cometí el error, el grandísimo error, de en vez de quedarme callado, decirle: quiero que traigas tus chancletas y tu cepillo de dientes y vengas para acá. Quiero amanecer cada día a tu lado. Pues bueno, hoy en la mañana —con la tremenda resaca que tengo— me entra un mensaje que reza: abre. Me acerco a la ventana del pasillo y no la veo, abro la puerta y ahí estaba, con una bolsita. Venía a cumplir mi deseo. Nos unimos en un abrazo hermoso. Casi la cargué hasta la cama e hicimos el amor dos veces seguidas. Enseguida que acabamos nos quedamos mirando el techo y no teníamos nada que decirnos. Me puse a pensar en el pase de *Lo que arde* de Oliver Axe, que me iba a perder. En la fiesta de clausura del festival que iba a estar bien buena y que todo el mundo le entraría con todo. Ahora solo tenía que inventarme una excusa y escapar o quedarme con ella en cama. Hablando de cosas que no me interesan. La miro. Me sonríe. Pienso en lo complejo que es el ser humano. Me levanto y me mareo. Busco hielo y me lo pongo en la parte trasera del cuello. Miro el teléfono. Nadie me ha llamado. Obvio que *Generación* no ha ganado ningún premio. No quiero que me importe, pero no sé por qué, pero sí, me da un bajón. Falta poco para el domingo. Auxilio. Tomateeeeeeeeeeeeeeeeeeee.

Te amo y te llevo al cine (11)

Estoy muy contento por *Agosto* y por *A media voz*. Me alegran los éxitos de los amigos. No estoy muy de acuerdo con algunos de los premios, pero bueno, el jurado y el público no tienen que pensar igual que yo. Ayer en la tarde me inventé un cuento bien rocambolesco para sacar de la casa a la señorita K y poder irme para la fiesta a bailar. Cargar con ella no tendría sentido, porque me hubiese aguado la fiesta. No quiero que me mal interpreten, la sigo amando, me sigue haciendo temblar. Pero lo que pasa es que así no se puede avanzar en la vida. Juntos acabaríamos matándonos. Tirándonos platos y cazuelas. Debo empezar el 2020 sin ella en el panorama. Sé que va a ser un final de diciembre difícil. Que las fechas de fiestas van a ser un dolor. Pero tengo que ponerme duro. Agarrar la situación por los cuernos. A fin de cuentas, el Tauro soy yo. El festival me ha traído muchas alegrías, pero no ha logrado su mayor objetivo: hacerme olvidar a la compañerita.

En estos doce textos he hablado más de ella que de cine —incluso mencioné un episodio de disfunción eréctil—. ¡Horror! Ya no tengo más qué inventar para salirme de esta piel. No sé en qué idioma tienen una frase para eso: para estar incómodo en tu propia piel. Veinte minutos de placer, dentro de ella, de K, ya no pesan más que todos los dolores de cabeza. Lo malo le ganó a lo bueno. Es momento de endurecer la piel. Lo malo es que ya hay muchas películas que no podré ver. En el paquete me esperan *Ad astra* y *Gemini Man*, pero no tengo ningunas ganas de sentarme a verlas.

Ahora me tengo que inventar algo. Como un alcohólico anónimo, vencer día a día. Ahora sin festival estoy más propenso a volver a caer. Karina y yo juntos somos tóxicos. Ninguno de los dos quiere romper en serio. Por eso me tengo que poner duro. Buscarme una muchacha, que me guste menos, pero que sepa estar. Que sentadita, tranquilita, no me coma la cabeza. Y así, finalmente, poder concentrarme en el cine, en el que tengo que hacer y en el que quiero ver. La única pantalla que atiendo por estos días es la del móvil. Extraño al viejo Carlos.

PD: Me despido de mis lectores pidiéndoles que me manden sus buenas vibras, piensen en mí y pidan porque pueda salir de esta tortura finalmente. Tomateemente.

Te amo y te llevo al cine (12)

Me levanto en la madrugada con una frase en la cabeza: ¿quién va a cuidar de nosotros? Miro a mi lado y Karina duerme, encogidita, como si tuviese frío. No sé si la frase se refiere a ella y a mí o a los cineastas jóvenes cubanos. El festival de cine se ha acabado y tengo sentimientos encontrados. *Los sonámbulos* y *La llorona* ganaron los premios principales. *La vida invisible de Euridice Gusmao, Bacurau, Blanco en Blanco* se extrañan mucho entre las obras galardonadas. Me alegro mucho por *Agosto* y por *A media voz*. Al final no fui a la clausura ni a la fiesta. Y para colmo de males se me quedaron algunas obras sin ver. Quizá en los próximos meses la piratería me ayude. Quedan unos quince días para que se acabe el año y la temporada de fiestas navideñas me asusta. Por lo menos tengo a Karina conmigo. Es raro ¿No era que el festival me tenía que ayudar para olvidarla?

Se acerca otra vez el lunes y hay que volver a la realidad. La gente que pidió vacaciones para no perderse ni una película, dobla las carteleras y las meten en la gaveta: a esperar el 42 festival. Las ancianas de la cola ya no comerán de sus pozuelos en el cine, ahora alguna novelita del paquete, *MasterChef,* ir tirando. ¿Qué va a ser de aquella cuidadora del cine Yara? La morena flaca, que siempre iba muy maquillada y mientras me hablaba, con mucha confianza, me agarraba la rodilla: ¿tú eres muy cineasta, no? Yo también soy cineasta, yo puedo estar seis y siete horas viendo películas de patadas y piñazos —me decía. La cuidadora pasará un año más tranquila, más aburrida, sin tener que dividir a la prensa de los delegados, y a los delegados del resto. Viendo menos cine. En la oscuridad.

Pero bueno, la vuelta a la normalidad también tiene su encanto. Por ejemplo, voy a poder volver a casa de Juan Carlos Tabío —que es un poco sordo— y con muchas muecas y articulaciones le volveré a contar lo mala que están ciertas películas. La gente que apareció por el patio del Nacional. Los chismes de las fiestas.

También podré organizar la cabeza y escribiré un nuevo guion. Un guion inédito para presentarlo el año que viene. Un guion sin dolor.

Mientras tanto, arropo a Karina, le doy un beso en el cuello y murmullo: te estimo.

A ella no le gusta que le diga te amo.

FADE A NEGRO

THE END.

JULITO LLÓPIZ-CASAL LE ESCRIBE A SU HERMANO CINEASTA

Todo el mundo en La Habana sabe quién es Julito Llópiz-Casal. Todo el mundo también sabe quién es Mario Llópiz-Casal. Los jimaguas. Los gamos sueltos.

En épocas de vacas gordas era normal verlos juntos, por La Rampa. 23 y 12. Paseo.

Pero hace un tiempo Mario se fue y ahora solo vemos a Julito.

Para los entretenidos les doy un poco de contexto:

Julito Llópiz-Casal es un artista cubano, *performer*, de unos treinta y cinco años, amante del conceptualismo. A Julito le encanta trabajar con objetos encontrados. Para él, los objetos personales que forman parte de la vida del individuo, están cargados con una subjetividad. Julito tiene un inventario de sentimientos a través de los objetos. Para él, los objetos hablan tan bien o mejor que las personas. Hablan de las circunstancias, de un estado de ánimo.

Mario Llópiz-Casal es su hermano menor. Menor por 2 minutos y 20 segundos. Mario es un director de cine cubano de unos treinta y cinco años, amante de las primeras obras de Lautaro Weldon. Para él, lo único que existe es el cortometraje. Mario cree que el largometraje es una deformación de todo el lenguaje cinematográfico. El cine debe ser corto y directo. Lo demás es paja.

Entonces, para dejarlo todo bien masticadito.

Julito es un fiestero. Le encanta la calle, bailar, estar con sus amigos. Y su hermano es un tipo más recogido, más de su casa. El piquete de Julito estaba integrado por una pila de artistas plásticos súper conectados, que se reunían a diario para quemar. Mario, sin embargo, se quedaba en casa mirando alguna selección de cortos, como aquella que apareció en un momento en La Habana —gracias a Martica P.— de Mark Romanek y Spike Jonze.

En la época de *Callaíta*, el piquete de Julito, como por arte de magia, fue desapareciendo poco a poco. Todo el mundo fue echando. El último la peste. El miedo a que se cerraran para siempre las fronteras. Y nada, que Julito se quedó solo.

Julito se quedó sin sus amigos y sin su hermano Mario.

Solo, empezó a vagar por La Habana. Como un medio-ser que le hubieran cortado un pedazo. Morriña. Tristeza. Extrañar.

Al mismo tiempo, Mario llegaba a Madrid y muy a su pesar, tenía que dejar su soledad y empezar a ser un animal social, ya que empezaba a compartir piso con otras cinco personas: una doctora palestina, un bailarín paraguayo y tres artistas plásticos cubanos —que eran los socios de su hermano y que lo cuidarían con mucho ahínco a partir de entonces.

Para los amigos de Julito, ahora en España, tener a Mario cerca —que era idéntico idéntico probable probable a su hermano— era una manera de tener al Juli cerca. No sufrieron tanto su ausencia en ese sentido. Ya que veían su cara. A diario.

Mario encontró un piquete que le cocinaba, lo arropaba y le hablaba con su acento. No tuvo que enfrentarse solo a la tarea de extrañar.

Pero Julio estaba acá solo. Y para diciembre tenía que encontrar un nuevo piquete. Estar solo, bailar solo, no poder contar las nuevas pinchas, está duro.

Y como en un mundo trocado, lo que Julito encontró una tarde, por casualidad, fue a un piquete de cine.

¿Entienden?

El hermano cineasta andaba con los plásticos. El plástico andaba con los de cine. Y así, esas dos masitas de seres, se acompañaban. No todo fue fácil. No todo fue jazmín de rosas. A veces una postal, una foto mandada en el momento equivocado, traía sufrimiento. Celos. La distancia es del carajo. Los dos hermanos estaban viviendo un trueque. Permuta. Permuta.

Julito se perdía los cuentos, las anécdotas y los sucesos que les acontecían a sus amigos. Y a pesar de que Mario se las contaba, no era lo mismo. Las diferencias horarias, los apuros, no era lo mismo. Vivirlo era diferente.

Mario, sin embargo, sí tenía un retrato vivo y detallado del piquete de cine. Julito le contaba segundo a segundo las conversaciones. Que si Aparicio estaba preparando el documental, que a Danita no le gustaba la última de Tarantino. Así.

El tiempo fue pasando. La situación global fue empeorando. Y en una circunstancia muy particular, los hermanos decidieron volver a intercambiarse. Para Mario se hacía muy difícil hacer cine en Europa, y empezó —inspirado por su gemelo— a hacer unos muñequitos plásticos, unas instalaciones.

Casi sin saber, Mario empezó a tirar unas tallas bien locas, a medio camino entre Ezequiel y su hermano.

Al mismo tiempo, para Julito, aplicar a los pequeños fondos de cine de las embajadas, le permitiría filmar. Ya Julito había tenido varios videos finos, cosa buena, como: *Gaspar de la noche,* donde un extraño ser recorría la noche con una máscara de Iron Man y un removedor de Habana Club en la boca.

O *American Lesson Of Conceptual Art,* donde una pelotica de colores era lubricada y casi penetrada por un dedo.

Julito filmaba por chiste, como para probarle algo al hermano, o simplemente para variar.

Esta «no frontera», el poder ser de cualquier grupo, el poder hacer lo que fuera, les daba a los hermanos una manera de ser libres bien bonita, en un mundo de fronteras y tallas más oscuras.

Una noche, en La Latina, Mario empezó a bailar y le mandaron el video a Julito. Mario bailaba como su hermano. Era Julito, pero allá.

(Para ver a Julito bailar recomiendo buscar en YouTube el video «Haz tu vida que yo voy a hacer la mía» de Un Titiko y el Kamel, dirigido por Leandro Feal).

En una premier horrible en el cine Chaplin, al salir Julito del baño fue confundido con su hermano. Y lo más bonito, a pesar de la distancia y de ser dos personas completamente diferentes, sus pinchas, las obras de cada uno dialogaban súper bien entre sí.

Mario tenía una instalación hermosa, que era un tubo de desodorante, una boquilla de spray y unos audífonos sucios. Allá en España fue presentada en ARCO como una pincha de Julio Llópiz-Casal. Aunque fuera hecha por el hermano. Era una manera bien bonita de alargar y mejorar la carrera del hermano. Hermandad total.

Acá, Julito hizo un cortometraje llamado *Bigote de elefante* y lo firmó como si fuera su hermano. Lo pusieron en el Festival de La Habana, en el de Gibara, y una yuma ahí se lo llevó para Houston para ponerlo allá. Un minuto más de duración y Mario no se lo hubiera perdonado. Pero Llópiz sabía.

Ninguna de las dos carreras se detendría. El mismo juego, de trueque, que para algunos podría ser innecesario, era en sí, una pincha más. Una pincha indefinida. Transmediática. Metanosequé.

Y sí, es verdad que una pila de gente dice que Julito es uno solo, que Mario no existe. Otros dicen que Mario le dio el pasaporte y el que viajó fue Julito. No sé. Ya eso queda a la subjetividad de la gente.

Yo a veces veo a uno de ellos en la calle y lo saludo. Me cuestiono quién es por un segundo. Pero después me da igual.

Y ya varias veces me he visto recogiendo objetos por la calle. Este clavo le puede servir a Julito. Este peine está bueno para Mario.

Me gustaría que los dos pudieran estar juntos de nuevo, en un mismo local. Pero no sé. La realidad es de pinga.

La última vez que vi algo de los dos fue en un museo, había una mesa llena de objetos.

Destacaba una cosa:

Un cubo de Rubik sin colores. Sin las pegatinas. Solo negro. Da igual dónde y cómo lo muevas, solo salía negro. Pesimismo.

El objeto ante que el humano.

Lo agarré en la mano y me lo acerqué a la cara. Bien de cerca, en cada casilla negra, tras el color oscuro, se veía un rostro. Era el rostro de Mario. O el de Julito. Ya no eran dos. Eran veintisiete.

Veintisiete caritas en las veintisiete piezas.

CINCUENTA METROS CON ENA LUCÍA

La calle I, entre 21 y 23, tiene unos cien metros —como todas las cuadras, creo—. Mi casa queda como a mitad de cuadra y este texto ocurre en los cincuenta metros que van desde la puerta de mi casa hasta la esquina de 21. Durante ese tramo acompaño a Ena Lucía y hablamos —aparentemente— de cine.

Ella tiene once años más que yo, que era un muchacho de quince o dieciséis. Cualquier otra persona de dieciséis años puede parecer ya una persona grande, pero yo no. Nací y me críe en una casa llena de mujeres, bien mimado por mi madre y mi abuela, y sumado a muchas enfermedades, me veo más chico, más débil, más femenino.

Ena Lucía, sin embargo, es una mujer más fuerte, que me saca un tramo de altura. Tiene que mirar para abajo para hablarme. Tiene unos ojos inmensos, claros, hermosos. Y una piel blanca, de porcelana. Su pelo negro. Camina lentamente y tiene un aire de misterio que envuelve.

Es la mujer de cincuenta metros al lado del hombre menguante.

No recuerdo bien que ropa lleva. Diría que una camiseta y arriba una camisa, algo le cuelga del cuello. Abajo una saya de colores marrones. Trato de visualizar los tobillos. ¿Lleva las piernas afeitadas o a medio afeitar? Una piel tan blanca y un cabello tan oscuro. Seguro que los pelitos cuando vuelven a salir, poco a poco después del afeitado, salen negritos. Unos cañoncitos mínimos que van apareciendo en una piel de leche. Me imagino mi mano pasando en contra, tropezando, siendo pinchada.

¿Tendrá unos pelitos más suaves entre la pelvis y el ombligo? Una especie de gamuza, tres o cuatros.

No puedo ni pensar en sus axilas, porque me excitaría demasiado.

Ena Lucía no me quita los ojos de arriba, a lo mejor se está haciendo la interesada para no hacerme sentir mal.

La quiero impresionar. Sé que es escritora. Que es buena. Pero aún no he leído nada de ella. Le hablo del cine que me gusta. El europeo, por supuesto. Ella me atiende y sabiéndose superior no repara en mi bobería y asiente: a mí también me gusta el cine europeo.

Quizá me menciona a Bergman o a Rohmer, pero yo estoy en otra onda, en una onda más *light*. Le cuento de *El marido de la peluquera* y de *Tango: la maté porque era mía,* las dos de Patrice Leconte. Ella trata de abrirme el espectro y me habla de una película francesa que ha sonado mucho. ¿Techiné? ¿Corneau?

Nos acercamos a la esquina. Cuando lleguemos allí vendrá la separación. Y con Ena Lucía casi nunca he tenido esta oportunidad, la oportunidad de estar solos, los dos.

Quiero aprovechar cada segundo.

Hoy fue una casualidad, ella se estaba yendo y yo iba de salida.

Como les decía, mi casa siempre ha estado llena de mujeres. Mi madre y mi abuela reciben a muchas vecinas, amigas, conocidas, enviadas —mi abuela es cartomántica y atiende a sus clientas en mi cuarto—. Yo estaba acostumbrado a ver a muchas mujeres, de diferentes físicos y actitudes, me era normal. Pero el día que vi a Ena Lucía algo se me revolvió bien dentro.

Ena Lucía y mi madre estaban pasando un curso o taller de edición juntas, y al final del día acababan en la casa para tomar algo y merendar. Cuando las escuchaba llegar yo salía de mi cuarto, casi siempre sin camisa, y avanzaba por el pasillo. Ena Lucía siempre estaba sentada en el mismo lugar del sofá y me quedaba de frente. Yo me acercaba, saludaba y me quedaba por ahí escuchando lo que conversaban las mujeres —aparte de mi mamá y ella, había otra señora que no recuerdo—.

La conversación iba desde temas de la clase hasta cosas más íntimas. A veces hablaban de hombres y se reían. Recuerdo que se burlaban mucho de algo que tenía que ver con la pantera rosa. Se referían mucho a algo que se llamaba *Pink Panther*. ¿Era un trago? ¿O era un hombre? ¿O era la regla? No sé qué era, pero era un tema recurrente eso de *Pink Panther*.

Creo haberla visto tomando alguna pastilla. Comiendo con lentitud. Le pasaba algo. Pero no me quedaba claro. Todo era parte de un misterio mayor, algo a lo que aún no había sido invitado a descubrir.

La iluminación de la sala era poca y la luz amarilla hacía que el salón pareciera un antro de Medio Oriente. A veces, cuando no estaba tratando de captarlo todo con la mirada, Ena Lucía se relajaba y se reía. Su risa parecía iluminar la estancia.

Cuando se iba de casa, yo regresaba a mi habitación y me ponía a soñar. Pasaba el pestillo de la puerta. Soñaba despierto y me tocaba el rabo suavemente con la punta de los dedos de la mano derecha —eso que algunos llaman la paja capuchino—. Suavecito. Me tocaba y pensaba.

Pensaba en que una tarde cualquiera Ena Lucía pasaba por la casa y llamaba a la puerta. Yo le abría sin camisa y ella entraba preguntando por mi mamá. No está, le decía, y como quien no quiere la cosa me percato de que tiene un huequito en el pantalón, a la altura del muslo, y le meto el dedo. Inocente. Y le digo: tienes un huequito.

A partir de ahí, caminamos a mi habitación y la tiro en la cama, le quito toda la ropa y me arrodillo frente a ella. Le pido que suba los brazos para ver sus axilas y que abra un poco sus piernas para sentir la humedad. Y, entonces, empiezo a hacer todo lo que me da la gana. Poco a poco. Sin apuro.

Un cuerpo blanco, con pelos negros y ojos claros, contrastes, olores, sabores.

Pero nada de eso va a pasar.

De vuelta a la realidad, seguimos caminando y hablando de cine. Me percato de que soy muy chico para ella, no me ve de la misma manera en que yo la veo. Me pongo nervioso. No paro de hablar. Apurado, atropellado. No quiero que llegue la esquina. No quiero separarme.

No puedo invitarla a salir. Soy un niño. Soy el hijo de su compañera. No hay un espacio en que esto suceda con normalidad.

Me acerco un poco, como quien no quiere la cosa, y la huelo. Los pelitos negros de las patillas se le pegan a la cara por el sudor. Estoy excitado y no sé cómo llevar la situación. Entonces, Ena Lucía me mira y creo que se da cuenta. Se aleja un poco.

Respira hondo.

Llegamos a la esquina y me da un beso en el cachete. *No dejes el cine,* me dice.

Me despido y la veo alejarse. Por 21 se va, sola.

La veo irse y solo pido tener diez años más. Para poder dispararle. Sacarla a pasear. Hablar más. Saber más.

En ese momento no me imagino que no la volveré a ver.

Muchos años después, como si fuera una tarea pendiente, la llamaría para preguntarle si podía ir a su casa a verla. Que tenía una historia que quería trabajar con ella. Pero para entonces ya era muy tarde y Ena Lucía me batearía. Tenía muchas cosas que hacer: la novela nueva, artículos, muchos escritos.

No tenía tiempo para mí.

Quedé en mandarle mis películas. Se las mandé con un amigo en común. Pero no sé si las ha visto o no.

Hay veces que la gente está tan cerca y a la vez tan lejos.

Ojalá este texto le llegue. O mejor no.

¿Qué podría pasar?

CUBANOS EN LA NIEVE

La primera vez que vi la nieve estaba en Marsella, acabando el proceso de postproducción de mi ópera prima, en compañía del fotógrafo. Era una tarde gris y sin previo aviso, como si nada, empezó a nevar. Cayó una pelusita de nieve, una bobería, pero nosotros dos, cubanitos con abrigos de tres por quilo, salimos al balcón y nos tiramos algunas fotos. Como no fue mucha, no pudimos jugar a hacer bolas ni lanzarnos nada.

Calzadito agarraba un poco de la superficie de los carros y trataba de hacer pelotas, pero aquello no salía bien. Los dos apenas teníamos dinero y seguíamos una dieta extrema: cada día únicamente comíamos una especie de sándwich de queso, que se llamaba *Contadino*.

La verdad era que Calza y yo despertamos muchas sospechas en el pequeño barrio de Marsella donde nos quedábamos. Mal abrigados, siempre muertos de frío, y deambulantes, sin tener nada que hacer, parecíamos unos terroristas del Medio Oriente —o por lo menos así nos trataron.

Durante treinta años había estado esperando el momento de ver la nieve. La había visto en las películas, había leído sobre ella, incluso, había escuchado la canción interpretada por Miriam Ramos, que rezaba algo así como: *no voy a ver la nieve, nunca voy a ver la nieve*. Pero cuando pasó, cuando la sentí en las palmas de mis manos, me decepcionó.

Fue una sensación muy rara.

La segunda vez que vi nevar estaba en Chicago, en un festival de cine. Estrenando. Estaba a punto de presentar *Melaza* en una de las salas de un cine múltiple, en un centro comercial, cuando en uno de los pasillos del último piso me encontré a una anciana. Todavía no se había formado la cola, no había nadie ahí para la película, y, sin embargo, esta ancianita estaba sentada en un banco, con un pote de comida en su falda, alimentándose antes de la proyección.

Y me dije: esta tiene que ser cubana. Me recordaba tanto a las abuelas cubanas que, para no perderse ni una película del festival de cine, cargaban con el almuerzo. Y por supuesto que sí, era cubana. Me le acerqué, me presenté y empezamos a hablar.

Resulta que la mujer, que tenía unas canas muy plateadas, se llamaba Ana; y era nada más y nada menos que la hija de Mariano Brull. Ana era una cinéfila empedernida y cuando podía o llegaba a Chicago algo de cine cubano, no se lo perdía.

Había salido de Cuba a principios de los 60 y no guardaba un buen recuerdo del registro que tuvo que pasar en el aeropuerto. Aunque muy pícara, me contó que, tras ser desnudada y pesquisada, todavía no sabía bien cómo, pero pudo burlar a los aduaneros y sacó un Picasso.

No paraba de reírse. Eso no se lo quitaba nadie.

Había vivido fuera, tenía hijos, pero ahora estaba sola. Los hijos estaban lejos, muy ocupados.

Y ella, a pesar de estar allá, seguía teniendo esa cosa tan cubana de andar con un pote de comida. En un momento hablamos de Blanche Zacharie —que era familia— y de *El Martí que yo conocí*. Le brillaban sus ojitos.

Entonces, a través de la ventana, vi que afuera comenzaba a nevar. Parece que Ana vio en mi rostro el asombro y aprovechó para hacerme una anécdota de Martí y la nieve, que ahora no logro recordar.

Esa noche fría, mientras nevaba afuera, para Ana, para unos pocos cubanos que había en la sala e, incluso, para mí; el calor del sol y las cañas del inicio de la película nos sirvió un poco de abrigo.

Al terminar la función nos despedimos y la vi perderse en la blancura del frío.

Un cuerpecito encorvado, nonagenario, cubano, en el medio de la noche helada.

No la volví a ver. No sé siquiera si aún vive.

De regreso al hotel, en la noche, pisé la nieve —espesa esta vez— y me aventuré a la cursilería de escribir en la acera la palabra Cuba. No sé por qué hice esa chealdad.

Ya con el tiempo seguí viajando, casi siempre por trabajo, y a veces volvía a presenciar el fenómeno. Estando en Noruega, tuve la oportunidad de ir a visitar a mi amigo Nicolás a Lillestrom.

Mi socio, el jodedor, el moreno de Regla, era el único negro del barrio. Nicolás había cambiado y su espíritu alegre, desenfadado, había desaparecido. Su piel estaba más gris, más clara y su rostro estaba como absorto todo el tiempo.

Su mujer Inga y su hija me recibieron con mucho amor y me ubicaron en un cuarto que cruzaba el nivel del suelo, que en el techo tenía una ventanita desde la que podías ver la nieve que había afuera.

Sobre la cama donde yo iba a dormir había cientos de sellos y premios de papel —la hija de Nicolás era una entrenadora de caballos, que había ganado muchos méritos.

En un momento, no sé si era tarde o temprano ya que el clima estaba bien raro, al asomarme por la ventanita lo que vi afuera fue un venado. Un venadito. Aquello me dio una tristeza tremenda. ¿El negro Nicolás cómo había sobrevivido aquí? ¿No se ponía a bailar salsa? ¿Con quién hablaba de pelota?

En fin, la cosa es que, en la mañana, Nicolás me saca y me lleva al bosque a cazar liebres. Sé que suena raro y se ve peor, pero fue así. Dos cubanos, con escopetas, en medio de un bosque noruego, con una pareja de blancos noruegos que llevaban un perro. El perro se encargaba de buscar la liebre y de hacerle una encerrona para que nos pasara por delante. Ahí había que disparar y ya.

Mientras caminábamos por la nieve trate de abrirme un poco y hacer que Nicolás se abriera. Para saber si estaba bien, si lo podía de ayudar de alguna manera con mi calidez acabada de llegar de La Habana. Pero el negro estaba más cerrado que un candado. En un momento le dije: mano, no sé cómo llevas tan bien este clima. La frialdad del aire, de la gente.

Nicolás esbozó una media sonrisa y me dijo: al principio no fue fácil, pero poco a poco me fui acostumbrando. Ahora no me imagino viviendo lejos de esto. Acá en el bosque encuentro mis hongos, las setas para comer, y cuando la niña era pequeña, jugar y hacerle su muñeco de nieve era algo muy especial.

Bosque adentro solo escuchábamos nuestros pasos y el saboreo de los labios en la cantimplora. Cantimplora que yo había tratado de llenar con un 7 AÑOS que le había llevado de regalo y que él terminó cargando de un licor de frutos rojos, casero.

No quise indagar más. Me sentía los pies mojados y la nieve sucia se me pegaba a las botas de agua. Entonces fue cuando Nicolás me miró y me dijo: Carlos, estás equivocado. Tienes la cabeza muy confundida. Yo no tengo que bailar, ni tomar ron, ni estar al tanto de lo que pasa allá para saber quién soy. Yo soy cubano, pero la Cuba, así con mayúsculas, en la que todos pensamos, los de adentro y los de afuera; esa Cuba no existe. Es una idea. Y como todas las ideas, hoy la puedes tener y mañana, no. Hoy puede ser una idea bonita y más tarde, no.

No sé por qué me molesté. Me detuve un segundo casi sin darme cuenta y él siguió avanzando. Sus pasos en la nieve se veían inmensos. Ladridos de perro. Pasa un bicho y el negro apunta, de un disparo le saca el ojo rojo a la blanca liebre.

Ahora aquí, a punto de acabar el 2019, en La Habana empieza a enfriar. La mayoría de los amigos están para sus provincias, celebrando con las familias, y el bar de encuentro se ha quedado vacío. Odio los 24 y los 31. El gorrión es inevitable.

Pienso en los amigos cubanos que están en la nieve, lejos de esta tierra. Algunos de ellos quizá encuentran felicidad en esa distancia, en estar en un escenario ajeno a este, un escenario de películas extranjeras.

Dicen que cada copo de nieve es diferente, especial.

Miro el bajón que tengo yo y agradezco que aquí no nieve.

No hay abrigo suficiente, las casas no fueron pensadas…, el carácter…

Aquí la gente no está preparada para eso.

ESTAR ENAMORADO ES TREMENDA MIERDA

Llego a la Escuela de Cine y todo el mundo me habla del rabo. Del prepucio. De las fotos que me hice. Lo hacen con cierta burlita, como si fueran superiores. Lo más gracioso es un viejo, ácido, que se cree que es un genio y el muy anormal me habla y se saborea. Hipócrita.

He venido por una semana para asesorar las tesis de un grupo de cinco.

Antes me pasaba el día respirando cine, leyendo, conversando, y la noche, cazando.

Imagínate un lugar en el medio de la selva lleno de mujeres de todas partes del mundo, alcohol, piscina. Qué rico. Pero esta vez me ha pasado algo distinto: o estoy viejo o sigo enamorado de la loca esa.

O las dos cosas: soy un viejo enamorado. Un viejo romántico. Un Juan Gabriel.

El lunes estaba embullado, porque el domingo estuve duro y la rechacé.

Pero el martes empecé a caer y nos inventamos un juego —la loca y yo—. Siempre ella y yo. Decía, un juego macabro donde iba a perder. Siempre perderé yo. Siempre pierdo yo.

El juego consistía en guardarle la leche una semana. Así yo disfrutaba llenándole la boca mientras me miraba a los ojos; y así ella se percataba de que yo no la engañaba con nadie más, porque había abundante semen.

Este juego me puso en desventaja desde el minuto uno, porque para su ego eran flores. Le quedaba reclaro —nunca lo ha dudado— que yo estaba muerto en la carretera con su persona.

En fin, que estoy en la Escuela de Cine sin poder hacer el amor y sin poder masturbarme, dándole clases a unos alumnos y, asediado por los teóricos por querer hacerme el escritor a esta altura de la vida.

En cada comentario sale la envidia: qué buen amigo de Legna eres; este texto es repetitivo, solo hablas de sexo y haces entrevistas; ya tienes que volver a filmar.

Sonrío y pienso: ¿Serán hijos de puta? Si algunos de ustedes mismos son los que no me dejan filmar, los que me censuraron. Y los otros. ¿Cuándo llamaron a mi casa a decirme: mira, acá, hay un plato de arroz y frijoles? Nadie. Entonces, ahora esas opiniones se las pueden meter por el culo. Simple. Sencillo.

Pasa un crítico que es una pasita y me dice que *Generación* es lo mejor que he hecho en mi vida. Lo hace para molestarme, pero sonrío y le digo que concuerdo.

En el comedor se refleja mi rostro en los cristales. Me veo lleno de rabia. Ya no tengo la alegría que tenía antes. La alegría que me daba ser un picaflor. La alegría del desleche.

Ahora estoy amargo, más canoso, más pesado y culpo a quien tú sabes. Estar enamorado es una mierda. Estar enamorado es mucha mierda. Mucha.

Años atrás ahora estaría sembrando, una miradita acá, un brazo tocado, un café. Ahora, como si fuera una empresa láctea, solo guardo leche. Y espero a que llegue el viernes para vernos y hacer la entrega.

El miércoles llega una luz a mi existencia con las clases o conversaciones. El ser humano puede ver la paja en el ojo ajeno. Les hablo y profundizo en sus guiones, aunque llevo tres años trabado en el mío. Hablamos de cine, de conflictos, de puestas de cámara. Recupero la fe en el cine. A dos alumnos les pido de favor que se lean mi guion.

Almuerzo con Yari Mizievin y con la boca llena de remolacha, no paro de hablar de los últimos momentos de Kieslowśki y de sus problemas con la vecina del 5to B. Yari no cree para nada toda esa sarta de mentiras. Me dice que Żulawski lo inventó todo. En un sueño que tuvo se vio en un elevador, tenía que marcar la planta baja y marcó el 9, sabiendo que el elevador si subía se iba a trabar. A la altura del piso 7 la roldana se enreda con la soga y empieza el vaivén. Con sus propias manos Żulawski tiene que mover la soga, para bajar poco a poco. Remolacha y cine de ensayo.

Me como un arroz con leche y salgo al pasillo. Necesito un café y un tabaco. Pienso en que volví a fumar y me vienen a la cara todos los muertos de este año.

Jorge Yglesias se acerca y solo me habla de enfermos y muertos. Por ahí viene, le huyo.

Prendo los datos —dicen que si lo prendes y apagas es peor— y espero mensajes de la desgraciada. Tengo seis mensajes. Soy un hombre feliz.

En una esquina hay un perro gordo por una enfermedad que hace un ruido raro. Le llaman H. Upmann. El perrito blanco y amarillo me mira. Lo miro. El solecito nos toca a los dos.

Un alumno se acerca muy contento, porque se va a Sundance. Me habla y no lo escucho. Qué manera de hablar mierda. Me da igual a dónde vas. Me da igual la lista de la diez mejores películas. No, no he visto esa película cubana. Me doy cuenta de que estoy viejo, lo único que necesito es un desayuno, almuerzo, comida y poder soltar esta carga y abrazar a la mujer que amo. Más nada. Lo demás es nada.

En la noche me voy temprano a la cama y me pongo a ver algo. Tengo que ver algo que no me excite ni me tiente. Veo *El peral salvaje* de Nuri Bilge Ceylan y me gusta, pero me recuerda mucho la trilogía *Huevo, Leche, Miel*. ¿Cómo se llevarán esos dos? ¿Habrá bateo? ¿O será como Carlos Machado y yo, que son más las ganas de la gente de que nos llevemos bien o mal, que las ganas que le ponemos nosotros a cualquiera de las dos tallas?

Veo la mitad y ¡jueves!

Uno de los alumnos anda muy deprimido, porque no encuentra una solución para su guion.

Le digo que deje de escribir y que haga un *collage,* un *story,* un *mood board,* que empiece a visualizar, a jugar, a apoderarse. Puede ser el puto amo. Solo tiene que creerlo.

Me fumo cinco tabacos. Recibo un mensaje de la mujer a la que amo. Me dice que se ha enredado, no puede verme el viernes. Le explico que había quedado en algo conmigo, llevo días guardando el café —no me deja usar la palabra leche en el chat—, mi madre nos ha comprado cervezas, yo le compré los chocolates que le gustan, pero le da igual. No puede. Se ha enredado.

Apago el teléfono y con rabia busco alrededor a cualquiera para singar. Me tengo que acostar con alguien. Vengarme. Olvidarme. Salirme de esto. Mando varios mensajes para el viernes. Busco y no encuentro.

Como solo. Llego al cuarto. Me acuesto y empiezo a masturbarme. Agarro el celular para filmarme la erupción de lava. Bajo el ritmo. Me vengo. Mucha leche cae lentamente.

La paja más triste del mundo. La paja más triste del mundo.

Le voy a mandar el video con esta talla: todo lo que te perdiste. Miro al techo.

La guerra está a punto de comenzar. La gente se ve en la necesidad de opinar sobre los bustos de Martí. Cambio de moneda. Incendio forestal. Y yo jugando con mi pinga. Nunca antes había estado tan oscuro. Ojalá sea cierto eso de que mientras más oscuro, más cerca el amanecer.

Viernes. La escuela está de luto. El perro enfermo ha muerto.

Los alumnos ya no quieren escribir y no vienen a verme.

Tengo el video de 4mb en mi celular y muchas ganas de desaparecer.

Debo dejarle el video a alguien antes, para que, si me muero, diga: tengo un video de una paja de Carlos.

Ella no me ha escrito. Es dura. Cancela y no escribe. Candela. Pasa una muchacha por el pasillo. Le grito: ¿sigues teniendo el mismo whatsapp? Sí. Le hago señas ¿Te puedo mandar una cosita? ¿Una cosita rara? Vale, me dice.

La gente mala anda robando, matando, acabando con el planeta.

La gente buena anda sin saber cómo concretar el amor y mandando pingas por el celular.

Quiero morirme. Ya.

CARTA A UNA NIÑA SUICIDA

Hoy ya no estás con nosotros.

Acabo de regresar del cementerio y tuve que contener las lágrimas para no ser una carga más para tu madre. Ella estaba fuerte, pero con los ojos y la nariz muy rojos de tanto llorar. Cuando me acerqué para darle el pésame, no pude y me tiré sobre ella en un abrazo pesado. Ella es la única que sabe cuánto te quise, pero eso es una tontería, eso ya no importa. A fin de cuentas ella es tu madre. Su sentir es mayor. Me imagino.

Tu hermano me miraba desde una esquina sin entender bien. ¿Por qué sufre tanto este tipo? No sabe. No se puede imaginar todo lo que vivimos.

Al final lo hiciste. Tanto que lo dijiste en juego y yo que me molestaba y te dejaba de hablar. Y tú me decías: claro, es que sufres como una vieja.

Lo que hiciste no estuvo bien. Eres tremenda perra singá. Lo siento. No lo creo. Me duele hasta decirte esto. Pero sí te digo algo: hoy amanecimos todos más solos.

Los malos ganaron esta vez. Los malos que no saben lo que era tu piel. Tus manos, tus pies, tu vientre. Los malos que tantos muros te pusieron delante para que no avanzaras. Los malos que te expulsaron de la universidad. Los malos que no te dejaron escribir más. Los malos que se creen que son los buenos, que se reúnen en fiestas, cócteles, haciendo *lobby*. Los malos que solo piensan en la casa en la playa, en la gasolina y en poder sacar del país a sus hijos. Los malos mediocres. Los malos que nunca entendieron tus textos.

Este sentimiento es tan fuerte, que escribo esta mierda con los ojos bañados. Pienso en Martí, en Gómez y creo que este país dejó de tener héroes hace mucho. No eres una heroína. No querías serlo. Quizá está sobrevalorado. No sé. Últimamente no sé nada.

Mientras más viejo soy, menos entiendo este país. Por eso quizá sigo vivo. Por eso tú estás muerta, porque tú sí lo entendiste. Maraña y marabú. Los machos pavoneándose, ron caliente, pollo viejo frito en grasa negra. Aceite quemado.

Todos nos hemos sentado en el portal a ver cómo nuestras niñas se mueren. A aprobar, sin hacer nada, que nuestros muchachos tengan que huir, cruzar la selva. Selva ajena. Monte desconocido. Con esperanzas de llegar a otro lado. Un lado mejor. Una vida paralela.

Tus compañeras de piso no saben qué hacer con tus cosas. Tu bicicleta negra y tus gafas en forma de corazón. Mira que hablabas mierda, te llenabas la boca y disfrutabas.

Mañana voy a volver a la cartomántica que tanto te gustaba. La de 26. No sé si tenga fuerzas para sentarme en ese pasillo estrecho, al final de la cola, y ver a todas esas mujeres gordas, morenas casi todas, esperando con fe a que se abra la puerta azul.

Detrás de esa puerta hay una luz. Pero ay, y si me dicen algo de ti. Por favor no te comuniques, no me digas nada, déjame avanzar. Déjame seguir. No te me aparezcas en las noches a chuparme los pies, a jalarme el pelo con fuerza.

Trata de ser una niña buena por primera vez.

¿Te acuerdas del viaje que hicimos a Dos Ríos? Guiados por aquel poeta mulato, bonachón, que hablaba y hablaba y nos recitaba: el país está en el salón de autopsia y el pueblo está de espaldas, bailando, gozando.

Seguro que allá —si existe un allá—, estarás bailando «La Macarena». Chasqueando tus dedos. Esos dedos llenos de anillos de plata o no sé de qué. Tus dedos manchados de verde. Tus uñas pintadas de negro.

En la gaveta de mi casa me dejaste dos blúmeres sucios. Los iba a coger para las pajas, pero ahora son algo sagrado, tendré que hacerles un altar. Nada más para joderte. Ya que odiabas tanto lo sacro.

Qué par de ovarios tuviste. Pero por gusto. Así no se vale. Hay que seguir. Candela al jarro hasta que suelte el fondo. Pero, mama, tu sí que no, cerraste. No dejaste nada para nadie.

Ya más nunca voy a poder comer masas de cerdo fritas. Ni frituritas de malanga con miel. Ya más nunca voy a poder salir con alguien que se te parezca. Cero escorpiones, cero pelos cortos, nada de Pablo Milanés cantando en Tropicana.

Lo único que debiste pensar era en tu mamá regresando a casa sola, cargada de bolsas, para darle de comer a tu abuelo. Esa imagen era la que debiste tener antes de ponerte a comer esa pinga. Mi amada.

Dice Idania que no va a pasar más por Toyo. Para ella acabó la calzada de Luyanó y la de Diez de Octubre. Para mí acabó Eliseo Diego. Ya no voy a poder hacer más el cuento de 21 y G. Me traicionaste. A mí. A tu hermano. A tu mamá. A todos.

Hace unos meses, el día de la boda de Paqui, me vistes mal y lo sabías, pasaba algo. Yo no te dije nada porque era una bobería. Pero ahora te lo cuento. Estaba en los estudios de animación a punto de hacer una entrevista, cuando una trabajadora del mundo del cine se me acercó para decirme que mis textos la decepcionaban. Que mis escritos eran una mentira y que yo solo estaba dolido por no poder salir más en *Mediodía en TV*. La susodicha me dijo: me decepcionaste a mí y a Cuba.

Traigo este cuento ahora, porque creo que ni tú ni yo, ni nadie menor de cuarenta años puede decepcionar a nadie, y mucho menos, a este país.

Son ellos los que nos han decepcionado. Por ponerse siempre del lado del poderoso. Por ponerse del lado del censor, del opresor. Lastimosamente esa gente está ciega, no quieren ver. No quieren verme. No quisieron verte.

No sé si puedan dormir tranquilos. Pero sí sé que evitarán pensar en esto.

No decidiste irte solo por el entorno. No puedo pensar en eso. No puedo pensar en que nos ganen. En que nos puedan de esa manera.

Voy a pensar que te fuiste porque te cansaste. Porque no le descargaste más a esta talla. Porque te fuiste a una talla más linda. Una talla en donde ponen películas de verdad, se escucha música —esa que tanto te gustaba— y en donde se hacen panetelas más ricas.

(Ya sé que no te gusta hacer panetelas).

En fin, para no ser una vieja, como tú dices. Nada, mi'ja, de una forma más suave te digo que no sirvió.

Mira que te lo dije: hay que comer más tataki de atún, tomar más cerveza buena, darse un gustico. En este país no se sobrevive si se es íntegro. Este país hay que cogerlo suave y pensar que uno está en República

Dominicana o Panamá. A cada rato hay que bailar un merengue, irse a la playa y tomarse un agua de coco, creerse que la cosa va a mejorar.

Porque si no, uno se da un sogazo. Como el sogazo que le imaginamos a aquel amigo: El oscurito, El Mongo, El podador.

Hoy él está vivo. Y tú no.

Nos tomamos las cosas demasiado en serio.

¿Ese chiste cómo era? En el que yo decía que tenía ganas de tener ya noventa años para que el rabo no se me parara más y la líbido se me fuera. Pues bueno, ahora con treinta y seis, me dejaste así.

Por tu culpa. No puedo. No puedo ni acostarme en la cama. Creo que voy a dormir en vertical, a lo Nosferatu.

Si ves la corona de flores, te hubieras cagado de la risa.

Cosi, de pinga.

Debí estar más para ti. Debí conocerte mejor. Estar ahí. No sé.

Nunca te voy a olvidar.

Jamás- Jama.

Ya no sé cómo alargar más esta carta. Escribirla es una manera de no soltarte. No te puedo dejar ir.

Me debes cosas.

Mañana, si amanece, los bastones, los andadores y los culeros desechables tendrán sus monumentos.

Lo «correcto», lo «necesario» ganará terreno. No es país para jóvenes. No es país para nada fresco.

Mi'ja.

Muchacha.

Te amo.

No demoro.

Espérame.

DANIEL: EL SILENCIO QUE DEJÓ

Laura Díaz Ravelo es la hija de Daniel Díaz Torres y ha tenido la gentileza de hablar un rato conmigo acerca de su padre.

Esto no es una entrevista, ni una crítica cinematográfica, tan solo es un homenaje: un juego a dos voces.

Estoy sentado en la plaza Za de la Escuela de Cine de San Antonio de los Baños, y tengo frente a mí el pasillo por donde Danielón iba y venía a millón. Siempre andaba en mil cosas. Su vozarrón era inconfundible.

Daniel Díaz Torres tenía un encanto y una capacidad de atraer gente tremendos.

Cuando empecé a estudiar acá, tuve la oportunidad de escribir una película llamada *El Edén Perdido* que era la segunda parte —o película hermana— de *Camino al Edén,* dirigida por Daniel.

Como las películas dialogaban entre ellas, tuve que reunirme con él varias veces y cuadrar algunas cositas. Yo tenía veintipocos años y, desde el minuto uno, el hombre me trató con un respeto y una profesionalidad asombrosa.

Muchas veces los jóvenes se encuentran con las trabas y los celos de los más consagrados, pero con Daniel esto era impensable.

Sus consejos, sus conocimientos de cine —que eran inmensos— me los trasmitía en forma de propuesta, dejando siempre que yo hiciera lo que quisiera. Con una elegancia y sin dejar de bromear, Daniel me mostró una bondad infinita.

Hace unos años, *La película de Ana* y *Melaza* viajaron juntas a varios festivales, pero Daniel ya estaba enfermo y no coincidimos más.

Recuerdo una llamada telefónica —la última— donde hablamos de cine, del futuro, de algunos viajes. Estaba contento de hablar conmigo, yo estaba contento de escuchar ese vozarrón.

Con *Santa y Andrés* y las situaciones que me cayeron arriba, mucha gente me recordaba a Daniel. Me mandaban a leerme algunas de sus cartas, a investigar su proceso.

Un proceso que fue grave, duro. Yo hoy solo pienso en el daño personal, puertas adentro, en la familia, en este hombre con su mujer y sus hijos tratando de volver a la normalidad.

Le escribo a su hija, a Laura. Quiero saber en lo personal, cómo se vivió la resaca de *Alicia*.

Laura escribe:

Cuando el caos en torno a Alicia, yo era pequeña y no recuerdo bien lo ocurrido. Crecí con las historias alrededor de la película y con todos los mitos creados con respecto a él y la familia. Ya con más edad, llegaron a decirme un día, en una conversación sobre cine cubano entre jóvenes —alguien que no me conocía bien—, que el director de *Alicia* se había ido del país. Mi reacción primera fue de mucha risa y después me dediqué el resto del tiempo a corregir el disparate.

La primera vez que vi la película tendría unos diez años y fue desde un punto de vista muy ingenuo, recuerdo, que le buscaba todo el tiempo el paralelo con la historia de Lewis Carroll y no entendía la mitad de las cosas.

Alicia en el país de las maravillas fue uno de los primeros libros que me regaló mi papá intencionalmente. Cuando lo leí, me enamoré de él y ahí fue que me dio más curiosidad por ver la película de mi padre de la que tanto se hablaba en casa, que trataba desde otra perspectiva, una historia satírica con algunos elementos similares a los del libro.

Cuando pasaron los años volví a ver *Alicia* y ahí comencé a entender los sucesos. Esa vez pude apreciarla mejor y con unos años más, ya podía comprender la agudeza de la crítica. Y me encantó, no tengo otra palabra para describirlo. Cada vez que la veo adquiere más vigencia, me muestra cuán certero fue mi padre y me descubre esa realidad llena de apariencias y absurdos, que nos sigue envolviendo.

Sé que mis padres tuvieron que ir a hablar al preuniversitario de mi hermano para evitar malos entendidos, pues él escuchaba comentarios alrededor de la película y de su familia, totalmente absurdos, y por supuesto que no se sentía bien al respecto.

Mi madre me cuenta que en una reunión del núcleo zonal del partido, ella tuvo que interceder por mi padre, llena de furia, pues uno de los personajes de la mesa dijo con total seguridad que toda la familia se había ido en lancha.

Podrás imaginar aquella escena.

Mi madre levantó la mano y dijo con mucha tranquilidad que habían regresado en la lancha y que estaban en la reunión. Nada, como esa anécdota, unas cuantas más de las que uno pudiera reírse ahora, pero que fueron tristes en su momento, y marcaron para siempre a mi padre. A raíz de todos esos sucesos debutó hipertenso, no era para menos.

Mi madre cuenta que el estado de ánimo de él, en general, era de preocupación, que conservaba cierta serenidad, a pesar de que siempre estaba escribiendo en defensa suya y, sobre todo, de la película. No paraba casi en casa, por las reuniones con altos directivos del ICAIC y del Estado sobre el tema, y ese era el ambiente que prevalecía en esos días. Eran reuniones de diez y doce horas, desde por la mañana hasta el anochecer. Yo lo recuerdo dentro de toda esa vorágine escribiendo, leyendo en su cuarto, o viendo cine sin parar cada vez que podía, era su descanso, su mayor pasión.

Laura a veces siento que el público les pide mucho a los directores de cine cubanos. Una vez, una brasileña me dijo que tenía ganas de ver una película cubana bien fuerte, una película que ayudara a cambiar la situación económica y social del país. Me quedé boquiabierto. Una película no es más que eso. Si acaso, y no estoy seguro, pueda cambiar algo dentro de un ser humano específico. ¿Pero cómo una película puede cambiar un país? Es mucho pedir. Tu padre tiene una filmografía extensa. ¿Recuerdas cuál de sus obras es la que más le gustaba? ¿Y la que más odiaba?

Alicia era su película predilecta, pues le hice esa pregunta hace mucho tiempo y esa fue su respuesta. La que menos le gustaba no me lo reveló, siempre me daba vueltas. Hablaba de una menos lograda que la otra, eso sí, menos a *Alicia*, a todas les veía alguna que otra cosa que hubiera querido cambiar. Creo que les pasa a todos, pero era feliz con sus películas. Le tenía mucha fe a la que no pudo hacer. Estando enfermo intercambiaba correos con el guionista Alejandro Hernández, cambiando diálogos, entre otras observaciones sobre el guion. Él decía que después de *Alicia*, iba a ser su mejor película.

(Se refiere al guion que luego filmara Gerardo Chijona, *Los buenos demonios*).

Laura sigue:

Lo importante es que hizo el cine que le gustaba y eso es lo que lo hacía más feliz. Cuando estaba filmando seguía manteniendo sus rituales en casa, nada cambiaba. Un poco más acelerado, pero siempre sacaba tiempo para leer y escribir sus ideas.

Laura, hay veces que uno siente que la vida se acabó. Como tienes que depender de tantas personas y tantos factores para hacer una película, es necesario encontrar algo que hacer mientras tanto. Hay que vivir y, además, hay que buscar un refugio.

Laura sonríe y asiente.

Su vida laboral transcurría entre el ICAIC y la Escuela, recuerdo recorrer esos espacios desde muy pequeña con él.

En el 93 nos fuimos con él, mi madre, mi hermano y yo, por seis meses, a la beca que daba la Academia de Arte de Berlín. Allí impartió y recibió conferencias sobre cine, y eso hizo que regresara con nuevos bríos. Contrario a lo que muchos pensaban, de que se iba a quedar, regresó.

Mi padre leía muchísimo. De eso venían cargadas sus maletas en cada viaje, de libros, para él y para mí. No escatimaba en eso, la casa podía caerse, pero no podían faltar los buenos libros. Me traía montones de libros de arte, sobre todo de pintura, llenos de ilustraciones increíbles que aún conservo —son mi bien más preciado— y gracias a él aprendí a apreciar el arte. Por eso estudié artes plásticas en San Alejandro.

Una de las cosas que más le agradezco es haber sembrado esa sensibilidad en mí. Siempre me sentaba en un silloncito al lado de él cuando veía alguna película y si no entendía, comenzaba el interrogatorio. Eso no le gustaba mucho, porque interrumpía su ritual y reconozco que me ponía impertinente, pero al final disfrutaba dándome una especie de clase de cine.

Así fue a medida que crecía. Siempre que podía me sentaba a ver alguna película con él. Desde pequeña conocí el cine de Kurosawa, Fellini, Vittorio De Sica, Woody Allen, Kusturica, Lars Von Trier y no sigo porque la lista es interminable. Podrás imaginar entonces la de preguntas que le hacía yo. Nunca le pedí que me pusiese un animado si estaba viendo alguna película en el televisor, al contrario, disfrutaba viendo aquello, aunque no comprendiera muchas cosas y lo que más me llamaba la atención eran los ambientes, los vestuarios, la imagen. Me dejaba llevar por todo eso, aprendí a amar el cine por él.

Así era mi padre en casa, se acostaba a leer después de almuerzo los fines de semana, era sagrado el reposo, como él decía. En el Lada y en casa siempre escuchaba Supertramp, Journey, Elton John, Mike and The Mechanics, Los Beatles, otra lista interminable. Le gustaba la buena música, desde el rock de los 70 y los 80 hasta Coldplay. Siempre estaba escribiendo alguna idea, la casa está llena de libretitas con notas de él sobre cine o sobre algún guion.

En casa comíamos mucha pasta, era lo que mejor le quedaba. No era muy ducho en la cocina, la verdad, pero las pastas le quedaban ricas. Disfrutaba la buena comida, por eso cada vez que podíamos salíamos a comer a algún sitio. Apreciaba mucho esos placeres de la vida.

Recuerdo las visitas de Enrique Colina en casa, se ponían a discutir de cine por horas; las conversaciones interminables con Manolito —Manuel Pérez— y Chijona; su amistad con Fernando Pérez y Raulito —Pérez Ureta—. Podrás imaginar que, si crecí entre esos grandes, de alguna manera, me recuerdan siempre a mi padre.

La Escuela significaba mucho para él, y por mucho tiempo fue una segunda casa. Disfrutaba dar clases y, como él decía, se retroalimentaba, aprendía de los jóvenes.

A Innsbruck casi siempre lo invitaban, disfrutaba mucho ese festival, tenía buenos amigos allá. En varios países, la verdad, desde los menos conocidos hasta Geraldine Chaplin, quien lo recibía en muchas ocasiones cuando iba a España y ayudó con medicamentos cuando mi padre enfermó.

Más avanzada la enfermedad siguió viendo cine sin parar y mantuvo un optimismo que asustaba. Siguió asesorando en la Escuela hasta que pudo. Siempre fue un hombre muy dinámico y es como lo recuerdo, con un carácter fuerte y con un sentido del humor increíble, no paraba de reírme con él, inventaba canciones en la casa y a cualquier cosa le sacaba el chiste, era mi amigo antes que todo.

Las intervenciones de trabajo por teléfono eran para grabarlas. La voz de mi padre que era muy enérgica, se oía en la esquina. A veces la vecina de al lado llamaba pensando que pasaba algo, por cómo alzaba la voz y aquello era para no terminar. Lo que más se extraña es el silencio que quedó.

Muchas gracias por esta charla Laura.
Para un maratón de películas de Daniel Díaz Torres esta es mi lista:
- *Alicia en el pueblo de Maravillas* (1991).
- *Hacerse el sueco* (2001).
- *La película de Ana* (2012).
- *Quiéreme y Verás* (1994).
- *Camino al Edén* (2007).
- *Lisanka* (2010).

ADIÓS A LA MUJER CASADA

El martes amanecí fino. En mi cama una mulata despampanante con unos cañoncitos oscuros en sus axilas, y una boca carnosa y rosa. Miré al techo de mi cuarto, el bombillo sin lámpara, a mi alrededor los carteles sin montar de mi último corto, tres pares de zapatos, cuatro camisas. Lo tenía todo.

Estaba *ready* para dejar el sufrimiento y seguir adelante.

Envalentonado corrí a la computadora y me puse a escribir la carta de despedida, para acabar de acabar con la mujer casada.

Le puse:

«Querida mujer casada...

»En un momento de *Mad Men* el protagonista hace un cambio de identidad: en el medio de la guerra agarra la chapilla de un hombre muerto y deja de ser Dick Whitman para convertirse en Don Drapper. Montado en el tren de regreso, ve por la ventanilla como su familia recibe «su cuerpo». Para él, en ese momento, es bajarse y seguir viviendo en un pasado del que ha tratado de huir, o quedarse en el tren y aceptar la invitación de una bella mujer a un trago; y con esto inconscientemente aceptar la invitación a una nueva vida.

»A fin de cuentas, tiene toda la vida por delante. Es joven.

»Hoy, a principios de febrero de este año, se me presenta una situación parecida. Hace meses no hubiera tenido la fuerza, estaba muy débil como para tomar esta decisión, pero ahora que me siento más fuerte, sobre mis dos pies y con la cabeza más fría, creo que ha llegado el momento de alejarme de tu vida.

»Hace unas semanas apareció en mi vida una mujer que es todo lo contrario a ti. Una mujer que sí quiere quedarse aquí, desea formar una familia, y le ve el lado bueno a la vida. Sé que me conoces bien y sabes que soy propenso al cinismo, a la oscuridad, a rechazar todo lo que sea construir algo en esta tierra —que hasta hace poco sentía como un terreno baldío—; pero la verdad es que no te puedo seguir acompañando en esta relación —no sé siquiera si es una relación—. No puedo seguir en esta historia tóxica.

»Yo ya tengo una edad: o construyo o me muero.

»Dicho esto, debo dejarte clara una cosa:

»Te he amado como nadie en la vida te va a amar. Espera, tengo que hacer una pausa porque me tiemblan las piernas.

»Lo que te quiero decir, más allá de que me creas o no —ya no puedo luchar porque entiendas lo que te digo como lo digo— es que, a pesar de todo lo malo que apareció, trajiste mucho a mi existencia.

»En el momento más oscuro apareciste para besarme las sienes y cantarme mientras me dormía —como un bebé, me decías—. Me sacaste de un hueco y me demostraste que sí, que en Cuba existía la mujer perfecta —o casi perfecta—. Me devolviste la fe. Me cuidaste lo que pudiste. Y me entregaste tu cuerpo todo. Tus cabellos y vellos. Tus manos, ombligo y pies.

»Una sola carta no alcanza. Y sabes bien todo lo que te he pensado, escrito, llorado.

»Cuando te dije: o él o yo, también te temblaron las piernas y por poco caes al suelo. Pero a los pocos segundos decidiste: él, siempre él. Yo hubiera escogido igual. Siento a veces que me amas más a mí, pero lo tienes que cuidar, tienen un lazo enfermizo que no se corta.

»Tras bloquearte, huirte y pensar que ya, siempre encontrábamos una manera de volver.

»Estabas esperando a que yo estuviera bien, no querías hacer sufrir a nadie, me decías. Pues bueno, ha llegado el momento, mejor que ahora no me voy a sentir. Créeme. Esta vez sí es de verdad.

»Por favor, no te quedes en vela. Toma algo para el insomnio y trata de verle el lado bueno a la vida. Es una sola, y, aunque se haga larga y los golpes, en fin, nada, eso, que mires un poco para arriba.

»Espero no encontrarte más, pero si por casualidad pasa, andes sola o del brazo de él, por favor no me eches esa mirada que sé que me vas a tirar. No me digas que me amas con los ojos, ni con la boca, porque no te voy a escuchar.

»Para bailar hacen falta dos y para mí ya ha llegado el momento de pasar a otro andén.

»No me busques ni trates de interpretar las señales. Yo no lo haré. Tuvimos algo bello, muy fuerte, que mucha gente nunca tendrá y debemos quedarnos con eso. Con el momento en que nuestros relojes estuvieron en sincronía. Y saberlo, y tenerlo, pero muy adentro, como cuando uno aprende a montar bicicletas o aprendemos cuánto es 1x1. Pero dejémoslo dentro y no lo saquemos. Para vivir hay que seguir.

»Cuba es un país extraño, que hace daño, pero hay que ser fuerte. Engañarse, inventarse algo, para avanzar.

»Soy mayor, debo tomarme un daiquiri de mango, comerme un atún, bailar suavecito y cantar canciones de amor sin sentirlas mucho; porque si no, solo me quedará la bebida y el sufrir.

»Tú tomaste tu decisión. La respeté, pero no la entendí. No sé si fue el miedo a que bajara la pasión que da lo prohibido, o, simplemente, si no te veías a mi lado. No puedo pensar en eso. No puedo enredarme.

»No hay palabras, sabes que esto va más allá de todo. No fuiste novia, mujer, madre, hermana, prima, fuiste todo eso y más. Pero con una mochila llena de lingotes de oro no se puede avanzar. Y quiero avanzar y caminar ligero.

»Prefiero vivir en la mentira, inventarme un país y salir adelante, avanzar hasta la muerte, a mantenerme real y dispuesto a morir.

»Sé que si te hubiera querido menos, te hubiese hecho las cosas más fáciles. Te hubiera maltratado menos y, a lo mejor, hoy tendríamos un hijo. Pero no me salió. No supe cómo actuar. Lo sabes y me sobrellevaste.

»Te pido perdón por los textos. Todo era una manera de soltar lo que no me dejaba expresar la frustración de no tenerte.

»Mi mayor temor era que nos convirtiéramos en extraños. Que nos viéramos de lejos y ladeáramos la cabeza. Ah sí, esa es una mujer a la que conocí hace años. Pero, bueno, uno no lo puede dominar todo.

»Uno prepara y dios manda. Y no le veo ninguna otra salida a esto.

»Sé que en estos escritos hay incoherencias, locuras mías, tallas raras para esconder lo que realmente pasó.

»¿Y qué pasó? Que me pusiste el mundo al revés. Continuamente me pusiste el corazón inquieto. De repente estaba sereno y luego temblaba como la canción de Marta Valdés. Y cuando probé mi suerte, el mundo sí se viró al revés, porque me querías.

»Pero no supiste qué hacer con ese amor. Te entiendo. Estabas entre la espada y la pared.

»Nada, que esto es un adiós.

Ya ni sé lo que escribo. Tengo un poco de taquicardia y sé que he sido injusto.

»Te amaré siempre.

»Poniéndome políticamente incorrecto, feo, detestable, sé que solo estoy saltando a una tabla de salvación. A ella no la amo, con ella no voy a sentir lo que siento contigo. Pero por lo menos podré vivir como una persona normal.

»Las intenciones fuertes están sobrevaloradas —quizá está hablando mi deseo de subsistencia, o un arco reflejo— No sé.

»Quizá solo soy un cobarde. Tú lo fuiste también.

»Nada, que no estás para mí, como yo estoy para ti. Y no sé por qué me justifico.

»Me fui.

»Te vas a enterar de una vez, de que siempre te quiero».

Aquí acabó la carta y la envío.

De repente, la mulatísima se levanta de la cama y descalza camina hacia mí: Macho, verdad que tú estás loco para la pinga, me dice. En ese momento me arrepiento de cortar con la que me parte en dos.

Preparo desayuno: pan con queso y café con leche —como siempre— y mientras le huelo la nuca a la visitante, suena el ruido fatal: tienes un nuevo mensaje.

Reviso y veo un documento de Word que me ha mandado la casada: Carta de Bienvenida. Lo abro y lo que leo me deja desconcertado. La tipa me escribe diciéndome que yo nunca voy a tener los cojones de dejarla, que siempre seré bienvenido en su vida y que saque a la puta que tengo de visita, que en diez minutos se parquea afuera para sacarme la leche, suavecito, con la boca. Como a mí me gusta.

Miro a la virgen de la Caridad del Cobre. Necesito un milagro. Ser otro. Llamarme, por ejemplo, Carlos Díaz y vivir en Las Tunas, Cienfuegos, La bajada.

No pido mucho.

La mulata me mira. Le digo: mami, ve recogiendo que hoy toca fumigación.

Afuera, la vecina del tercero ha puesto la misma canción: *Me quedaré contigo.*

RICARDO VEGA: EL SILENCIO DUELE MÁS QUE LAS PALABRAS

No lo conozco personalmente, pero mientras preparaba *Santa y Andrés* un amigo me pasó en una USB una copia de *Cuba la bella* y enloquecí. Me encantó, me dejó la cabeza mal. ¿Quién había hecho eso? ¿Por qué?

Ricardo Vega es cubano. Realizador. Editor, productor, camarógrafo, asistente de dirección. Me recuerda que también es «Pintor —de brocha gorda—. Me gusta pintar en telas muy pequeñitas, dibujos de perspectivas improbables. También he sido barman, taxista y otras cosas».

Con el tiempo fui leyendo cosas sobre él, viendo otros materiales, escuchando anécdotas, y por esas cosas raras de la vida, fui dejando a un lado su presencia.

Hasta que hace unos meses, después de mis contactos con Marzel, lo encontré en Facebook y le mandé un cuestionario.

El silencio se hizo largo y no supe más de él. Ahora me responde, interesado en el diálogo:

«Hola, Carlos. Disculpa mi tardanza en responderte, estaba defragmentando el disco duro —léase cerebro—. Tuve un derrame cerebral, y con la noticia en el hospital que es el segundo que tengo. Eso como pequeña introducción para entrar en materia gris».

Como veran el hombre tiene un sentido del humor sabroso y mucha valentía. Si yo estuviera en un momento así, mando todo para el carajo y ya. Las preguntas que le hago son desorganizadas y hasta chapuceras, solo así es que puedo lograr que entre cualquier cosa en las respuestas.

El objetivo de todo esto es que algunos de los nuevos cineastas o cinefilos de la isla conozcan un poco más. Se interesen, busquen, muevan la cosa.

Un famoso teórico cubano me ha criticado mucho mis entrevistas, porque dice que siempre parecen el diálogo de dos señoras mayores en un *mall* de Miami.

Pues bueno, para empezar, preguntemos por el signo zodiacal.

Ricardo, ¿qué signo eres?

Géminis con ascendente Géminis, soy como ocho personas a la vez. Así que ya sabes, no creas nada de lo que te diga.

Cuéntame de tus padres.

Justo Vega y Clara Figuerola. Geniales.

¿Tienes algo que ver con el mártir Ricardo Vega o es coincidencia?

No sabía que un mártir se llamaba Ricardo Vega, a no ser que me hayan declarado mártir allá.

De tus primeros años.

La infancia fue genial, pues no sabía que el mundo era otra cosa y que todos estaban tristes y jodidos.

¿Primeras películas?

En la televisión: *Who are you Polly Magoo?*, *Blow up*, *Solaris*, *Cleo de 5 a 7* y *El planeta Salvaje*. Las vi de niño y marcaron profundamente mi percepción del mundo. Y, en el cine, una película húngara: *Los átomos marcados*. No entendí nada, pero me impresionó mucho, me gustaría verla otra vez. El otro día vi que está completa en El tubo.

¿Cineastas que admiras?

Hay tantos.

¿Películas que adoras?

Demasiadas. Todos los días me «soplo» al menos dos películas. Me instalé un super pantallón de tres metros y veo el cine en proyección —HD—, que, aunque no lo creas, cambia todo.

¿Una actriz y por qué?

Monica Vitti y sin necesidad de explicarlo, creo.

¿Una película de toda la vida y por qué?

Las peliculitas de Néstor Almendros que descubrí, escondidas en un tocadiscos en su casa en Cuba, cuando era un adolescente.

¿Directores, artistas preferidos?

Todo Tarkovsky, Antonioni con *Blow up*, Rene Laloux, Mike Cahill, Masaki Kobayashi.

¿Qué estudiaste?

El preuniversitario lo hice en el «Guiteras» y como en mi época no había escuela de cine, me inscribí directo en el servicio militar, pa'salir de eso, y seis meses después me daban la baja por «problemas psiquiátricos». Luego empecé en el Instituto Politécnico de Diseño Industrial. Me fui sin terminar.

Fui también a la primera convocatoria de la cátedra cubana de cine y cuando vi la prueba de cultura general que hacían, eran todas preguntas políticas, me levanté y entregué el examen, no sin antes escribir en la hoja las razones por las que me iba. Después me citaron para una reunión con el decano que era, en la época, Jesús Cabrera y con Luis Najmias —no sé si él lo recuerde—, pidiéndome, por favor, que me volviera a presentar, que yo era un joven cineasta premio Caracol de la UNEAC y que no podía dejar pasar una oportunidad así. Por supuesto que nunca más volví a esa escuela.

Luego, intenté entrar en la Escuela de Cine de San Antonio durante cuatro años seguidos y al final Lola Calviño y Jacqueline Meppiel me propusieron ser coordinador de postproducción de la escuela. No podía creerlo, pues no entraba como estudiante, sino me proponían ser parte del equipo docente de la escuela: «Es que tú conoces a todo el mundo, has hecho cine por encima de todo, y necesitamos de alguien como tú para agilizar los procesos internos».

Y allí estuve hasta que la Seguridad del Estado hizo que me expulsaran. Tengo que decir que Lola Calviño se enfrentó a Yamel —Juan Bautista Romero, buscarlo en Facebook—, todos lo conocen, que ahora anda de «agente» musical por Italia. Lola impidió que me expulsaran antes del final de mi contrato y me tuvo allí hasta el último momento. Luego no pudo renovarlo, pues ellos lo impidieron diciendo que yo trabajaba para la CIA y otras cosas.

Te vemos de actor en Sed *de Kiki Álvarez, junto a Verónica López ¿Cómo fue la cosa?*

Kiki se había quedado sin actor para su película *Sed*, que era la historia de dos marginales en un espacio atípico y en esa época yo era exactamente eso, un marginal que se movía en un espacio atípico y deprimente. Él me propuso integrarme al equipo y ahí está el resultado. Una de las películas más «extrañas» y *underground* del cine cubano. De la cual siento orgullo de ser parte. En ella fui actor y asistente de dirección.

1995. Editas La ola *de Kiki Álvarez.*

Creo que no la terminé, pasó ese año tan rápido que algunas cosas se fueron de mi cabeza y bueno después de la defragmentación que te conté, algunos dosieres creo que se perdieron.

¿Y editas A Norman McLaren *de Marzel?*

Esa noche fue una de las más bellas e intensas de mi vida. Marzel. ¡Talentazo! Lo adoro. El año pasado fui hasta Valencia a prestarle luces, micrófonos y trípodes para su nueva película. ¡Es un ser especial. Otro que dejó todo por la libertad! Como tantos.

Cuéntame de Insomnio *¿Tienes copias? ¿Se salvó?*

Lo que está pa'ti, ta'pa'ti. Yo estaba siempre colado en el ICAIC en el cuarto de edición de mi padre, Justo Vega, y en la biblioteca del noveno piso leyendo libros de cine y conversando con los cineastas «viejos», como Oscar Valdés, Miguel Fleitas, Lopito, Haydú, Arturo Agramonte y otros, y estaba al tanto de muchas cosas de la industria. También editaba las peliculitas que hacíamos «fuera» de la industria, así edité *Imagen y Semejanza* de Lorenzo Regalado, también *El Salvador, el pueblo y su lucha,* de Ramón García. Las dos fueron Premio de Montaje en el Festival de Cine Aficionado «Cine Plaza».

Y en ese ambiente creativo *underground*, me entero de que Carlos Félix Madrigal pasaba de asistente de cámara a camarógrafo, y le habían dado un rollo de mil pies —diez minutos en pantalla—, para que los filmara y lo entregara como su tesis de cámara. Hablé con él y le propuse hacer un cortometraje con esos mil pies. Le gustó la idea y fuimos a capacitación del ICAIC y le propusimos la idea a Gloria María Cossío, a la que le encantó. Y así tuvimos el apoyo de la industria —1987— sin que nadie se metiera con nosotros. Y, sin saberlo, hicimos la primera peliculita *underground* dentro del ICAIC, que luego molestó a mucha gente, pues, cómo alguien que no era del ICAIC, podía dirigir un cortometraje con todo el apoyo oficial y otros tenían que estar veinte años en la escalera de asistente de dirección, director asistente, y luego, si eras de confianza, pues director. Y yo me había saltado todas esas etapas sin saberlo.

Se hicieron creo tres copias y el gran señor que era Héctor García Mesa, director de la Cinemateca, me llamó a su oficina y me dijo: «Yo sé que molestas a muchos y que otros no te quieren, pero has hecho una gran película y quiero tenerla aquí». Y me preguntó si tenía una copia para la Cinemateca.. Por supuesto que le di una de las copias, que debe estar en los archivos. La conversación con él fue muy importante para mí.

Siete años para Te quiero y te llevo al cine ¿Empiezas en el 1993? ¿Fue con sobrantes de la producción fílmica del ICAIC?

Después de la bella y loca historia de *Insomnio,* que además fue premio Caracol de Cine de la UNEAC, aunque yo no pertenecía a nada, muchos asistentes de cámara se acercaron a mí con la idea de hacer otros cortometrajes con los sobrantes de la producción del ICAIC, los *short ends* como se le decía, que no se podían ya utilizar para tomas más largas y que se guardaban para hacer fotos. Y así Santiago Yanes y Frank González comenzaron esa lenta locura que se llama *Te quiero y te llevo al cine*, y que existe hoy gracias a la ayuda de Néstor Almendros.

¿Cuándo te exilias?
1995
Francia: 16 documentales de arte, la serie Un pintor, un cuadro.

Esos documentales existen por la insistencia de Zoé, pues cuando salí de Cuba no tenía ganas de hacer nada relacionado con el cine. Y esa era una idea de ella desde Cuba, hacer documentales a pintores cubanos. Yo había hecho en los años 80 un video con Gustavo Pérez Monzón y los pintores que participaron en una de las fiestas que hacía en su casa en Cuba. Fue algo especial, dónde aprendí mucho. Aparecen Bedia, Leandro Soto, Ricardo Brey, y otros.

El primero que hice en París fue el de Moisés Finalé, que pinta muchos cuadros a la vez. Luego en el montaje fue la locura para editar las imágenes. Después les pedí a los artistas que solo hicieran un cuadro y lo trabajaran cuando yo estuviera. Y ahí comenzó realmente la serie *Un pintor, un cuadro*.

Háblame de lo que has hecho en publicidad. Tu trabajo para FRANCE 2, ARTE, TVE, MTV. *El primer video clip de Carlos Varela. ¿Cuéntame esta experiencia?*

Creamos Zoé y yo, Lunáticas productions y trabajamos todos estos años para diferentes empresas francesas haciendo lo que aquí se llama video institucional, que no es otra cosa que la publicidad interna de las grandes empresas. Trabajamos para France Televisión, EUTELSAT, FNAC, Reporteros sin Fronteras, SNCF, Le Monde y muchas otras.

El clip de Carlos Varela fue por puro azar. Su productor Ned Soblette quería algo filmado de Carlos y todo se hizo muy rápido. Arturo Sotto también trabajó con nosotros. Luego fue un gran escándalo en USA. No recuerdo por qué. Lo interesante de este video es que lo terminó Kit Fitzgerald, que es una artista super interesante e importante, que, entre otras cosas, le hacía los clips a The Doors.

Cuéntame de tus relaciones con los artistas cubanos en el exilio.

No me relaciono con muchos cubanos. Pero tuve la suerte de conocer algunos durante estos largos años de exilio. Pepe Triana; Orlando Jiménez Leal; León Ichaso; Cundo Bermúdez; Roberto García-York; Jorge Camacho; Gina Pellón; Guido Llinás; Agustín Fernández; y Guillermo Cabrera Infante, del que conservo imborrables momentos.

Zoé Valdés.

Alguien muy importante en mi vida. Algunos se me han acercado, pensando que como ya no estamos juntos voy a desacreditarla. Pues no. Es la persona más bondadosa y desinteresada que conozco. Una luchadora incansable, porque se sepa la verdad sobre Cuba. Su lucha le ha hecho perder muchísimo tiempo, dinero y salud. Contrariamente a otros que luchan por Cuba por tener las «ayudas» —dinero—, que el gobierno americano otorga, muchas veces, a las personas menos indicadas.

Tu hija.

Luna... la razón de todo.

Tienes pareja actual?

No.

¿Un recuerdo agradable de Cuba?

Salir a filmar en 8 mm con mi amigo Juan Carlos Fondevila por las calles de La Habana.

¿Una esquina de La Habana?

Paseo y Línea. El edificio NAROCA, por muchas razones.

¿Un recuerdo feo de La Habana?

El G-2 vigilándome con cámaras desde las casas de mis vecinos. Algo que ya había anticipado en una de mis películas, y saber que uno de mis amigos de la época «pinchaba» pa'ellos, a pesar de que tuvo el valor de contarlo y reconocerlo.

Un refrán.
El silencio duele más que las palabras.
Una virgen o santo que te acompaña.
Néstor Almendros
Un ritual.
Nuestro grupo de cine del ICAIC, aunque terminó como la fiesta del Guatao.
¿Caminas, paseas, por dónde?
París... cualquier calle.
¿Un amigo muerto con el que te gustaría un café?
Néstor Almendros y Roberto García-York, en el café Florian, en Venecia.
¿Cómo ocupas tu día?
Todos los días son iguales, es uno quién los hace diferentes.
¿Qué hacer cuando llega el desánimo?
Es un lujo que no me puedo dar, y tengo una anécdota para ilustrar por qué. Un amigo que estaba en lo más recóndito de Oriente filmando por allá y conversando con unas muchachas del lugar les preguntó: ¿y ustedes aquí no tienen depresión? Y una de ellas, después de reflexionar un poco, le respondió cándidamente: «no, aquí lo único de presión que hay ¡son las ollas!». Ni siquiera conocían la palabra.

Háblame de Cuba la bella. *¿Qué me puedes contar? ¿Cuándo empezó la idea? ¿De dónde sacaste el material? ¿Dónde editaste?*

Cuba la bella la empecé a preparar en Cuba. Le dije a Alfredo Guevara que quería contar la historia de la Revolución Cubana a través del noticiero ICAIC solamente, sin hacer comentarios o aclaraciones, y le pedí autorización para ver todos los noticieros existentes. Y ahí el tesoro encontrado. Las locuras unas detrás de otras. Me parecía imposible que la gente en el 59 creyera las promesas de aquel loco que, además, no mintió, pues ahí está todo lo que dijo: los paredones, la vigilancia, los homosexuales encerrados, los americanos culpables de todo, en fin.

Edité la película en Francia, en la misma casa de producción —Point du Jour—, donde Néstor Almendros hizo sus documentales, y cuando comencé siempre tuve presente la promesa que le había hecho a Alfredo Guevara y la cumplí: hacer la historia de la «revolución cubana» a través del noticiero ICAIC, sin comentarios. En el montaje agilicé las secuencias y el ritmo, pero siempre sin alterar lo que el noticiero decía y ya ves, se pusieron «gusanas» sus propias imágenes.

¿La película tuya que más disfrutaste?

Mis primeras peliculitas en 8 y super 8. La inocencia de esa época todavía me emociona. También algo que hice cuando existía el grupo ARDE, que en esa época éramos Juansi, Crespo y yo.

Un vecino de Juansi nos contó que le habían puesto una cámara para vigilarlo desde su casa. Y a mí se me ocurrió filmar con la camarita de video de un amigo, desde la misma ventana desde donde lo hacía la policía, y luego llamamos a este famoso Yamel, el seguroso del ICAIC, el compañero que nos atendía, y le dijimos que alguien del MININT nos había dado una copia del video de vigilancia y que lo habíamos enviado al extranjero para probar el acoso a que éramos sometidos. Te imaginas la mierda hasta dónde corrió. Hicimos muchas acciones de ese tipo. De esa época solo queda *El Informe*, que fue otro video que molestó bastante. No existían teléfonos con cámaras, e internet ni soñarlo, pero le dimos duro a esos cabrones que nos hacían la vida un yogur.

¿La película tuya que más sufriste?

Ninguna. ¡Las películas no se sufren!

Sueñas mucho?

Sí. Siempre con Cuba. Pesadillas por supuesto.

¿Qué no le debe faltar a un cineasta?

Antes, película; y ahora, una buena cámara digital y una computadora para editar

Un consejo a los jóvenes directores.

Ahora con las nuevas tecnologías pueden hacer lo que quieran sin depender de nadie. Así que, a trabajar en cualquier cosa y a hacer cine independiente.

VIDA NUEVA

Llevo meses sin saber nada de la mujer casada. He comenzado una nueva vida, aunque todavía voy por la cuarta temporada de *Mad Men,* en *super full HD* —tercera vez que me pongo a ver la serie completa—. Como diría una tía mía: es la mejor serie.

En uno de los primeros capítulos hay una pareja que se parece a mis abuelos maternos. Los veo y pienso en la finitud de la existencia. Es verdad que tengo dos rones dados y como ocho tabacos en lo que va de jornada, pero hay algo más en mi interior, un poco de iluminación.

Creo y siento que hay que soltar, dejar ir, disfrutar lo corto que es todo y convivir en el misterio de la existencia. Hace unas semanas no tengo el mejor de los desempeños con respecto a la paradera del rabo. Me preocupa haber empezado ese camino del que nadie quiere hablar: la disfunción eréctil. ¿Cuántos años me quedaran con el rabo a *full*? Recuerdo aquel amigo que hablaba de los cuatro estados de la pinga: «muerta, saraza, parada y parada con brillo».

A lo mejor me convierto en un mejor cineasta cuando no se me pare. Podré céntrarme más y no tendré que entretenerme con las mujeres. ¿Valdrá la pena un mundo sin mujeres? No lo creo. ¿Pero qué haré? Frotar, mamar, tocar. No sé. Trabajo mucho, y así y todo, tengo mucho tiempo para pensar en estas mierdas.

He conocido a una mujer nueva, se las quiero presentar a ver qué piensan, porque ya sé que a la mujer casada la seguían mucho. La de ahora, la nueva, se llama Irene Manantial y es súper buena onda, simpática, inteligente, pero es demasiado roja para mi gusto. Es muy comunista la niña, y para ella, yo soy un gusano, un loco, un ser injusto con este sistema.

Irene Manantial es todo lo contrario a la mujer casada: es tierna, le gusta el tataki de atún —como a toda buena izquierdista—. Me saluda con un abrazo y un mini beso en el cuello. Me acaricia. Aún no hemos hecho el amor. Pero, porque yo no he querido. Quiero ir lento, hacer las cosas bien, aunque sea por una vez. Tengo miedo de llevarla a la cama y echar a perder las cosas, soltar una palabrota, escupirla demasiado, darle una galleta mal dada.

Irene Manantial tiene una cosa que me encanta: es material para estar tranquilo. Para ir juntos al agro, ver la película del domingo, criar gallinas, tener chamas. Ya estoy viejito y la calle está mala. Necesito que me apoyen, que me acompañen y, sobre todo, necesito justicia.

Equilibro, balanza. Llevo dos años dando y dando y casi nadie me da. Es verdad que me entrego y ayudo porque me gusta, pero, coño, la mayoría del tiempo la gente se olvida de mí y me deja a solas, a solas con los demonios, con los diablillos de cola retorcida que tanto visitaban al yunta Bergman, allá en la otra isla, en Faro.

Es verdad que todo es producto de la cabeza y la cerrazón, cierto que con una caminata por el malecón y hablar con Yemayá, todo se quita. Pero no sé.

A veces necesito esa mano que calma, que te tranquiliza, que te dice: no estás en la oscuridad, no estás solo.

Irene Manantial me va a hacer bien. Y sé que nos va a ir bien en la cama. Es valiente, no tiene miedo de enfrentar la vida, de echar para adelante.

La conocí en un bar nuevo que se llama «Inteligencia», en 17 y F. Entró con unos amigos y ni me miró. Me quedé babeado: ¿De dónde salió este ángel que no estaba en mi radar? ¿Quién es? ¿Qué hace?

En mi grupo alguien la conocía, y con ese apellido, enseguida la busqué en internet, y le pedí amistad. Chateamos un poco y ya hemos salido par de veces. Ya hablamos de música, de cine, de comida. Pero tengo ganas, muchas, de sentarla en el sofá de mi señora madre, y con par de tragos arriba preguntarle qué es lo que piensa de la vida, de la existencia. Entrarle suave, onda: *amor, qué lindo tienes el pelo, mira que estás rebuena, mami, pero hoy tienes un no sé qué, algo. Llevo hace días loco por preguntarte: ¿qué crees que hacemos aquí? ¿Cuál es el objetivo de nuestra existencia?* Y hablar largo y tendido, descargarnos, quemar.

Me gustaría, a diario, poder mantener esta sensación de: todo se va, nada es eterno, hay que soltar, hay que saber perder. Y hasta disfrutar la muerte que se acerca, la descomposición del cuerpo, la elevación del aire de oro, y pasar a algo más o a nada.

Este estado hay que agradecérselo a la mujer casada, a la anterior, a la de los primeros textos, porque hay una gran verdad: de perder, de fracasar, se aprende más.

Hay una cosita que tengo que confesar, me da un poco de miedo esto de los textos, de a dónde me van a llevar. No debe ser nada bueno eso de estar contando la vida de uno con lujo de detalles. No creo que sea tan interesante, pero me pagan, de esto vivo y para colmo hay gente que me lee.

(No quiero mentir, la verdad es que soltar esto me ayuda a vencer las nubes que acarician mi coco).

Dice mi amigo Juan que estoy loco, que estoy friturita, que la seguridad del estado me dejó embarcado, que si el divorcio, pero discrepo con él: me siento de maravilla.

Estoy abierto. A lo que sea. A lo que venga. Y estar abierto ayuda a la naturaleza en su ciclo —en época del *me too movement* y de urgencia para salvar el planeta es útil colaborar por un mundo mejor—. Estar abierto permite que tus poros reciban a los gusanitos que te van a comer, semillita de verano, matica que está por nacer. Árbol que le dará oxígeno. Oxígeno que es bien necesario.

Cuando mis hijos, mis nietos crezcan no sé qué audiovisual verán para acordarse de mí —el abuelo raro—. *Melaza* tiene una copia en 35 mm guardada en una bodega en Francia; *Santa y Andrés* no está en celuloide —si se joden los discos duros, no queda nada—.

Si tuvieran que ver algo que hable de mí, de mi época, de un mundo interior, yo les recomendaría:

Herida, de Louis Malle.

El marido de la peluquera, de Patrice Leconte.

Nocturno Hindú, de Alain Corneau.

Todas francesas, todas del corazón.

En este respiro que estamos en esta vida, amar es la única cosa importante. Escrito suena cursi, cheo, pero es así. Y hay gente que leerá esta oración y creerá entender, pero a lo mejor esa gente no ha amado; y los que sí han amado, sabrán de lo que hablo.

Estamos acá dos afeitadas, tres cacas flojas y dos duras, un baile, 12 tatakis, 45 seviches, 123 489 tabacos, 90 botellas.

Hay que ponerse duro, ser valiente, formar un hogar y salir a comprar mucha malanga.

La malanga y el mar, decía un cardiólogo amigo, es lo mejor para los niños.

Se acabaron los años de cobardía, se acabó el miedo.

Es hora de sentar en la mesa a amor y a enfermedad y comer todos juntos.

Ahora estoy *on fire,* solo espero que cuando Irene Manantial se entregue se me pare el rabo.

BRUCE LABRUCE: EL PORNÓGRAFO QUE QUIERE FILMAR EN LA HABANA

A Bruce LaBruce lo descubrí en La Habana, cuando un amigo me pasó en una memoria USB *Gerontophilia*. Esta película me atrapó de una manera extraña, era obvio que estaba ante un maestro. Su arte al mostrar con calma y sin regodeos, siendo al mismo tiempo tan revolucionario, distinto, una relación de dos. Una relación de amor.

El nombre del director me sonaba de las clases de cine en la Escuela. Un amigo en Barcelona había trabajado con él en un porno o en un corto, no recuerdo.

Nada, que al tipo lo tenía cerca, de alguna manera.

En 2017 viaje con Eduardo Martínez, el protagonista masculino de mi segundo largo, *Santa y Andrés*, al festival de Guadalajara. Era un viaje extraño, los dos estábamos enfermos y nerviosos por la cuestión de la censura y las visitas de la seguridad del estado.

Parte de la delegación cubana que estaba en el festival nos miraba con mala cara. Allí nos enteramos de que la película también estaba siendo censurada en Nueva York. Fue muy loco todo.

Una noche, en un café, había un tipo llamativo. Era él, Mr. LaBruce. Me le acerqué, le hablé, y le robé una foto. Para sorpresa mía el tipo había visto mi película y le encantaba —no lo sabía, pero era parte de uno de los jurados.

La cosa es que fue de las personas más amables de este viaje. Era curioso, un extranjero, un extraño, me tendía la mano en un momento tan duro. Luego me tiró par de fotos, me robé otra con él, y nos fuimos de fiestas todos a un lugar súper chévere.

Enfermo de los nervios, en el ojo del huracán, me debo ir de México antes que den los premios. La noche de la premiación yo viajaba a Amsterdam. En el aeropuerto holandés me enteré de que habíamos arrasado en Guadalajara. Una alegría en medio de tanto problema.

Bruce había defendido la peli también.

Con el tiempo me etiquetó en las fotos, se acordaba de mí. Decidí escribirle y aceptó responderme. La idea era hacer llegar su historia a los jóvenes de la isla. En mi raro inglés le escribí y él nos regaló su corazón y su tiempo.

Acá les va, en español, en una traducción totalmente fiel.

¿Quién es Bruce LaBruce?

Bruce La Bruce o Bruce LaBruce, como quieras, empezó siendo como una especie de ficción. Es una persona que es presentada como un espectáculo —en el sentido situacionista de la palabra—. Una especie de mito del *punk queer* pornográfico, que vive a todo meter y singa duro con cojones.

Yo creé a esta persona a mitad de los años 80. Mucho antes de la era del internet y de las redes sociales. Haciendo mi *queercore fanzine J.D.s,* y actuando en mis propias películas experimentales de 8mm, incluyendo las escenas de sexo —mucho antes de que fuera un lugar común.

Cuando hice mi primer largo, en súper 8, *No Skin Off My Ass,* yo vestí a mi novio de aquel entonces como un *skinhead* y tuvimos sexo en la pantalla. Éramos solo nosotros en el cuarto y teníamos mucha pena y éramos muy conscientes de lo que estábamos haciendo.

Esto fue mucho antes que *Chaturbate* y *Only Fans,* y que las interacciones sexuales de internet y los teléfonos inteligentes. Donde todo el mundo, sin lío, empieza a expresarse y mostrarse sexualmente en público de una manera social.

Mis películas empezaron a pasarse en los festivales internacionales de cine, gay y no gay, y se convirtieron rápido en filmes de culto. Por lo que imagino que puedo decir que Bruce LaBruce es un director de cine de culto, *punk, queer,* y pornográfico.

Toronto, Ontario, Canadá parecen lugares aburridos para crecer.

Yo crecí y vivo ahora en Toronto. Pero nací y me criaron en una granja a unos 300 km al noroeste de Toronto. Era un rancho de 200 acres, pequeño a los estándares canadienses, y fui criado por debajo de la línea de pobreza, pero casi todo fue como una infancia idílica. Toda nuestra comida era cosechada orgánicamente, de una manera saludable; y estaba muy en contacto con la naturaleza.

Pero yo era un niño *queer,* afeminado, enfermizo, solitario y pelirrojo lleno de pecas. Por lo que fue un poco traumático. Yo presencié una cantidad de matanzas y castración de animales tremenda. Yo le llamaba la granja cruel. Mi padre además era un cazador y ponía trampas. Por lo que siempre había animales muertos y pieles por todos lados. Gatos ahogados, puercos castrados, ese tipo de cosas. Por supuesto, todo el mundo sabía que yo era un niño gay, pero no se podía hablar de eso. No era permitido. La gente, a veces, pensaba que yo era una chica, con mi hermoso pelo largo anaranjado y de rizos. Pero me hacían *bullying* por supuesto.

En el momento en que tú dices: ok, soy gay, soy diferente, quiero hacer esto a mi manera y no de la manera esperada, no lo sabes, pero ya eres un rebelde.

Tuve que mantenerme en el clóset hasta la universidad —si no me hubieran matado—, pero en secundaria empecé a expresar lo diferente que yo era, vistiéndome de una manera poco ortodoxa, con pantalones graciosos, sobreviviendo a mi manera. Mis mejores amigas eran las chicas con peor reputación sexual de la escuela, las llamadas puticas. Me protegían.

Cuando estaba en la universidad, era cuando el movimiento de liberación gay estaba en su apogeo, cuando ser gay significaba ser militante, extremista en el sexo, y políticamente subversivo. Mi mayor mentor fue un profesor de cine, gay, marxista, feminista, llamado Robin Wood, que escribía para *Cahiers du Cinema* y que era uno de los críticos preferidos de los directores de la nueva ola, como Truffaut y Chabrol. También empecé a salir y frecuentar la escena *punk* de mediados de los 80, viviendo al límite, molestando a la gente, siendo política y estilísticamente extremo.

Cuéntame un poco de tus padres, tu relación con ellos.

Yo adoro a mi mamá y a mi papá. Acaban de celebrar el 67 aniversario de casados. Ellos trabajaron duro en la finca toda su vida. Mi mamá hacía trabajo en el hogar y ayudaba en la granja, en los campos. Ellos realmente me insistieron e inculcaron en mí el amor a las películas. En mí y en mis tres hermanas y hermano.

¿En qué momento te conviertes en Bruce LaBruce?

Empecé siendo un *punk,* nocturno, vistiéndome de negro todo el tiempo, botas de motociclista, mohawk o cabeza afeitada, pero con un toque femenino, usando *tights* negros y maquillaje. Abandone la escena gay porque era muy *mainstream,* racista, clasista, sexista. Y me volví *punk,* porque pensaba que era más radical políticamente. Pero luego descubrí una fuerte veta de sexismo y homofobia en la escena *punk,* que es por lo que empiezo a hacer *zines* y películas *undergrounds* con una carga de sexo homosexual, muy explícita en ellos. Para enseñarles a esos *punks* que ellos no eran, para nada, lo radical y subversivo que ellos creían que eran.

Pero tengo que decir que era un elemento muy radical, incluso, para el mundo gay de la época. La revista gratis que podías encontrar en los bares gays de Toronto, llamada *Body Politic,* era una publicación *hardcore* marxista!

¿Skin heads, punks? ¿Por qué?

Porque yo fui uno. *LOL.* También, porque una vez tuve un novio pinguero en los 80, que terminó convirtiéndose en un *skinhead* neonazi después que rompí con él. Me acerque a él un año después y se había convertido completamente. Él necesitaba un lugar para quedarse, lo dejé quedarse conmigo y traté de molestarlo, bromear, con sus estúpidas creencias neonazis, y le hice ver lo ridículo que era. Hasta que entonces, un día, me entró a golpes durísimo, porque discutí con él y lo jodía mucho. Tuve que sacarlo de mi vida, lo alejé a pesar de que seguía enamorado de él.

Eso explica más o menos toda mi carrera.

¿Cómo llegaste a la idea de Hustler White?

Mi mejor amigo del momento, Rick Castro, un fotógrafo del *bondage* y estilista de modas, me llevaba a cazar hombres, arriba y abajo por Santa Mónica Boulevard, cuando visitaba Los Ángeles. Era una vitrina para ver pingueros. La legendaria calle de prostitución masculina estaba empezando a desaparecer por el acoso de la policía, los viejos se estaban mudando a la zona y, además, el sexo se estaba mudando al internet. Esa transición se estaba viviendo. Por lo que decidimos, desde la ficción, documentar los últimos momentos de la escena de prostitutos de la calle, antes que desapareciera del todo.

Entrevistamos en cinta a un puñado de pingueros, clientes y estrellas del porno, para que nos contaran sus experiencias reales en la prostitución y luego incorporarlas y componer las historias en nuestro guion. La mayoría de ellos, comúnmente, se vestían de blanco para llamar la atención de los clientes —los *johns*—. Por eso lo llamamos *Hustler White!* ¡Es un color!

¿Cómo fue la recepción en Sundance?

Hustler White tuvo su premier en Sundance en 1996, en una proyección de media noche. Fue muy controversial y yo creo que un cuarto del público salió del cine en masa durante la escena de sexo dura. Causó una pequeña sensación, y luego fue un éxito en el circuito de festivales internacionales. Incluso, tuvo una proyección especial en Cannes, y se presentó en un cine de París por todo un año. Por lo que, subsecuentemente, se convirtió en una película de culto y en una referencia para el mundo de la moda.

Otto, Or Up With Death People. *¿Te gusta mezclar géneros y jugar?*

Yo siempre amé las películas de horror, especialmente las películas de serie B sangrientas. Por lo que decidí que quería hacer una película porno de *zombies queer*. Trate de que la peli *Otto; Or, Up With Dead People* fuera más pornográfica, pero cuando el presupuesto se hizo mayor, me di cuenta de que no tenía mucho sentido práctico hacer un porno. Pero todavía tengo ganas de hacer de verdad un *gorn film*, porno y *gore*. Por lo que seguí con *L.A. Zombie*, la cual es una película completamente de basura, porno, gay y *gore*.

Pero las dos películas tienen casi y básicamente el mismo *plot:* un vagabundo esquizofrénico que podía ser un zombie real, o que piensa en su cabeza que es un zombie. Estas dos películas me permitieron llegar a un nuevo tipo de audiencia, porque todo el mundo ama las pelis *splatter*.

Adoro Gerontophilia. *Aquí mucha gente la ha visto gracias a la piratería, el paquete, por disco duro y* USB. *¿Fue fácil escribirla? ¿Cómo hiciste? Háblame del casting.*

Gerontophilia está basado en mi idea original. Fue una especie de *Harold and Maude queer,* pero también se la ve como el reverso de *Lolita*. Yo busqué a un novelista canadiense amigo, Daniel Allan Cox, para que me ayudara a terminar el guion. El guion fue muy elaborado en el inicio, complejo, pero al final nos quedamos solo con lo esencial de la historia, quitando *flash-backs*, los *home movies* y otros elementos narrativos. Fue mi primera película con un presupuesto de un millón de dólares, y mi primera película en modo unión o sindicato, por lo que fue un paso ascendente de aprendizaje en mi carrera. Haciendo la película un poco más convencional y calmada narrativamente.

La idea era hacer una película más comercial, casi una *romantic comedy*, pero sin perder el deseo y el contenido subversivo de mis otras pelis.

Hicimos el *casting* de la película de una manera convencional, usando agencias de *casting* profesionales y actores, que era algo nuevo para mí. Le hice el *casting* a Pier-Gabriel LaJoie, que tenía dieciocho años en aquel momento, porque yo quería que la diferencia de edad entre el joven y el viejo fuera lo más extremo posible. El casting de Walter Borden, que es negro, fue como un casting daltónico. No estaba escrito necesariamente como un personaje negro. Esto le dio otra dimensión a todo, Walter es un legendario actor de carrera y activista gay en Canadá. Era el único Black Panther de Canadá en los 60. Cuando rodamos tenía ochenta y un años de edad, pero tenía un novio de veintisiete en la vida real. Por lo que el casi se estaba interpretando a sí mismo.

Es muy fuerte y al mismo tiempo muy natural.

Gracias.

¿Sigues viviendo en Toronto?

Sí, si a esto se le puede llamar vivir. Está bien. No pasa mucho acá, por lo que es un buen lugar para meditar y trabajar.

¿Te ves como un activista?

Realmente no. Me veo a mí mismo como un remueve mierda, un provocador, un pragmático radical, y un *motherfucker!*

¿Signo?

Capricornio.

Háblame de tus redes sociales. Amo tu Facebook e Instagram.

Sí, bueno, yo mismo llevo mis redes sociales, por supuesto. Es solo una extensión de lo que yo hago con mis *zines*. Porque hago películas internacionalmente y viajo mucho, tengo amigos por todas partes del mundo con los que me mantengo en contacto gracias a las redes sociales. Pero también hago *casting* y *social media*, o conozco colaboradores creativos, o promuevo fotógrafos y filmes, proyecciones y show de galerías. Y para hallar socios para singar también. Es entretenido.

A todo el mundo le pregunto lo mismo:
10 películas.
- *The Ladies Man* (Jerry Lewis, 1961).
- *Interiors* (Woody Allen, 1978).
- *Whity* (Rainer Werner Fassbinder, 1971).
- *Women* (Robert Altman, 1977).
- *Deliverance* (John Boorman, 1972).
- *Cruising* (William Friedkin, 1980).
- *Looking for Mr. Goodbar* (Richard Brooks, 1977).
- *Last Summer* (Frank Perry, 1969).
- *Scorpio Rising* (Kenneth Anger, 1963).
- *Over the Edge* (Jonathan Kaplan, 1979).
- *Out of the Blue* (Dennis Hopper, 1980).
- *Teorema* (Pier Paolo Pasolini, 1968).
- *Memories of Underdevelopment* (Tomas Gutiérrez Alea, 1968).

10 directores.
- Pasolini
- Fassbinder
- Cassavetes
- Frank Perry
- Robert Altman
- William Friedkin
- Richard Brooks
- Dusan Makajeyev
- Godard
- Agnes Varda

10 actrices.
- Karen Black

- Sandy Dennis
- Natalie Wood
- Merle Oberon
- Jane Fonda
- Judy Garland/Liza Minnelli
- Bette Davis
- Joan Crawford
- Shelley Duvall
- Gena Rowlands

10 actores.

- Melvyn Douglas
- Dirk Bogarde
- Laurence Harvey
- Gene Hackman
- Al Pacino
- James Dean
- Montgomery Clift
- Steve McQueen
- Paul Newman
- Sidney Poitier

¿Cómo es tu proceso creativo, escribes todos los días, o prefieres filmar y no preparar tanto?

Soy un terrible *procrastinator*, y me distraigo con facilidad. Pero cuando me meto en un proyecto, ya sea en la escritura del guion, o haciendo la preproducción o el rodaje de una peli, me convierto en un obsesivo y me absorbe completamente el proceso. Pero adoro no hacer nada y ver películas y leer. Tiempo realmente bien perdido.

Escritor, pornógrafo, fotógrafo, guionista, actor, director. ¿Cómo es un día en tu vida? ¿Trabajas en las pelis y en el porno al mismo tiempo?

Para mí es el mismo proceso. No hago una distinción entre arte y porno. Las películas porno que yo hago son pelis de arte también, con historias, personajes, escenarios y contenido político. Lo mismo con las fotos. Por lo que yo trabajo en lo que sea que la cabeza quiera. Usualmente trato de hacer cortos porno en el medio de mis películas largas independientes, porque se demora tanto el proceso, que es una manera de seguir filmando y manteniéndome en práctica.

¿Trabajas siempre con el mismo equipo, fotógrafo, etc.?

Trato de trabajar con la misma gente siempre que es posible. Conocí a James Carman cuando se sumó como cinematógrafo para *Hustler White,* y él ha sido mi director de foto para los cinco largos que he hecho desde entonces. Más reciente he hecho dos películas en Quebec, la provincia francesa de Canadá, y por eso he trabajado con fotógrafos quebequenses. También cuando hago porno trabajo con diferentes directores de fotos en las ciudades donde ruedo, como Berlín, Barcelona, Madrid. Siempre trabajo con los mismos editores en una serie de pelis. Amo tener esos grandes colaboradores, pero también amo trabajar con gente nueva, porque te enseñan cosas diferentes y así veo las cosas desde nuevas perspectivas.

Hablemos de cómo a través de tu porno tratas de cambiar la estética machista presente en el porno convencional.

Yo trato de hacer un porno que no sea convencional, o que rete las convenciones del porno gay del *mainstream*. Entonces, por ejemplo, yo hice hace poco un porno llamado *Fleapit* para la compañía de porno Cockyboys, que era un compendio de cuatro cortos, y yo insistí en tener a una actriz mujer en uno de ellos. La compañía tuvo una inmensa recaída debido a que sus suscriptores gays misóginos se molestaron, ya que su identidad sexual era tan frágil, que no podían lidiar con una mujer desnuda en un porno para hombres.

También he hecho cortos para Erika Lust, una compañía de porno feminista que radica en Barcelona. En dos de esos filmes *Scotch Egg* y *Valentin, Pierre & Catalina,* yo tuve actores que se identifican como gays que tuvieron que tener escenas de sexo con mujeres. Fue un gran reto para ellos, pero también un experimento bien interesante. Un filme experimental de verdad.

¿Qué estás preparando ahora?

Estoy en la última etapa de la post producción de mi última peli, *Saint-Narcisse,* que fue filmada en Quebec. Es la historia de dos gemelos idénticos separados al nacer en 1950, que se reúnen cuando están en sus veintipocos años, y se empatan. El título de trabajo fue *Twincest!*

También estoy escribiendo un guion de largometraje llamado «Santo Cabrón», que va a ser filmado en México. Que tiene un productor mexicano, y lo estoy escribiendo con un coguionista mexicano. También estoy escribiendo un guion con un guionista canadiense acerca de un *serial killer,* por supuesto, maricón. Y, además, también tengo una película en desarrollo, *Santo the Obscene,* atado a un productor chileno. ¡Todos mis últimos filmes son sobre santos!

¿Cuál es tu próxima peli?

Probable que sea otro corto porno hecho para la compañía de Erika Lust.

¿Has estado en La Habana?

Dos veces, pero quiero volver de nuevo y filmar.

Tienes una historia con Cuba. ¿Un novio cubano?

Es una larga historia. Estuve casado con un maravilloso cubano por diez años, y estuvimos juntos por doce.

Su nombre es Tony Bauta. Él era un bailarín en el Copacabana, en La Habana, pero en el Período Especial se fue para Canadá. Por lo que, cuando empezamos a salir en Toronto, su situación migratoria era muy mala y estaban tratando de deportarlo todo el tiempo. Él hacía doce años que no había visto a su madre y estaba deprimido. Había aplicado para el Canadian Permanent Status bajo el acápite de *discrimination* por ser gay, pero luego que Mariela Castro empezó a defender los derechos de los gays y los trans en Cuba, esa aplicación se jodió, por lo que él tuvo que moverse para *humanitarian compassion*. Pero no fueron muy compasivos.

Por lo que su consultante de inmigración, que trabajaba gratis, le aconsejó que todo sería más fácil si nos casábamos. Nosotros ya éramos una pareja seria, por lo que a pesar de que yo no estaba interesado en la institución del matrimonio *per se*, acepté.

Tuvimos que probar que éramos una pareja real, haciendo un álbum de nuestra vida. Fotos, emails, testimonios de amigos, etc. Incluso, tuvimos que escribir ensayos sobre cómo era un día típico nuestro. Como estábamos juntos desde hacía doce años no fue difícil. Tras doce años, nos separamos amigablemente. Y estamos divorciados desde hace tres años.

Pero yo todavía lo amo. Es una persona maravillosa, y aprendo mucho de él. Es babalawo, por lo que me enseñó mucho de su religión. Él estaba acostumbrado a bromear y burlarse de mí, porque cuando nos conocimos yo estaba haciendo la peli *The Raspberry Reich* que era acerca de una revolución, pero él había pasado una revolución verdadera, para bien y para mal. Por lo que me jodía por yo ser un blanquito canadiense radical con privilegios «postureando».

Me llamaba ¡Brucito Subversivo!
Háblame de esa película que quieres hacer en La Habana.
Bueno, Alejandro Brugués hizo una peli de zombis cubana, por lo que ya no puedo hacer eso —ya he hecho dos pelis onda *queer zombies*— por lo que, por supuesto, haré una película sobre los pingueros cubanos. He visitado dos veces Cuba —una vez cuando el festival puso *Gerontophilia*—, por lo que tuve la oportunidad de salir al club Las Vegas e irme con muchos pingueros. Entonces, esta es mi peli: un turista gay llega a La Habana y contrata a un pinguero, que se lo lleva a una locación lejana y le roba todo el dinero y la ropa, dejándolo desnudo. Por lo que en la película puede seguir tratando de regresar a su hotel desnudo y sin dinero. Sería un *remake* maricón cubano de *After Hours* de Scorsese.

En Cuba, la comunidad LGTBIQ está tratando de que se legalice el matrimonio
Bueno. Yo nunca he sido un gran fan del matrimonio en general. Como Joni Mitchell dijo una vez: «nosotros no necesitamos un pedazo de papel del City Hall/ *Keeping us tried and true*».

Yo siempre he apoyado la igualdad de derechos y derechos civiles para las personas LGTBIQ, pero también me cuestiono la idea de una asimilación completa gay en función de encajar en el orden dominante. Los gays han estado anhelando convertirse cada vez más en algo inocuo y conservador, sumándose a valores que en un momento fueron antiéticos para ellos: monogamia, valores cristianos, y participación en las instituciones más conservadoras como el matrimonio o las milicias.

Yo me doy cuenta de que esos parámetros de discusión son diferentes en un país como Cuba, y también me percato de que la situación del matrimonio gay solo está conectado a la noción de igualdad de derechos bajo la ley.

Por lo que, entonces, todo lo que puedo decir es que los *queers* no deben ser conformistas, y deben continuar cuestionando la autoridad y retando las convenciones de la sociedad.

Ser *queer* para mí siempre ha sido celebrar la diferencia, tu libertad sexual y tu autonomía. Nunca he estado interesado en ser un buen gay domesticado y bien portado. La monogamia es la monotonía. Por cierto los maricones solo han sido asimilados en los países capitalistas de Occidente. Estuve invitado a un montón de *queer festivals* en América Latina, Colombia, Perú y Chile, en los últimos años, donde los movimientos gays y *queers* están todavía emergiendo y son muy políticos y activistas.

Estos son a los que prefiero ir.

Bueno, mano, gracias, espero pronto verte por acá rodando. Abrazo.

Abrazo, Carlos, gracias a ti.

SER UN RATICO LIBRE

A él le bastaba con ser libre una vez al año. Como era artista tenía la posibilidad de viajar bastante y se organizaba. A veces, en febrero, sabía que en septiembre le tocaba el avión y entonces empezaba a marcar el calendario. Aguantaba, como los nadadores de profundidades, un ratico la respiración. Total, nadie puede ser libre todo el tiempo. Eso no trae nada bueno. Así empezaba a pensar y se justificaba, de la libertad se pasa al libertinaje y eso sí que no. El capitalismo tiene cosas muy malas, pagar la salud, la droga, los deseos imperiales, la desnutrición, asaltaron al primo de no se quién. Era muy duro pensar en que se podía ser libre todo el tiempo sin ningun tipo de problema. ¿De qué habían servido tantos años encerrado entonces?

Llega septiempre y el músico es enviado a un festival de música latina en Nueva York. Junto con él viajaban unos compañeros del ministerio y otro músicos. Un grupo variopinto: jazzistas, reguetoneros, timberos, clasicos, narradores orales.

Los primeros días pasaron muy normales: burlándose de la manera de comer de este, de cómo el otro se robaba las pantuflas y los cojines, de aquel que se llevaba hasta los removedores.

Pero de lo que quiero escribir es de una noche especial en que una residente, una loquita de allí, amante de los cubanos, de la whisky izquierda, de las canciones protestas, les metió unas droguitas en la boca a todos y se los llevó a conocer la verdadera noche de Nueva York.

Él se volvió loco, no sabía ni cómo, pero acabó sentado en un sofá de terciopelo con dos negras hermosas arriba de él. Por unos minutos era el *fucking* rey, escuchaba a Jay-Z y se veía como un capo verdadero —y todo eso con veinte dólares en el bolsillo, en un sitio que el trago más barato costaba dieciocho—.

Voviendo a lo que quiero contar. Cuando se acabó ese *party,* la loquita llamó por telefono a un amigo que tenía un bar y malanga y su puesto de vianda fueron para el local, que estaba cerrado y lo abrieron para los cubanos. Solo para ellos.

En ese bar de inframundo, que quedaba de hecho por debajo del nivel de la acera, todo el mundo bebió, se drogó y se tocó.

El bajista le metió el dedo en el culo a un bailarín de Las Tunas. La luminotécnica acabó vomitando todo en un lavamanos. La mujer del mejor jazzista del grupo acabó dandole consejos a uno de los compañeros del ministerio. Todos, por primera vez, se dejaron llevar por la libertad: gozaron, bailaron, se drogaron y oigan esto, todos singaron.

Todos amaron esa noche en Nueva York.

Antes de la cama pasó algo curioso. A la salida del bar, saliendo del fondo, llegaron a la acera en grupo y vieron cómo amanecía. Como en las películas: amanecía en New York.

Un grupo de cubanos resacados, en el medio de una calle, viendo cómo por los cristales de los rascacielos se veían a los tipos y las tipas de ahí, corriendo en el lugar, haciendo ejercicios bien tempranito, antes de empezar el día.

Los cubanos fueron libres ese amanecer y vieron a un grupo de desconocidos que empezaban su jornada, ¿libres? No sé. Pero se me antoja que sí.

Nuestro hombre caminó por las calles y tarareó.

Sabía que a los pocos días ese grupo iba a volver a la isla y todo iba a ser distinto: el compañero del ministerio iba a joder al flautista del piquete de Camagüey, el bailarín iba a volver a hacerle brujería a la primera figura, el del violín iba a regresar con la caja del instrumento llena de jabones: porque la cosa estaba dura y la niña, la negrita suya, se bañaba mucho, porque tenía un desorden de los nervios.

Esa probadita de libertad, de estar lejos de la casa y del árbol, le iba a traer tranquilidad por el resto del año, y quizá el año que viene había otro viaje.

A él le bastaba un ratico de libertad, por eso, cuando los viajes no llegaban, se ponía hacendoso y se brindaba para ir a buscar el pan, para ir al agro —así estaba un rato lejos de los niños y de la gritería de la suegra—.

Agarraba su bolsa de *nylon* y caminaba lentamente por la calle, mirándole el culo a la gente, a las mujeres y a los hombres. Coño, pensaba, que me voy a morir sin haber mamado un rabo, sin haberme metido una raya de coca, sin haber manejado un avión.

Luego se censuraba y decía para sus adentros: que clase de comemierda eres, déjate de mariconerías.

Camino al agro, un día se encontró al compañero de la seguridad que atendía al grupo en los viajes. El tipo, en su motico, se paró y le dijo: «chamacón, ¿qué bolá?, oye, no te guardamos ningún tipo de rencor por no haber estado en el concierto de la plaza». Cuando le iba a responder, el motorista le dijo: «ahora te dejo, pipo, que hoy me toca llevar a la niña al dentista».

Coño, un gesto humano, ¿habrá sido un gesto real?, o era solo para parecer humano. Una táctica bien aprendida y usada para despistar.

Caminó y pensó: ¿en qué momento es libre el compañero de la seguridad? Que vá, me voy a volver loco, se dijo, mejor sigo pensando en culos.

El tomate a no sé cuánto, la libra de carne a tanto, billetes van, billetes vienen. Un cargamento de chinos, un grupo de rusas con el grajo sabroso, la china gorda que lo saluda y le trata de vender una latica de ají cachucha.

De regreso a la casa, casi sin querer, tropezó con su rostro en el espejo: no estaba contento con lo que veía, nunca fue lo suficientemente descarado como para que el gobierno le diera un Lada, una cesta con un pavo, un buen pago por salir en el programa del 31 de diciembre; ni tampoco fue valiente como para haber tratado de extender su estancia en la yuma.

A él le bastaba probar un poquito el viento en la cara, la soledad, jugar a ser otro. Con eso se conformaba.

Pero la cabeza era traicionera y a veces le pedía más. Cuando pasaba eso, lo mejor era darse un buche, darle par de galletas a la jeva, singársela bien singada —para él, no sabemos si ella disfrutaba eso, él no lo sabrá tampoco, ¿nunca?— y dormirse boca arriba.

Un día, llegó el guitarrista con la foto montada de todo el piquete en los Niuyores.

La foto la había hecho la loquita, era una foto frontal, de todos los cubanos detrás de una vitrina y una luz de neón: se veían felices, sin máscaras, sin dobleces, sin intenciones.

Se había comido bien, se había dormido en una camota rica, estaban en la gozadera.

Al pasar por las caras de papel, se dio cuenta que había uno, uno de los compañeros, que al parecer nunca se relajó. Era el más bajito de todos, el de la camisita de cuadros, tenía una tristeza en los ojos..

Si esta fuera una película de Bruno Dumont, él lo agarraría en sus brazos, lo apretaría, le besaría la frente y le diría: descansa, relaja. Pero la vida real no era como el cine y ese tipo era el que le podía hacer la vida un yogur a él, o a su mujer, o al trompetista del piquete.

¿Qué temperatura hay hoy en Manhattan? ¿Hasta que hora está abierta aquella tiendota buena de instrumentos de música?

Ya todo eso daba igual. Era el momento de preguntar: ¿dónde sacaron puré de tomate?

A él le bastaba con ser libre una vez al año. Pero había años en que no se viajaba. En que la película del sábado era un abuso, en que quitaban la luz tres veces seguidas, como para joder, y el congelador no volvía a enfriar.

Esos eran los años duros. Los años, en que parecía, que iba a tener más ganas de ser libre. Sin embargo, esos eran los meses que más cabizbajo andaba.

No se podía pedir mucho: el capitalismo es malo, Trump está del carajo —dicen que tiene un inodoro de oro—, y por lo menos aquí se está tranquilo.

A él le bastaba con ser libre una vez al año.

A otros no.

CON ABILIO ESTÉVEZ

Hola Abilio, no nos conocemos mucho, pero nuestras interacciones por las redes han sido muy lindas y simpáticas. La idea de esta conversación es hacer algo bien ameno, sin ninguna ambición, solo conversar. Y a los cubanos de la isla, que están tan agotados de lo mismo con lo mismo, darles un aire fresco. Por favor, siéntete libre de hablar de lo que quieras, y evitar lo que no te guste. Gracias por tu tiempo y descargarle con cariño, porque acá la gente te quiere bien.

¿Cómo es el día a día de Abilio Estévez? ¿Qué haces al levantarte? ¿Escribes de día o de noche? ¿Tienes algún otro trabajo? ¿Con quién vives? ¿Qué ves por la ventana de tu casa?

Mi día a día es muy aburrido, Carlos, o por lo menos lo sería para el *Big Brother* que me estuviera observando. Creo en la felicidad de la rutina. Primero, un café muy fuerte; leer los titulares de los periódicos; desayunar; leer entonces las noticias que me interesaron. Dedico una hora a ese «calentamiento». Trato luego de escribir, de «machacar», como decía Virgilio Piñera, de ver si sale algo. Si te sientas cada día, siempre sale algo, una línea aproximadamente bien escrita y ya es suficiente. Hay que mantener la disciplina como si fueras un deportista o un bailarín. Soy de trabajo lento y necesito largos procesos. Y me gusta así. Me divierten esos procesos que parecen interminables. Además, debo preparar mis clases. Doy talleres de escritura creativa y también me estimulan. Da mucho gusto cuando encuentras personas con talento, o al menos con un interés especial, casi obsesivo, que se acerca al talento. Tengo un piso. Bueno, no, no tengo un piso, estoy alquilado en un piso séptimo cuyo balcón da al Parque de las Estaciones, en Palma de Mallorca. Por mi calle pasa el tren de Sóller, que es un tren eléctrico y de madera. Tengo una vista sobre el sur de la ciudad, hacia Argelia, podríamos decir. Por la ventana de mi cuarto, hacia el noroeste, veo patios, una vista que me interesa mucho, como la de James Stewart en *La ventana indiscreta,* que en realidad se titula *Rear Window,* ventana trasera. En ese piso vivimos cuatro personas: mi madre de noventa y dos años, mi hermano, Alfredo Alonso y yo.

Te fuiste de Cuba ya con más de cuarenta años, ¿cómo fue esa salida? ¿Esa llegada? ¿Llegaste primero a Barcelona? ¿Ahora estás en Mallorca?

Me fui de Cuba con cuarenta y siete años, que es una edad para ir poniendo en orden ciertas cosas y no para desordenarlas. Una edad para entrar y no para salir. Pero fue el momento en que se dieron las circunstancias externas e internas para esa salida. El momento en que sentí el gozo del ciempiés ante la encrucijada. Me fui a Barcelona porque tenía amigos allí y estaba la editorial que me publicaba y era una ciudad bastante amable que aún tenía un cierto tono cosmopolita que ha ido perdiendo a medida que se reforzó el sentimiento nacionalista. —Hoy Madrid es mucho más grande como ciudad que Barcelona.— Los dos primeros años de exilio fueron muy duros. ¡Muy duros, muy dolorosos! Todo lo que había sido mi vida había quedado atrás. Mis libros habían quedado atrás. Hay un momento en que te asomas al abismo de la falta de lugar. Quiero decir, te percatas de que no eres de ningún lugar. Nunca fuiste bien acogido en tu lugar de nacimiento y acabas de llegar a un sitio donde no saben quién eres ni a qué vienes. El momento en que descubres tu verdadera pequeñez. Y entiendes que la de nación es una construcción, un invento de los románticos que no contaron con la burocracia. Más tarde te percatas de que es una sensación extraordinariamente beneficiosa; eso sí, tardas en darte cuenta. Tomas por desdicha lo que es una circunstancia de privilegio. Esa sensación impagable de que rompes amarras y a partir de ese momento ya puedes ir a parar a cualquier sitio porque descubriste tu condición errante. Creo que fue Elías Canetti quien dijo que todo hombre debiera sentirse exiliado alguna vez. Sí te prometo que cuando vives bajo un régimen totalitario —paternalista, el estado como ogro filantrópico— la libertad es un vértigo al que cuesta adaptarse, aunque poco a poco comienzas a descubrir su grandeza. Quizá no debiera generalizar. Tú sabrás perdonarme. Yo hablo siempre desde mi experiencia personal.

Mi hermano, su esposa, sus hijas y mi madre vivían en Palma de Mallorca desde mucho antes de que yo saliera de Cuba. De modo que siempre venía mucho a Mallorca, desde 1998, que fue la primera vez. Luego, hubo una desgracia familiar, la muerte de mi cuñada; mis sobrinas se independizaron; mi hermano se quedó solo, mi madre cumplió ochenta y siete años y pensé que era hora de acompañarlos. Por eso vine a Palma. Por eso estoy aquí.

¿Guardas algún mal recuerdo de la gente de acá? ¿Y buenos?

Por supuesto, guardo recuerdos malos, regulares, buenos y, como era de esperar, ningún recuerdo. No quiero dármelas de noble o de generoso, pero reconozco que tengo una capacidad muy rara de olvidar algunos malos momentos. Me he encontrado con personas de las que me digo: «A este no debiera de saludarlo, en algún momento me hizo daño», y el problema es que no recuerdo qué. También es cierto que hay maldades que son inolvidables. Bondades que tampoco olvido. Desde muy temprano supe que vivía en una sociedad que ni me aceptaba ni me quería. Yo tenía algo demasiado lánguido, nostálgico, de «suspiro por las regiones donde vuelan los alciones sobre el mar», en una sociedad que declaraba que solo había una disyuntiva: la patria o la muerte, un país de tableteos de ametralladoras y gritos de guerra y de victoria. Quizá sea difícil vivir en un país en guerra. Quizá lo más complicado de todo es vivir en un país en guerra que no está en guerra. La universidad —y esto lo he contado mucho— fue uno de los períodos más horrendos de mi vida. En ocasiones, si tuviera que contar cuánto sufrí en aquella escuela de Letras de Zapata y G, no sabría qué decir. Porque a veces lo más grave no eran las cosas concretas —que las hubo— si no un ambiente general muy machista, de guerrilleros y heroísmo, un ambiente muy agresivo, un ambiente de chamamé y de quenas impostadas y banderas y frases del Che. En aquellos años había una cosa llamada «inserción», consistía en que debíamos trabajar cuatro horas por la mañana y estudiar cuatro horas por la tarde. Se suponía que los de primero hacíamos un trabajo muy fuerte, en una fábrica de asbesto cemento. A partir de segundo año, aquello se hacía más flexible. En efecto, muchos compañeros pasaron a trabajar a la Biblioteca Nacional, a diversos departamentos investigativos, etc. Yo continué en la construcción, en la reparación del edificio de Física, ese que está frente al hospital «Calixto García». Según me dijeron *sotto voce,* la UJC y no sé quién más habían decidido que yo debía «endurecerme». Recuerdo a algunos compañeros de curso con mucho cariño y a otros, con verdadera repugnancia. Como uno que venía de mi mismo preuniversitario de Marianao y que luego llegó a ser profesor de marxismo en una escuela del Partido. Era un hombre pálido, con olor a muerto, como si ya hubiera muerto, y con una capacidad extraordinaria para una sordidez de poca monta, una sordidez nada literaria. También recuerdo con horror mi período de corrector en la Editorial de Libros para la educación. Había personas maravillosas, claro —ahí, por cierto, conocí a una tal Vivian Lechuga que de algo te sonará—, pero había otras que iban creando un círculo de azufre a su alrededor. Nunca me dejaron pasar de corrector a editor, porque, a pesar de cumplir con todos los requisitos, no era políticamente confiable. Allí, en aquella editorial que estaba en tercera y 60, trabajaba en 1980 cuando los sucesos de la Embajada del Perú. Aquellos, te lo prometo, fueron días inolvidables, en el peor sentido de esta palabra. La maldad que vi en aquellos días o meses no la olvidaré nunca. Es una suerte que tú seas de una generación que nació años después, a pesar de que una sociedad en la que tuvieron lugar los actos de repudio de 1980 es una sociedad que ya no se recupera con facilidad, una sociedad en la que se ha inoculado una enfermedad mortal, de curación extremadamente difícil. Creo que algo que tuvo muy claro siempre la dirección revolucionaria —hasta hoy—, fue que nada resulta más eficaz para mantener el poder que enfrentar a unos hombres contra otros, el conmigo y el contra mí. Eso que ya Julio César conocía muy bien «*Divide et Impera*».

En efecto, hay muchos recuerdos malos. También los hay buenos, inevitablemente, y por lo general no tienen nada que ver con el ambiente social, sino con el familiar, el amistoso, o simplemente con el paisaje. Jorge Semprún contó alguna vez que cuando regresaban del trabajo a los campos de concentración nazi, se detenían un instante y disfrutaban la puesta de sol.

¿Cómo es tu proceso creativo? ¿Tomas notas? ¿Piensas varios meses antes de ponerte a escribir? ¿Lees mientras tanto, ves películas? ¿Cómo es?

Sí, llevo a cabo un largo proceso de preparación que es casi el más divertido. Creo personajes, los doto de un cuerpo y de una biografía, le doy forma a la historia, intento tener una estructura inicial. Preparo un cuaderno y ahí lo tengo todo, al alcance de la mano. Me gusta hasta dibujar el espacio en el que se van a mover los personajes. Ese trabajo me resulta estimulante. No quiere decir que luego no me deje llevar por el instinto, que a veces tiene sus iluminaciones. Se trata de que me gusta partir de un punto que yo considere lo más sólido posible, aun cuando, después, ese punto se convierta en otro, y en otro, y en otro.

Cuando estoy escribiendo una novela o un cuento, me cuesta mucho leer ficción. Es como si «vivir» en ese mundo de ficción me impidiera aceptar otros. Por lo general en esos momentos leo ensayos. Tampoco veo películas. Últimamente veo poco cine. Ignoro la razón. Aquella época dorada en que iba a la Cinemateca a ver ciclos de cine extraordinario, Bergman, Tarkovski, Kurosawa, Fellini, Wajda, pasó quizá para siempre. Me cuesta mucho entusiasmarme con una película o una obra de teatro. El teatro sobre todo me aburre soberanamente.

¿Alguna manía o superstición antes de sentarte a escribir?

Hace tiempo tenía ciertas manías. Por ejemplo, me gustaba comenzar la jornada escuchando un aria de María Callas o de Magda Olivero. Me preparaba un café largo. Leía lo escrito el día anterior. Ahora ya solo me queda esto último, leer lo escrito antes, aunque no creo que sea una superstición, sino un modo de reconectar, volver a entrar en la misma longitud de onda. Me doy cuenta de que ya casi no tengo supersticiones. Es probable que con esas manías estés tratando de influir en la realidad, de hacértela favorable. Y no, una de las cosas que aprendes con los años es que no hay nada que hacer ni a favor ni en contra de la realidad, salvo escribir, pintar, componer música, hacer cine, o bailar. Probablemente con esas supersticiones no hay tanto un deseo de que las cosas se armonicen a tu favor, como de armonizar tú en relación con las cosas.

¿Qué música escuchas?

A los catorce años empecé a ir cada tarde a la sala de música de la Biblioteca Nacional, que entonces era una maravilla —supongo que ya no exista—. Ahí comenzó mi verdadera pasión por la música. Lo escuchábamos todo, porque con algunos compañeros de la Secundaria, hicimos un plan a partir del libro de Aaron Copland y escuchamos desde los Cantos Gregorianos hasta *Noche transfigurada* de Schönberg, disciplinadamente, por orden cronológico, tratando de entender las diferencias de los estilos. Luego empezamos a ir todas las tardes a los conciertos de la Sinfónica en el teatro «Amadeo Roldán», con aquellos extraordinarios programas de mano que firmaba Ángel Vázquez Millares. Me gusta tanto el Barroco como la música romántica, Händel o Chopin. Me encantan los boleros, con esa manera tan desvergonzada de gritar que se sufre solitariamente en la cantina. Daniel Santos, Julio Jaramillo, Benny Moré, Rita Montaner, Toña la Negra, Ñico Membiela. Adoro el lado «encantadoramente cursi» de Lecuona. Adoro a Ignacio Cervantes, Manuel Saumell. Me gusta la ópera y me gusta el pop norteamericano, y el góspel, y el jazz, y la música *country*. Como ves, soy bastante amplio en mis gustos musicales. Lo que no quiere decir que resista cierta música, como el *heavy metal* o ciertos músicos de los últimos años, con esas canciones idiotas de ritmos aburridos y molestos. Tampoco puedo escuchar a los Beatles ni a los Rolling Stones. Y lo que menos resisto son las canciones con pretensiones poéticas o filosóficas, las que se proponen un «mensaje».

Cuéntame un poco de tus amores: pasados, presentes.

De amores, no puedo quejarme. He sido despreciado, mirado con indiferencia y también amado. Experimenté todas las sensaciones, que es de lo que se trata. Mi primer amor fue un compañero del Pre de Marianao y fue un amor imposible, como Dios manda. Fue un amor —significe lo que signifique esta palabra— muy intenso, admirativo, platónico, cuyos brillos llegan hasta hoy. Creo que ese amor estableció un modelo, una forma de acercarme a los demás. Te confieso que soy bastante frívolo, adoro la belleza. Como decía un personaje de Estorino: «Los hombres lindos me matan».

¿Signo zodiacal? ¿Creencias religiosas?

Soy Capricornio, del segundo decanato, 7 de enero, como Chano Pozo, José María Vitier, Kenny Loggins. ¿Viste que distinguida compañía?

No tengo creencias religiosas. De muy joven fui católico hasta que comprendí que mi catolicismo era estético. Disfrutaba esa puesta teatral tan perfecta. Aunque supongo que soy agnóstico. Carezco de afirmaciones. Dudo mucho, dudo siempre, de todo. Y si dudas, no puedes tener creencias firmes, no solo en la religión. Si dudas, tampoco puedes ser un ateo riguroso. Tengo la absoluta certeza, eso sí, de que hay otros mundos, pero, como decía Paul Éluard, están en este.

¿Eres hijo de Yemayá?

Es gracioso e inquietante que me hagas esa pregunta. Cuando tenía seis o siete años, una negra gorda y extraordinaria, amiga de mi familia y llamada Andrea, se apareció un día con una imagen de la virgen de Regla y le dijo a mi madre que siempre la tuviera conmigo, que yo era hijo de Yemayá. A partir de ese día, siempre me lo han dicho, aunque nunca he estado en ningún rito de iniciación y creo que sin esos ritos es imposible saber de qué orisha sería hijo. Como tampoco creo en religiones, animistas o no, saber esos detalles no me inquieta. ¿Cómo se te ocurrió hacerme esa pregunta?

Háblame un poco de tus padres.

Mi padre era un soldado que había nacido en Bauta. Mi madre una ama de casa que había nacido en Artemisa y que muy joven se fue a vivir a Bauta. Allí se conocieron un día de Reyes de 1944, el año del ciclón y se casaron en 1951. Yo nací tres años más tarde y mi hermano, siete años después de mí. Cuando se casaron, se fueron a vivir al reparto Buen Retiro, en Marianao, porque mi padre era radiotelegrafista del Cuerpo de Señales.

Luego, como mi abuela paterna vivía dentro del Cuartel de Columbia, se mudaron a una casita que quedaba justo detrás del Instituyo de Marianao, donde nací yo. Mi padre era un hombre dulce, que podía ser también muy áspero con las personas a las que no conocía. Lo recuerdo tranquilo, vestido de cuello y corbata los domingos, escuchando tangos y algunos cantantes mexicanos como el doctor Alfonso Ortiz Tirado y Pedro Vargas. Mi madre era, y es, todo lo contrario a la serenidad de mi padre, una mujer incansable, que parecía un ciclón ella misma, a quien el tiempo no le alcanzaba ni para vivir. Si es cierto que existe la inevitable relación amante-amado, mi padre era el amante.

¿Qué es lo que más te gustaba o recuerdas de Marianao?

No sé si intento glorificar Marianao o el espacio de mis recuerdos de infancia. Debes tener en cuenta que Marianao está asociado con mi infancia, mi adolescencia y que en ambas fui bastante feliz. Dice Fernando Savater, que todo aquel que ha vivido una buena infancia va después por la vida con el paraíso detrás. Mi paraíso era Marianao. La playa de Marianao. Y en especial, esa zona del Obelisco, de la calle 100, la Calzada Real hasta el Puente de la Lisa. Me gustaba que subiendo por mi calle, la 102, que en otra época se había llamado Medrano —donde por cierto, vivió Arsenio Rodríguez y a donde iba a diario Benny Moré a jugar cubilete—, y pasando la Calle de la Línea —donde daba clases de piano la señorita Walkiria—, llegaba a Buen Retiro, que entonces era para mí el colmo de la elegancia, con sus casitas de jardines y algunos castillitos góticos. En una de ellas, Lam pintó *La jungla*. Muy cerca de mi casa, hacia una vinagrera, había un camino que es para mí el recuerdo que tengo del monte. Me fascinaba ir a Sears, a la Quincallera, a la pequeña terminal de trenes que estaba por detrás de la quinta Durañona. Justo al lado de la quinta, había un café donde se tomaba una Coca-Cola extraordinaria, porque ponían la cola en el vaso con hielo y luego el agua de Seltz que brotaba desde tuberías con grifos. Uno de mis paseos preferidos era aquel que hacía con mi padre al Mercado de Marianao; el mercado en aquellos años era una fiesta. Y la panadería El Roble, frente al cine Principal. Íbamos mucho al cine en aquellos tiempos. Cuando aún se podía ir al teatro de Columbia, había funciones de cine cada noche. Después, íbamos a lo que se conocía como «chincheros» —una palabra muy descriptiva para aquellos cines de barrio—, el Salón Rey —donde se organizaban peleas de boxeo—, el Cándido, el Record, el Alfa —que era un cine precioso, con una cafetería y relieves de gladiadores en las paredes—, el cine González, el más chinchero de todos y donde vi la primera gran película de mi vida, *Umberto D.*

Háblame, —sé que ya lo has hecho, pero bueno—, un poco de Virgilio. ¿Cómo se conocieron? ¿Cómo era la relación de los dos? ¿Cuándo murió dónde estabas?

No te voy a contar mucho sobre Virgilio, porque quiero, necesito, escribirlo. Y no se puede perder la energía literaria. Nos conocimos una noche de julio de 1975, en La Ciudad Celeste, la quinta de la familia Gómez —Juan Gualberto Gómez—, en la carretera de

Managua. Y los cuatro años que duró nuestra amistad, hasta su muerte en 1979, fueron muy intensos. Tal vez, los más intensos que he vivido. Los años de mi mayor aprendizaje, de mi epifanía. Como aquel primer amor de mi infancia, Virgilio me acompaña todavía. No creas que no me percato del tópico que acabo de escribir, solo que no me parece justo tratar de encubrirlo con una frase más elaborada. Sí, un tópico, todavía me acompaña. Nunca conocí, ni conoceré, a alguien tan «en la literatura», que estuviera todo el tiempo en estado de fábula. Si fue un escritor excepcional, también fue un personaje excepcional.

¿Hay algún escritor cubano que te gusta?

Sí, vuelvo siempre al propio Virgilio, a Lezama, a Lino Novás Calvo, a Guillermo Cabrera Infante, a Calvert Casey, a Jorge Mañach. En el caso de Lezama y de Novás Calvo, voy una y otra vez, porque trasmiten una fe muy especial. Son esos escritores que cuando los lees, despiertan los deseos de escribir.

Recomiéndame cinco libros y cinco autores.

Recomendaré libros de emociones recientes. Algunos, porque los acabo de leer; otros, porque los acabo de releer para mis clases. Es decir, libros que me han impresionado recientemente, no clásicos de siempre o cosa así:

- *Knockemstiff,* Donald Ray Pollock. Un libro de cuentos al mejor estilo de *Winesburg, Ohio.*
- *Meridiano de sangre,* Cormac McCarthy. Una novela terrible.
- *Falconer,* John Cheever. La mejor novela de Cheever.
- *Zuleija abre los ojos,* Yuzel Gajina, una novela conmovedora sobre la Unión Soviética de Stalin, maravillosamente traducida por Jorge Ferrer.

- *La mucama de Ominculé*, de Rita Indiana. Una pieza extraordinaria.

Cinco películas que te gusten.

Aquí sí te diré cinco películas de toda mi vida:
- *Umberto D.* de Vittorio de Sica.
- *Moliére*, de Arianne Mnouchkine.
- *Las señoritas de Wilko*, de Andrej Wajda.
- *París-Texas*, de Win Wenders.
- *Dodes'Ka-den*, de Akira Kurosawa.

Y creo que he sido injusto. Podría mencionar diez más. Me molesta dejar fuera *Andrei Rubliov, Fanny y Alenxander, Sunset Boulevard, Pieza inconclusa para piano mecánico.*

¿Cómo llegaste a la idea de La verdadera culpa de Juan Clemente Zenea?

Estaba bajo el influjo de *La dolorosa historia del amor secreto de don José Jacinto Milanés,* de Abelardo Estorino. La figura de Zenea siempre me inquietó, desde que estaba en la Escuela de Letras. Me fascinaba aquel bayamés que se fue a los Estados Unidos y en New Orleans se hizo amante de Adah Menken, una mulata seguramente fascinante, judía, bailarina, equilibrista, acusada de bigamia, y que aparecía casi desnuda sobre el lomo de un caballo. Ella murió de treinta y tres años; a él lo fusilaron con treinta y nueve. ¿Qué tenía que hacer ese poeta afrancesado y exquisito, intentando negociar una paz? ¿A qué vino a la manigua? Un poeta es, por definición, impreciso, ambiguo, ¿cómo podía entrar en una batalla de poderes políticos y económicos y creer que podía salir incólume?

Pensé que su verdadera culpa era esa: acceder a una manigua para la que no estaba preparado y a una guerra que no era, que no podía ser, la suya. Entonces, leí el ensayo de Lezama sobre Zenea. Y hay un momento en que dice textualmente: «A veces pienso en el proceso y ejecución de Zenea como una gran obra posible para el teatro del futuro». Y con esa soberbia de la juventud, me dije: yo escribiré esa gran obra posible.

Tuve la suerte de que en la biblioteca de la Casa de las Américas hubiera fotocopia del proceso de Zenea, que había encontrado, y entregado en la institución, el historiador Raúl Rodríguez La O. Eso fue una maravilla. Y en la Biblioteca Nacional, estaban sus cartas a María Luisa Más, madre de su hija Piedad, escritas de su puño y letra.

¿Cómo un escritor enfrenta entrarle a una obra como esta? ¿Haces un arco dramático, unas notas sobre los personajes, o vas directo a la forma de hablar?

Estuve alrededor de un año investigando, tomando notas. Preparé una estructura que condujera hacia los juicios. Luego, cuando ya tenía el material disponible, escribir la pieza fue bastante rápido. El conflicto principal era muy evidente porque tenía que ver con un enjuiciamiento; los conflictos secundarios convergían en el primero, porque intentaban explicar una conducta que llevaría al enjuiciamiento. Lo más difícil fue, quizá, encontrar un nexo entre el joven actual que quiere saber sobre Zenea y la atmósfera romántica del propio Zenea. Una atmósfera romántica y casi gótica. Las revisiones sí fueron luego concienzudas y las trabajé con Estorino, quien tenía una gran visión dramática, y sabía dialogar. Al mismo tiempo que conocía, cómo trabajar ese tipo de teatro en el que el texto funciona, únicamente, como una proposición para el desempeño del director y los actores.

Josefina la viajera *para mí es una obra fuerte, que te atrapa y te jode el corazón. ¿Cómo la escribiste?*

Esa es otra obra que tiene el tono de una actriz, y fue pensada para una actriz extraordinaria. Una de esas actrices que tú sabes que pueden hacer lo que quieran con un texto. Me refiero a Grettel Trujillo. Fue escrita en Barcelona, a principios del nuevo siglo, y tiene que ver con un conflicto entre la errancia y el encierro, entre el deseo de viajar y el de tener una casa, un lugar adonde volver, con paredes y un techo que te amparen. Tiene que ver —no puedo remediar mis errores de sangre— con la nostalgia, con la sensación de fracaso personal, de fracaso histórico y el dolor por lo perdido. El deseo de partir de la reclusión de la isla hacia lo inmenso del mundo. Siempre he tratado de situar la historia de la isla en medio de la historia del mundo. Lo hago constantemente, como si buscara comprobar que teníamos, tenemos, una existencia que concuerda con la del resto del mundo.

¿Santa Cecilia *de qué nace?*

De un encargo. *Santa Cecilia* es una obra por encargo. En el buen sentido de la palabra. Recuerdo un largo viaje desde Camagüey hasta La Habana con la actriz Vivian Acosta y su esposo José González. Era principios de los años 90. Se había caído el muro de Berlín, se acabó el bloque socialista de Europa del Este, se disolvió la Unión Soviética. Terminaba la Guerra Fría. Se vaticinaba el fin de la historia, porque ya no quedaban grandes relatos. Pura posmodernidad. Y nosotros, en La Habana, mirando la destrucción de la ciudad, sufriendo la destrucción física y —perdóname la palabra— espiritual de la ciudad. Todos querían huir. La ciudad se empobrecía y también ella perdía su viejo relato. O mejor dicho, terminaba de perderlo.

Vivian me preguntó si estaba dispuesto a escribir una pieza para ella sobre el derrumbe de la ciudad, sobre la huida de cubanos, sobre la falta de esperanza. Le dije que sí. Y *Santa Cecilia* es el resultado. Ah, y una pequeña aclaración, porque los críticos, sobre todo los de teatro, pecan a veces de una encantadora ignorancia. Santa Cecilia, el título, es por la canción de Manuel Corona, que tiene que ver con Cecilia de Roma, una noble convertida al cristianismo y por eso martirizada, convertida patrona de la música. Nada que ver con Cecilia Valdés, personaje de Cirilo Villaverde.

¿Actrices y actores cubanos que te gustaron en tus obras?

Tuve una gran suerte. Y es que siempre, o casi siempre, escribí los personajes pensando en los actores específicos que los desarrollarían. Eso da unas posibilidades de trabajo extraordinarias, porque logra que el personaje esté previamente encarnado. Conoces su cuerpo, su voz, cómo serán su cadena de acciones, su modo de relacionarse con el texto. Recuerdo, por ejemplo, a Adria Santana como Adah Menken; recuerdo a Hilda Oates como la Marquesa Viuda de Campo Florido; a Vivian Acosta en *Santa Cecilia*; a Grettel Trujillo —¡Grettel Trujillo!— en *El enano en la botella* y *Josefina la viajera*; pienso en Mario Guerra también en *El enano*; en Osvaldo Doimeadiós en *Santa Cecilia* —aunque solo pude verlo en vídeo—; en Lili Rentería como Grazziella Montalvo; en Mijail Mulkay y Alfredo en el Ángel de *La noche*; en Jacqueline Arenal como La Ciega.

En casa tengo las ediciones de Tusquets de Tuyo es el reino, Los palacios distantes, *y* El navegante dormido. *Perdona, no soy un crítico, ni sé si has hablado de esto antes, pero los siento, como libros que funcionan juntos, como parte de un mismo mundo, o lenguaje. No sé si fue una intención.*

No, no fue una intención. Creo que si un escritor es honesto, si un escritor necesita de algún modo «escribirse», lo que suceda será eso, un mismo mundo, un mismo lenguaje, una misma testarudez, una misma alucinación. Eso tan dicho y redicho de que siempre se escribe el mismo libro. En mi caso, hasta donde sé, ha sido fatalmente así. Con cada libro intento entender algo que se me escapó y se me escapa. Algo que no acabo de saber, de comprender. Dar vueltas en torno a las mismas personas, al mismo paisaje, con el propósito de mirarlo desde otro punto de vista y sacar algo en claro. Y siempre termino escribiendo otro libro para ver —infructuosamente— si acabo de tener una iluminación que, como diría Borges, no se produce.

Hay una sensualidad y una visualidad bien cinematográfica.

Sí, debes de tener razón. La primera experiencia estética que tuve fue con el cine, desde antes de saber leer, con tres años, cuando iba con mis padres al cine de Columbia. De modo que, cuando ya fui capaz de leer, la imaginación cinematográfica estaba allí, auxiliándome. Hace mucho que la técnica cinematográfica se mezcló con las técnicas narrativas. Yo tengo presente la sensualidad en mi vida. Soy una persona que otorga mucho valor a la sensualidad, un hombre a quien le gusta escuchar, saborear, oler, tocar, mirar. Y siempre he intentado que en mis novelas esté presente esa sensualidad.

Para escribir una novela como Tuyo es el reino, *tienes la posibilidad de parar los demás textos. ¿O al mismo tiempo escribes teatro, trabajas en algo más?*

Tengo poca capacidad de trabajo. Si escribo una novela todas mis obsesiones tendrán que ver con ella. Entonces no puedo pensar ni hacer otra cosa.

¿Has regresado a la isla? ¿Qué es lo que más extrañas?

Regresé en 2008. Encontré la misma Habana que había dejado. Esto, en realidad no es cierto, la encontré un poco más destruida. No es cierto que el tiempo se haya detenido. Da la impresión de tiempo detenido. El tiempo es tan corrosivo como el salitre.

¿Lo que más extraño? Cosas que ya no existen. Ni volverán a existir. Cosas, lugares, personas que están asociadas con mi infancia. Extraño perderme en la arboleda del patio de mi abuela, que era la arboleda de la escuela de Columbia, Flor Martiana, que después se convirtió en la Escuela San Alejandro. Extraño ir a la quinta de los Peguero en el Wajay, donde había un olor a mango, a guayaba, a flores, hasta que prendían la barbacoa. Extraño llegar de la escuela y que mi madre me tuviera preparada la comida, y comer escuchando las aventuras de Kazán el Cazador. Extraño ir con mi padre a la Plaza de Marianao, a buscar arenques que luego él ahumaba. La Plaza de Marianao con su explosión de colores y de ruidos. Extraño las reuniones familiares en La Minina, Bauta, con una mesa larga y muchas cervezas. Extraño ir a Playa Habana, en Baracoa —Bauta— con una caja de tamales y un tanque de cervezas en hielo. Extraño ir al Ten-Cent de la calle Galiano a comer los bocaditos especiales y echarle una moneda a un muñeco bailarín. Extraño ir con mi hermano todos los agostos a Finca Vigía, a sentir cómo vivía un gran escritor. Extraño a mi amiga Marta, que trabajaba en la Biblioteca de 100 y 51, quien murió con veintiocho años en 1980. Extraño a mi amigo Otto, muerto en Nueva York, en 1991, con quien paseaba cada tarde por la Playa cuando terminábamos las clases en el Pre de Marianao. No hace falta que continúe, ¿verdad?

¿Te sientes de alguna manera traicionado?

No. Traicionado no es la palabra. A uno lo traicionan cuando le han prometido algo que no se cumple. Aunque muchos me hayan traicionado, no sé si es el sentimiento que domina en mí. En realidad me siento expulsado. Un sentimiento que llevo desde 1967 o 1968. Muy temprano. Sentirse expulsado tampoco es tan malo. Debo confesar que comienzo un hermoso período de reconciliación con mi propia vida. Todo aquello que hice mal me parece que fue justo para alcanzar el punto en el que estoy. Por supuesto, igualmente lo que hice bien. No descubro resentimiento en mí. Ningún afán de revancha. No tengo ganas de batallar, salvo con las palabras y la pantalla del ordenador. Se trata de aceptar las cosas como vinieron, como vienen, y saber —cínicamente— cuánto sirve todo ese material para la creación literaria. No, no tengo propósitos de revancha, ni de venganza. Tampoco me interesa tener un palacio en ninguna calle de La Habana, ni dirigir institución alguna. Sí, en cambio, vivir tranquilamente la vida que llevo y el deseo —obstinado— de contar cosas tal como las imagino, con un español aceptable. Nos sometieron a un experimento que ni siquiera lo era. Todo se reducía a un afán desmedido de poder. Una especie de psicopatía del poder. Nadie quería nuestra felicidad, ni la justicia social. Nadie quería hacer algo por nosotros. Afán de poder. Solo eso. Muchos intelectuales se dejaron seducir por ese espejismo. Muchos intelectuales que solo quisieron participar de ese poder. Ahora mismo hago un esfuerzo por entender a los intelectuales —los honestos, claro— que creyeron y aún creen en eso que se llama la revolución. Una revolución de sesenta años, lo cual plantea un inmediato contrasentido. Destruyeron un país, una sociedad, una economía. Lo destruyeron todo; nada nuevo colocaron en su lugar. Salvo el poder, las prohibiciones, la policía y el miedo. La única igualdad ha venido por el lado de la pobreza, del sufrimiento y del miedo. Nos hicieron —nos hacen— sufrir mucho y eso hay que contarlo, como cada cual pueda. Hay que contarlo, porque no hay otra consolación.

¿En que trabajas ahora?

Acabo de terminar un libro de cuentos que supongo saldrá en Tusquets este año. El título —provisional— es *Cómo conocí al sembrador de árboles*. Y ahora, en estos días del confinamiento, en que parecemos venecianos del siglo XV, personajes del *Decamerón,* he comenzado una novela de la cual no pienso decirte ni una palabra.

A veces te siento como alejado de todo, como si no te interesara ser parte. ¿Me equivoco?

Es que nunca fui parte. Y ahora, que tengo sesenta y seis años, experimento más que nunca un absoluto cansancio de toda esa historia que vivimos. Veo a algunos compañeros míos en Cuba que tienen ánimo de escribir artículos y ensayos y defender cosas y criticar otras, ir a reuniones, discutir lo mismo que ya discutieron hasta la fatiga, como si la realidad cubana tuviera remedio aun con esas condiciones de poder. Es una batalla perdida. No hay nada que hacer en un país perdido, destruido, y no entiendo cómo esos amigos míos pueden mantenerse como el hámster que corre inútilmente en la misma rueda. Soy pesimista, ¿no?

A veces entro en el canal de la televisión cubana. Hay unas mesas redondas donde la retórica es la misma de hace cincuenta años. Veo, por ejemplo, una discusión sobre cómo mejorar la relación de los dependientes de una tienda con sus clientes y me parece que es la misma discusión de hace cincuenta años, solo que en medio ya del absoluto desastre. Los «cuadros» del partido hablan como los «cuadros» del partido de hace cincuenta años. Es el mismo cuadro que cada cierto tiempo cambia de cara, pero que repite la misma retórica. Hay una retórica reiterativa y espantosa.

Soy de un profundo escepticismo en relación con la isla. Ya nada se resuelve con batallitas y discusiones que no entran en lo verdaderamente catastrófico y profundo que sucede en Cuba. Me desanima cuando escucho jóvenes cubanos que casi no saben hablar, sin la cultura más elemental, con desconocimiento del mundo en que viven, que carecen de la más elemental idea de la civilidad.

Por el contrario, también experimento cierta esperanza cuando descubro jóvenes escritores, artistas, músicos, cineastas, periodistas independientes, que han superado el miedo que paralizaba —y en muchos casos encanallaba— a mi generación.

Por suerte, hay jóvenes a quienes ya no se les puede decir «eres lo que eres gracias a la revolución». Porque, además, eso que ellos sienten que son no es demasiado alentador. Y han perdido el miedo. El miedo es lo más paralizante que hay. Yo te confieso que a ratos aún lo siento. Cierto que soy un hombre muy miedoso. O, dicho de otro modo, soy un hombre con un concepto hedónico de la vida. Si me dicen que mi vida depende de afirmar que la tierra es plana, lo afirmo con rapidez. Luego ya veré cómo lo resuelvo en la literatura.

Concluyo, Carlos, con la certeza de que no soy un intelectual, de que no soy un reformador social o político que se proponga influir en la sociedad. Ahora mismo, con tantos relatos venidos abajo, no sé cuál es el camino a seguir. Siempre repito como mi amiga, la querida actriz Marta Farré: «Sigo creyendo en la justicia social». Sin embargo, ya sé que esa es otra aspiración que no se logra con un Estado todopoderoso y un partido único. Al menos eso sí lo sé.

En cualquier caso, mira, soy alguien que simplemente se ha propuesto contar historias. Lo más que puedo hacer es contar bien esas historias y contar lo que yo suponga una verdad. Es el mejor modo que entiendo de «participar», o como tú dices, de «ser parte».

¿DÓNDE ESTAN LOS AMIGOS CUANDO HACEN FALTA?

Una revolución sirve para muchas cosas, pero una revolución también se presta para muchas cosas.

De hace un tiempo a esta parte, estoy bastante interesado en la idea de la competencia de los artistas entre ellos y en cómo algunos usan eso de ser «revolucionario» o «contrarrevolucionario» para beneficio propio.

Hay gente con un poco de poder y con intereses en el triunfo, que se ven con la posibilidad de ganar la delantera en alguna competencia, con el simple acto de hacer una denuncia, y decir que alguien es un pagado por la C.I.A.

Es un juego sucio.

Esta idea y otras, se me refrescaron en la mente después de ver dos veces el documental *Sueños al pairo*, sobre Mike Porcel.

Vi una versión de largometraje y una versión recortada.

Lo que más me llamó la atención no es el momento horrible del mitin repudio, ni la situación con las canciones que lo echaron a un lado, ni los castigos. Lo que más se me quedó, fue que el hombre después de tratar de irse del país y no poder, estuvo muchos años acá, y sus amigos más cercanos, los que hablan en el documental, se hacen los que no se acuerdan de ese tiempo, o realmente no se acuerdan. Pero la verdad es que lo abandonaron. Lo echaron a un lado, y se olvidaron de él.

No me considero lo suficientemente valiente como para juzgar a nadie, tampoco viví esa época, pero a un nivel humano me llama mucho la atención cómo funciona la mente humana ante el peligro. Cómo nos inventamos cuestiones para no enfrentar la realidad, para poder tratar de seguir vivos, para protegernos.

Pienso en cómo es más fácil olvidar a una persona, o decir que era raro, que no era sociable, que no estaba a la altura de lo que la revolución pedía en ese momento, para simplemente alejarlo. Sacarlo.

Casi nadie o poca gente se detiene a pensar en que una vida, en que un ser humano, es más importante que una consigna, que un trozo de yeso en forma de busto.

Yo no soy un estudioso del tema, y como ser humano puedo equivocarme y lo hago a menudo, pero me duele imaginarme a ese músico, solo, en una iglesia, tocando, refugiado; viendo cómo a veces un amigo lo veía y cruzaba la calle, no lo saludaba.

Y no solo eso —por algo empecé este texto de esa manera—, muchos de sus compañeros no solo le dieron la espalda, sino que hicieron una carrera y acompañaron el proceso con sus canciones. «Triunfaron».

En retratar esto está el logro del documental de Aparicio y Fraguela, en ver, cómo dentro del proceso, un grupo de amigos se desestructura y unos triunfan apoyados y otros, son echados a un lado.

¿Dónde queda lo humano? ¿Quién le puso pausa a todo y dijo: espérate, no, a Porcel no se le puede hacer esto?

A lo mejor alguien lo hizo. Pero no lo sabremos. No queda claro. La historia la cuentan los vencedores, y los que se ponen del lado del vencido seguro que tienen un futuro igual de jodido.

Un amigo, un poeta, cayó, tropezó. O mejor dicho, le pusieron una trampa, lo jodieron, o lo juzgaron, como si hubiera hecho algo malo cuando en realidad no era así.

El tipo era un artista. Finito. Y un sinnúmero de entrevistas cae de nuevo en eso de que: Mike era un tipo raro, Mike no era extrovertido. ¿Entonces, qué? ¿Hay que acabar con los introvertidos? Parece que sí. No sé.

Creo que el documental en lo que más falla es en que ninguno de los entrevistados —la mayoría, de los «grandes nombres de la cultura cubana»— puede mirar a cámara y decir: lo jodí, soy en parte culpable.

La mayoría de la gente se va por las ramas y no quieren contar lo que realmente pasó. O están mal escogidos en el *casting* y no son los apropiados ni tienen la potestad para hablar de él.

Incluso hay alguno que tiene una cara de culpable terrible.

Lo más triste de todo es que después de más de treinta años, no solo se censure, si no que este pobre hombre, con nombre de Mike Porcel, con un montón de buenas canciones, no tenga hoy en la isla, entre aquellos viejos amigos, ni uno que ponga la mano en el fuego por él.

Le jodieron la vida. O se la trataron de joder. No lo conozco personalmente y no sé cómo tenga la cabeza.

Pero creo que, en un momento, parece ser que encontró refugio en esa iglesia, con nuevos amigos, apartado, alejado de las tribunas y las banderitas. «Aparentemente aplastado» diría uno ahí. Pero no sé, ¿y si los aplastados son otros?

Tanto con *Santa y Andrés,* como con la escritura de esta oración, me pregunto:

¿Carlos Díaz Lechuga, para qué repinga te haces el guapo si solo hablas del pasado? ¿Dónde estás tú ante los Mike Porcel de ahora, cómo los defiendes?

¿Cuando tenga sesenta y cinco seré un Amaury Perez más?

No sé. Es complejo. Hay muchos oportunistas y hay mucho miedo. Yo trato de ser sincero, y en cada texto me desnudo, por eso sé que este texto me va a traer un montón de problemas.

Si le llega, a lo mejor hasta el mismo Porcel dirá: ¿de qué habla?

El documental te pone a pensar estas cosas. Y más.

¿Nos quedamos con los mejores artistas que este país puede dar, o los mejores están afuera?

¿Cuántos hombres tienen que sufrir, y hasta cuándo, por una idea, por un ideal?

Acabé con los ojos aguados viendo la obra.

Con un sabor de boca amargo.

¿Dónde están los amigos cuando hacen falta? Cuando hace falta una mano que calme, alguien que apoye, que mire para el abusador y lo enfrente.

Es difícil.

Es más facil ver al que dice: fulano era raro, caminaba así, no escribía bien, no era una canción macha. Y autoengañarse, y poner la cabeza en la almohada tranquilo por un poco de gasolina, por un programa de TV, por una canción pegada a las doce del día.

Es conveniente callar.

Mirar al otro lado.

Inventarse una excusa en la cabeza, para poder seguir. Total, vida hay una sola, y el muerto no lo quiere poner nadie.

No se pierdan el documental.

Hay que verlo.

Varias veces.

Para no engañarnos más.

Para estar claros.

Venga lo que venga.

Sea como sea.

ps: Las imágenes finales, con el bárbaro mirándonos a cámara, cantando, son estremecedoras.

ENSALADA FRÍA Y LSD

Todo el mundo quiere opinar. Todo el personal tiene algo para decirme. Pero no, a nadie le sale del culo pararse delante del espejo, mirarse y decir: papi, que mal estoy yo.

La chamacona está sentada en mi cama, borracha, con un plato de ensalada fría en la mano y hablando tremenda pinga.

No coordina y como no coordina, el cubierto en su mano va de allá para acá mientras articula y ya me ha llenado la cama de papa, pasta y piña.

La chamacona me cuenta que ella y su amiguita tienen una frase para mí: el *man* consume demasiado drama. O sea, que soy un dramático, un *drama queen*.

Le digo que coma y que atienda a la puercá que está armando. Pero no, ella solo habla de que su amiguita Patri se pone del carajo con Luisi, y que si Pedro no sabe nada de lo de Emma, y yo la miro y me pregunto: ¿quiénes son toda esa gente?

De repente, da un manotazo y un pedacito de ensalda fría termina en la pared. Pegado. Entre los garabatos que me han dejado las niñas. Del carajo tener cuarenta años y pernoctar en un cuarto que parece el de un adolescente.

Ahora, además de los graffitis, ensalada fría. No estoy para darle coco a esta situación. Me levanto y me visto. Por favor, Irene, revísame el antivirus y organízame un poco el escritorio de la laptop. ¿Y a dónde tú vas?, me dice. Voy a coger calle, que tengo que refrescar la cabeza.

Camino por 23 y llegando a la cinemateca me encuentro a M. N. —Se llama Luaces pero todo el mundo le dice Moneda Nacional, no sé porqué—. M. N. me dice que tiene ácido, que nos lo metamos y cojamos un carro para Santa Fe. Hay una fiesta. Un *party*.

Me quedo pensando. La primera y única vez que me metí un ácido no la pasé nada bien. La talla duró ocho horas y acabé descongelado, descongelado como un perro de aguas. Así, derretidito, a la vista de todo el mundo, en la fuente central del Hotel Nacional, en el medio del Festival de Cine.

En aquella ocasión, un director de cine gordito, sin decirme nada, me metió una cosa en la boca y me dijo: chupa, chupa hasta que se desgaste. Nos montamos en un carro rumbo a la fiesta del estreno de una película y como a los veinte minutos, el gordito me miró y me dijo: no chupes más, que ya no tienes nada en la lengua.

Llegamos a Don Cangrejo y se me fue la memoria por un buen rato. Cuando volví en mí, lo primero que vi fue a un tipo alto, muy alto, bailando con una muchacha muy pequeñita. Los pies del tipo se deformaban como si fueran un rastro de leche en una taza de café.

En el medio de la pista estaba el director de cine y unos amigos. Uno de los amigos se había metido una raya y estaba en otro canal, pero tenía un problema, porque andaba con dos rubias modelos y no podía con las dos. Me llamaba con sus manitos de Tiranosaurio Rex y cuando me acercaba me alejaba. En fin, que no me daba cuenta de si me quería cerca para que lo ayudara, o lejos. En un momento, una de las rubias hace con las manos como si tuviera un celular y pide que nos tiremos una foto. Pero la verdad es que yo no veía ningún teléfono. Solo veía el gesto vacío. Tremendo susto me llevé, cuando vi que del teléfono transparente salió un flash de luz. Estaba bastante drogado.

Una amiga me dijo: por nada del mundo mires la foto, ni te mires a un espejo. Estás sin párpados.

Me reí y en eso pasó la mamá de Juani de un lado al otro, se me acercó, y me dijo algo que no entendí. Me quede conflictuado y la vi unirse a un grupo de personas en la esquina de la piscina. Para despejar las dudas, fui tras ella y como buen hombre educado que soy, saludé al grupo: permiso, buenas noches, mamá de Juani, ¿usted me acaba de preguntar si quiero que me saque la lechita? La mujer se quedó de una pieza y se echó a reír. La mujer juraba que tan solo me había saludado con un: «buenas noches, Lechuga».

No sé.

M. N. está esperando una respuesta: o me voy con él o me pierdo el mejor *party* de la semana. Dale, pipo. No sé. Al final le digo que no. No estoy en un buen momento como para perderme en un viaje de ocho horas en *myself*. No dejo de pensar en «el *man* consume demasiado drama».

Me despido y sigo caminando hasta 23 y 26. La esquina está desolada. Sigo caminando hasta el puente Almendares. Claro que Irene Manantial no puede entender lo que me pasa: es demasiado joven y demasiado comunista. Para ella todo está «genial». Buena Fe y Adrian no se qué… (genial). La obra de teatro de X (genial). El concierto de la filarmónica (genial).

No tengo ánimo para eso ni para nada. Extraño a la innombrable. Con ella las cosas eran más verdaderas: al pan pan, y al vino vino.

Debo regresar, me doy cuenta de que no soy un pillo y que tengo tremendo miedo a que Irene me encuentre en la computadora unas cuantas cosas personales, meto la mano en el bolsillo y no me alcanza el dinero para los diez pesos del taxi.

¿Y si pasa un rutero?

Bueno, nada, camino a prisa de regreso, rezando para que no encuentre las fotos de la carpeta roja.

Al llegar a 23 y 12 veo que M. N. todavía está ahí. Embarajo y cojo por 12 para 21.

La calle 21 está muy oscura. Tengo tremendo miedo. La camino como si estuviera en Bogotá.

Apuro el paso. Sudo. Avanzo por el medio de la calle. Una persona se acerca en sentido contrario. Saco el llavero y lo hago sonar, me pongo una llave entre los dedos como si fuera un arma. Cuando se acerca el desconocido lo veo y me quedo frío: es igual a mí.

Soy yo que viene de regreso. De regreso de algún lado que no conozco.

Me cago y empiezo a correr. ¿Qué tipo de hechicería es esta?

Llego a la puerta de la casa. Meto la llave. Entro corriendo y me encuentro a Irene acostada encuera en la cama, viendo unos muñequitos para adultos, esos, los del caballo alcohólico.

Me mira: ¿estás bien? Asiento. Me quito la ropa y meto mi nariz en su axila. Le digo: te quiero mucho. Y miro a la pantalla. Me siento tranquilo.

En la pared, un trozo de ensalada fría nos mira y canta para sí: *no quiero que más nadie me hable de amor, ya me cansé, todos esos trucos ya me los sé, esos dolores ya los pasé.* Con la voz del conejo malo.

El conejo malo. El caballo alcohólico. La lechuga triste. Perdón: la lechuga que consume demasiado drama.

Tienes que dejar de ser tanególatra, no puedes seguir hablando de ti en tercera persona, ni que fueras un músico de timba.

Huelo a Irene Manantial. Le miro el empezar del pelo. Las sienes. Quisiera volver a ser inocente, como ella.

CONVERSA CON LUIS DE LA PAZ, JOSÉ ABREU FELIPPE Y JUAN ABREU

Los documentales Seres Extravagantes *y* Conducta Impropia *me abrieron a un mundo hasta entonces desconocido para mí. Pasaba el tiempo y no podía olvidarme de un grupo de jóvenes escritores y artistas de la generación de Reinaldo Arenas que estaban ya muertos o dispersos por el mundo. Acá en la escuela no se mencionaban sus nombres, en las librerías era imposible encontrar sus obras.*

Cuando preparaba Santa y Andrés *viajé mucho buscando a los amigos de Reinaldo y poco a poco pude llegar a algunos.*

Escribía una de las versiones del guion, en Barcelona, cuando tuve la inmensa dicha de que Juan Abreu, sin conocerme, me abriera las puertas de su casa. Me encontré con un hombre de buen corazón, sencillo, amigable; que, sin embargo, tenía una reputación terrible. La gente me decía: aléjate de eso. Es complicado.

Luego de pasar una hermosa tarde, almorzar, ver sus cuadros, cargar con muchos libros de regalo; con el paso de los años, nos hemos mantenido comunicados. No somos amigos, ni cercanos. Pero esas horas con él fueron una experiencia que nadie me va a quitar. Me las llevo a la tumba.

A Luis de la Paz y Jose Abreu los encontré en Miami. Nos reunimos una mañana soleada para desayunar y finalmente conocernos, ya que solo había hablado con ellos mediante Claudia Calviño, mi ex esposa y productora. Con Claudia me habían mandado unos libros que eran una joya: Boarding Home, Dile adiós a la Virgen, *etc.*

Ese día, el desayuno, me ayudó a descubrir a dos seres humanos muy especiales, humildes, gente buena en un mundo difícil.

Uno a estos tres autores en este documento, porque tienen mucha vida en común. Mariel, Reinaldo Arenas, la familia.

Estos testimonios son muy necesarios, sobre todo para los que seguimos aislados.

Luis de la Paz

Luis, cuéntame un poco, lo que te permitan los sentimientos, sobre tu salida de Cuba, durante los dramáticos sucesos de la embajada de Perú.

En realidad no hay obstáculos sentimentales para describir mi salida de Cuba. Fue un triunfo, un gran alivio, el ansiado sueño que se hacía realidad. Devastador fue haber entrado a la embajada del Perú, estar allí unas horas y salir a buscar a mi familia y luego no poder regresar, porque ya la policía había tomado y cercado el área. Lloré a mares. Ese fue el momento de mayor amargura.

Hubo, eso sí, situaciones desagradables y de tensión, como el interrogatorio en la oficina que habían abierto en la esquina de las calles Carvajal y Buenos Aires, en el Cerro, para procesar a «la escoria». Como me presenté como maricón, la interrogadora —era una mujer, por demás, bastante joven— me preguntaba si era activo o pasivo, quién era mi pareja, si no me dolía cuando me la metían, si me ponía en cuatro o boca arriba.

Luego, angustiosos, fueron los doce días que esperé por el sonido característico de la motocicleta que traía el aviso de salida. Era el retumbo de un motor anunciando la libertad, lo que hacía asomarse a las ventanas y portales a los vecinos para saber quién era «la escoria agraciada».

Tuve dos actos de repudio breves, más bien de paso, que podría definir de simbólicos, y de los que fui avisado por el presidente del Comité. Luego, dos días en el Mosquito, que sí resultaron tensos, pues por el mal tiempo llevaban cuarenta y ocho horas sin salidas, creando inquietud por lo que cualquier alteración del orden, por insignificante que fuera, llevaba la amenaza: «tranquilo, que no te vas».

Pero qué satisfacción abordar el camaronero y sentir cómo se desplazaba, primero por la bahía del Mariel y se adentraba en la fuerte marejada costera; más tarde, por el Estrecho de la Florida, al tiempo que veía parpadear las luces en el litoral hasta extinguirse. Ese fue el fin de mi contacto con Cuba y sentí un gran alivio.

Hablemos de la revista Mariel. *¿Cómo llegas al grupo? Cuéntame cómo te encuentras con José y con Reinaldo Arenas.*

Reinaldo, los hermanos Abreu y yo, siempre hablábamos en Cuba de hacer una revista literaria. De hecho, lanzamos *Ah, la marea,* de la que hicimos un par de números de dos o tres ejemplares, los que permitiera entonces transparentar con calidad el papel carbón.

En el exilio se retoma esa idea y Rey se convierte en el enlace para crear *Mariel*. Es en esas circunstancias que conozco a Carlos Victoria y, con el tiempo, me entero de que Reinaldo también le hablaba en Cuba de hacer una revista.

Finalmente, se conforma una dirección con Reinaldo Arenas, Juan Abreu y Reinaldo García Ramos, y un consejo editorial, con Carlos Victoria, Roberto Valero, René Cifuentes y yo.

Todos aportábamos algo a la revista como escritores, también proponíamos trabajos de otros autores, ayudábamos a las correcciones y donábamos cien dólares —en aquel momento un capital— para sacar la revista adelante.

Con respecto a la segunda parte de tu pregunta, te puedo decir que yo me encuentro primero con Reinaldo que con José. A los pocos días de estar yo en Miami, nos reunimos en el *efficiency* donde vivían Nicolás y Juan Abreu con Exsy, la esposa de Nicolás, y ese fue el reencuentro.

Existen fotos de ese día que están en la iconografía de mi libro *Reinaldo Arenas aunque anochezca*. El encuentro con José fue después, y también resultó más intenso y emocional. Ocurrió en 1985, cuando José viene como invitado a la Feria del Libro de Miami, que en aquel entonces se llamaba Book by the Bay. Luego, volvemos a vernos en Madrid, en mi primer viaje a España.

En la Feria hubo una sesión donde estaban dos de los tres hermanos Abreu, Reinaldo Arenas y Carlos Alberto Montaner, como moderador. Yo, desde el público, me sentía eufórico, pues la perseverancia de una familia, de unos escritores de gaveta, comenzaba a aflorar. Juan estaba presentando el *Libro de las exhortaciones al amor* y José llegó a Miami con *Orestes de noche,* publicados por Playor, la editorial de Montaner en Madrid.

¿Qué fue Nexos*? ¿Quiénes participaban?*

La idea y puesta en marcha de la revista *Nexos* fue de Carlos Sotuyo, un poeta camagüeyano que me invitó a incorporarme cuando preparaba el segundo número. Fue una revista que apareció entre 1998 y el 2001. Sotuyo se ocupaba del diseño y yo buscaba colaboraciones. Desapareció luego que yo me independicé y abrí mi propia publicación, *El Ateje*. Creo que fue una revista que dejó su huella. Su índice habla de su legado.

¿Cómo era Reinaldo?

Rey era toda una figura, su vida encarnaba muchos de sus propios personajes y se comportaba como ellos. Como todo ser extraordinario, era complejo, inquieto, desinhibido, exquisitamente irónico, con un agudo y oportuno sentido del humor. Creo que la escena de Arenas en la película *Havana* de Jana Bokova lo retrata mucho. Ese comportamiento entre la realidad y la ficción, dice mucho de él. Lo mismo trepaba a una mata de mango, que de una sola pedrada acertaba en una fruta y la tumbaba. Era un hombre sólido, puro músculo, con un proyecto fijo centrado en la literatura y la libertad, que era lo mismo, algo inseparable. Recuerdo verlo en las duchas del Patricio, y observar su cuerpo como el *David* de Miguel Ángel, fibroso y perfecto.

Desde luego, como hacía con casi todos los que le rodeaban, me fajó. En un fin de año, habíamos salido de casa de los hermanos Abreu en una ruta 1, yo me bajaría en la Víbora y él seguiría hacia la suya. Cuando estaba llegando mi parada y me despedía, me dijo: «por qué no sigues conmigo y vamos para mi casa». Me hice el que no entendí y me bajé de la guagua. Nunca más me hizo ninguna insinuación.

Después de muchos años, en el 2001, publicas Reinaldo Arenas, aunque anochezca.

Este libro, que es una recopilación de textos y documentos, de y sobre Reinaldo, lo preparé y se publicó para lo que sería el último número de la revista *Nexos*, cuando él murió en Nueva York. Debo decir, se suicidó.

Rey era un hombre que solo concebía la muerte a través del suicidio. Aunque sabía que la vida se le estaba acabando, no podía permitir que se terminara por sí sola, sino cuando él lo determinara mediante un ceremonial suicida, en un harakiri de pastillas —que no era el primero, ya lo había hecho con anterioridad cuando lo cogieron preso en el Parque Lenin con un pomo de levomepromazina de 100 mg, que le había dado José—. Lo misterioso es que fue un 7 de diciembre, día de la muerte de Antonio Maceo. Como él no dejaba nada a la deriva, creo que le quiso imprimir alguna significación a su fecha.

Luego Juan Manuel Salvat me propone llevar el número de la revista a formato de libro. La idea me entusiasmó mucho y se hizo la edición, por eso quedó, por eso me puedes preguntar por él, porque lo virtual desapareció, aunque yo tengo los números en mis archivos.

Luego viene El Ateje. *Siento que tu lucha es constante y dura por defender la literatura cubana del exilio. Háblame un poco de esto y de los retos que lleva ser un escritor en Miami.*

El Ateje debió haber abierto con el número que le dediqué a Reinaldo en *Nexos*. Hubiera sido un ciclo perfecto, pues la última entrega de *El Ateje* fue un homenaje a Carlos Victoria, que había fallecido poco antes. Dos marielitos, dos amigos, dos personas cercanas a mí.

El Ateje abrió con catorce cuentistas cubanos, lo que desató una avalancha de críticas feministas por no incluir a ninguna mujer en la selección. En general mi idea con *El Ateje* —y en cuanto proyecto me meta, como el Instituto Cultural «René Ariza», dedicado a promover el teatro; el PEN club de escritores cubanos en el exilio; y ahora con los Viernes de Tertulia, en el Miami Hispanic Cultural Arts Center—, ha sido promover dentro de mis posibilidades la literatura cubana del exilio, y lo he venido haciendo de una manera constante, silenciosa, sin aspavientos, como deben hacerse las cosas.

Desde luego, parece que hay quienes se resisten a este propósito, especialmente entre los portales de literatura y noticias enfocadas en temática cubana, que por lo general no dan a conocer las actividades a las que convoco o los proyectos que concluyo, a pesar de enviarles siempre las notas de prensa. No quiero que me respalden a mí —si quieren que me mencionen—, sino a mis invitados. Pero yo persisto y voy dejando una huella por el bien y el beneficio de la cultura cubana fuera de la Isla.

De cualquier manera, la historia ha demostrado desde el siglo XIX, que mucho de lo más relevante de la literatura cubana se ha escrito fuera del ámbito insular, desde *Cecilia Valdés* —que la escribió Villaverde viviendo exiliado en Nueva York—, pasando por Lino Novás Calvo, Lydia Cabrera, Enrique Labrador Ruiz, quienes trabajaron con intensidad también fuera de Cuba.

Es muy evidente, y cada día se hace más notable la extraterritorialidad de la literatura cubana. Es tal su fuerza, que la dictadura salta como el ave de rapiña que es, para apoderarse de muchos de los artistas cubanos exiliados tan pronto fallecen. Es cruel porque tras haberlos ninguneado y expoliado de los anales literarios de la Isla se convierten en valiosos escritores cubanos emigrados —jamás exiliados—. Esta despreciable «necrocultura» oficial lo único que hace es sustentar la tesis de que la literatura cubana palpita con solidez allende el malecón.

Un verano incesante, *¿cómo llegas a esos relatos?*

Los cuentos de *Un verano incesante* se enfocan mucho en Cuba, en las experiencias vividas en la Isla, pero siempre queda claro que la visión es desde la distancia. Hay cuentos en ese libro que todavía me evocan mucho como «La familia se reúne», «Todo un verano», «Otra forma en el tiempo» y «El regreso».

«El otro lado» *me encantó. ¿Cómo compartes el tiempo entre tu labor de promotor y la de escritor? ¿Trabajas en algo más para ganar dinero, además de escribir?*

La mirada en el cuento de «El otro lado» es mucho más miamense, los textos se mueven de este otro lado. Ahí están «South Beach» y «El laundry», muy del patio, pero los que más me satisfacen son «El examen» y «La presentación».

Respondiendo a la segunda parte de tu pregunta, te puedo decir que la labor de promoción cultural es una pieza adicional de ese extra que, para casi todo, hay que hacer y que emprendo con mucha satisfacción y en ocasiones cansancio. Por esos extras nunca he recibido dinero, ni he pedido apoyo. Me he ganado la vida por casi cuarenta años trabajando en una compañía de alquilar carros y con algunas entradas extras escribiendo primero para *Diario Las Américas* y luego, para *El*

Nuevo Herald. Pero el periodismo se ha desvanecido y solo queda su futilidad.

¿Tu columna en Diario de las Américas? *¿Todavía se mantiene? ¿Qué temas te interesaba abordar?*

En el *Diario* escribí desde 1996 hasta el 2013, que lo vendieron y me quedé fuera. Allí me enfocaba en los temas culturales. Cada semana reseñaba un libro, una tarea difícil, pero gratificante, pues me daba la oportunidad de comentar muchos libros y por esa obstinación mía por lo cubano exiliado, me enfocaba en ellos. En ocasiones no era una literatura de alto vuelo, más bien testimonios y textos con un cariz nostálgico, pero libros que tejen en su conjunto la idea y el sentir de los exiliados y también, pienso, es una importante documentación para la reconstrucción histórica de Cuba.

En el *Diario* tenía también una sección mensual de entrevistas: «5 preguntas a...», donde ese «a» era un escritor, un pintor, un actor, un promotor cultural. Cuando me dejan fuera del periódico, vuelve el visionario Salvat y se interesa por las entrevistas. La mayoría quedaron recogidas en el libro *Soltando sorbos de vida*. Ahí se puede apreciar también con claridad las distintas facetas del exilio cubano y su legado.

Viernes de Tertulia, el evento que conduces en el Miami Hispanic Cultural Arts Center, tiene un gran prestigio. ¿Qué alegrías te ha traído?

Todo gira alrededor de lo mismo, es la auténtica noria, apoyar la cultura. Ese espacio me lo brindó Pedro Pablo Peña una noche que me lo encontré en el restaurante Habana Vieja: «Luis, me gustaría hicieras algo cultural en La Casona». Le llevé el proyecto de un encuentro mensual que tuviera como centro, entrevistas que dieran a conocer la vida y obra de mis invitados, y le gustó la idea, no sin antes puntualizarme: «no tenemos fondos para pagar». Lo acepté, aun sabiendo que una vez más trabajaría por amor al arte; y como el arte es puro amor, algo que se ama, uno se le entrega sin esperar nada a cambio.

Tengo un ejemplar de Tiempo vencido, *me acompaña, es una joyita, ¿Cuánto tiempo te llevo hacerlo?*

Me alegra que te haya gustado ese libro. Escribir un cuento, un poema, una novela, una obra de teatro, te lleva toda la vida, comienza desde el momento en que se tiene la experiencia, se elabora largo tiempo en la mente, se sueña, se le agregan aristas, luego se escribe en la computadora, y se corrige, y se corrige y cuando lo publicas, con el tiempo, piensas que te apresuraste y que pudiste haberlo hecho mejor. Con un texto nunca se acaba.

En general, como escritor, uno trata de superarse en cada entrega y aunque los cuentos tienen la característica de poseer diferentes registros y gustar más unos que otros, deben conservar un balance estético. En ese libro hay cuentos que me emociona leerlos, como «El hombre de lejos», «Un retiro feliz», «Después del noticiero», «Balseros» y «La pared frente al flamboyán», que es sobre mis muertos en el lado norte del Estrecho de la Florida. Son cuentos muy jodidos para mí. Aquí sí llego hasta donde me permiten los sentimientos. También hay homenajes a Eddy Campa en el relato «Mandrake el Mago brilla en el Southwest»; al director teatral Herberto Dumé, en «Viejos amigos»; y a la pianista Zenaida Manfugás, en «Concierto privado».

¿Qué extrañas de Cuba? ¿Qué les reprochas a los amigos que se quedaron acá? ¿No regresarás?

Cuba para mí es mi casa que es vida y es familia. Todo lo demás viene por añadidura. No extraño mucho, porque a cada recuerdo agradable se le interpone de inmediato alguna carencia, alguna necesidad, algún acoso asociado a ese instante grato. A estas alturas tengo pocos amigos en Cuba: o ya están aquí, o han muerto. Lo mismo ocurre con los familiares. En estos momentos yo no tengo a nadie en Cuba. O marcharon al exilio, o murieron.

Cuba es un lugar al que regresar sería un grave error, es como ver de nuevo las películas de Ichi, *Fantomas,* o *La tribulaciones de un chino en China,* un riesgo mayor que no vale la pena correr. Miro en Facebook los grupos que ponen fotos y videos de mi barrio —Santos Suárez y La Víbora—, y lo que me provoca es pavor.

¿Signo zodiacal? Un libro que adores. Un autor. Música que oyes. ¿Cómo es tu día a día?

Soy Leo y, para más detalles, nací el mismo día que Fidel Castro, el 13 de agosto. Pero estoy jodido, no puedo decir como Dulce María Loynaz cuando le preguntaron por qué no se iba de Cuba si no estaba de acuerdo con el régimen: «que se vaya él, yo llegué primero».

Mi día a día es muy intenso, pero los mejores momentos son cuando regreso a mi casa y me siento en la computadora, cuando me pongo a leer, o a ver una película. Y déjame aclararte, porque eres joven: leo el libro físicamente, veo la película en la televisión, no en el teléfono. Soy de escuchar poca música, pues me desconcentra cuando leo o escribo; pero de vez en cuando me dan ataques de música y me meto el día escuchando desde los *Nocturnos* de Chopin, hasta una selección de las canciones que ponían en *Nocturno* en la radio de Cuba —y de Miami también.

Lectura que me abrió muchos caminos: *El mundo de ayer* de Stefan Zweig, es un libro que te pone en contacto con el mundo real.

Háblame del amor. De tu pareja.
Soy lo que soy gracias a mi pareja, que me ha guiado, me mostró los caminos, como en el poema de Martí, puso frente a mí el yugo y la estrella. Compartimos deseos e inquietudes. No siempre estamos de acuerdo en los enfoques, pero eso nos hace independientes y grandes y nos permite establecer debates. Además, ha sido el amor, y el amor no tiene nada que ver con la fidelidad, ni la constancia, ni la entrega y el sacrificio. El amor es una explosión nuclear, que estalla y te contamina de la necesidad permanente de esa otra persona, y no concibes la existencia sin ella. Eso es mi amor.

¿Una calle de La Habana? ¿Un lugar de Miami?
Calle Figueroa 235. A partir de ahí, el malecón, como alegoría para poder salir de aquel lugar algún día, como finalmente pude hacerlo en 1980. De Miami, el aeropuerto como símbolo de mi llegada a la ciudad, pues salí del Mariel a pasar dos meses en un campamento para refugiados en Pensilvania. Símbolo también de punto de encuentro con otros familiares que lograron salir de Cuba, cuya llegada a ese aeropuerto marcó el inicio de su libertad.

¿Cuándo fue la última vez que viste a Reinaldo Arenas?
No guardo memoria precisa de ese momento, pero sí evoco un encuentro en Miami Beach, en Collins Avenue y la 21, donde estaba el hotel donde se quedaba siempre que venía a Miami, junto a la —también en aquel entonces— playa gay de Miami. Lo esperábamos José Abreu y yo para ir a comer y conversar, y llegó tarde. De pronto, lo vemos despidiéndose de un negro enorme. Cuando estuvo a nuestro lado, excusó su tardanza porque «estaba en una cita amorosa». Ya en esa época el SIDA estaba haciendo estragos.

¿Carlos Victoria? ¿Roberto Valero? ¿Reinaldo García Ramos? ¿Eddy Campa?

Carlos, fue una de mis primeras y verdaderas amistades hecha fuera de Cuba, un hombre sencillo, pero lleno de problemas, como corresponde a un ser distinto. Como yo no bebo, se aparecía en mi *efficiency* a las once de la noche y a veces amanecíamos conversando sobre literatura, cine, de cualquier cosa. Yo sabía que él trataba de prolongar la visita para evitar salir a la calle y beber.

Estos frecuentes encuentros dieron paso a que afloraran muchos conflictos con los que le costaba trabajo lidiar, como el mismo alcoholismo, la homosexualidad que veía en contradicción con la rígida educación religiosa que tuvo, la locura de su madre y los deseos de conocer a su padre. Como era un hombre tenaz, logró superarlos y hasta reconciliarse con el padre. Todo esto está en su obra.

Valero vivió casi siempre en Washington, por lo que nos veíamos poco, pero la pasábamos muy bien. Recuerdo una reunión en un bar cafetería de Coconut Grove para, entre otras cosas, coordinar el traslado de la revista *Mariel*, que se hacía en Miami, a Nueva York. Al terminar la tertulia, Valero dijo: «ahora nos vamos para los páramos alucinantes», se refería a Los 13 botones, un bar gay, que luego se destruyó en un incendio. Su legado como poeta es memorable, pero la vida no le dio para mucho.

Con Reinaldo García Ramos he establecido más relación desde que se estableció en Miami Beach, donde reside ahora después de vivir años en Nueva York. Tenemos una linda amistad y siempre resulta agradable verlo y conversar. Es un hombre culto y un trabajador incansable, que es como se mide a un escritor, por su trabajo.

Campa era todo un personaje. Inspirado en sus cuentos, escribí a modo de homenaje el cuento de *Mandrake el Mago*. Era, al igual que Esteban Luis Cárdenas y Guillermo Rosales, un marginal, aunque pienso que su marginalidad era mucho más auténtica y hasta tenía una raíz filosófica. Durante una memorable entrevista que le hice, me dijo: «Yo prefiero vivir con lo mínimo, porque esa es la única manera con la que logro proteger mi propia individualidad, reafirmarme como individuo. Por eso vivo con lo mínimo, con lo esencial, y no creo que nadie necesite más de lo esencial para vivir».
Un mensaje a los cubanos de la isla.
Qué jodidos están.

José Abreu Felippe

Dile adiós a la virgen *es de mis libros preferidos. Creo que todo cubano debe leerlo. ¿Cuánto tiempo te llevó escribirlo? ¿Qué emociones te trajo?*

Es la novela que cierra mi pentalogía El olvido y la calma que, como sabes, narra la vida, nada o casi nada imaginaria, de Octavio González Paula desde su nacimiento hasta la muerte. Esa quinta novela cuenta los últimos meses del personaje en Cuba, de agosto a diciembre de 1983. El último capítulo titulado «Veinte años después», se ocupa de la estancia del personaje en Madrid y más tarde en Miami, hasta su muerte, no queda claro si por accidente o suicidio, yo me inclino por lo segundo.

Desde Cuba fui recreando en mi mente la novela. Hice un diario donde anotaba lo que iba sucediendo mes por mes. También fui guardando el semanario

Cartelera, que traía las principales actividades culturales. Esos ejemplares los pude salvar y enviarlos por correo a Miami y llegaron, pero el diario no pude, se lo dejé a un amigo —el Abel de la novela—, y al final se perdió. La novela la escribí en Miami entre marzo y agosto de 2002, con una mezcla de furia y dolor.

Háblame de ese tiempo en que no logras salir por el Mariel. ¿Tres años? ¿Qué recuerdos tienes?

Fueron tres años muy duros, que en esencia están descritos en la novela. Era una no-persona, con una R —un equivalente a la campanilla de los leprosos—, en la primera página del carné de identidad, que avisaba a todos los que la veían, que el portador era un enemigo y como tal había que tratarlo. Cuando iba a buscar cualquier trabajo, en el campo o donde fuera, la R era suficiente para que no me lo dieran. Sin trabajo, pero obligado a fingir que estaba trabajando para que no me aplicaran la Ley de la Vagancia, me dediqué a ejercitar la picaresca. Y sobreviví.

¿Tu llegada a Madrid cómo se da?

De milagro. Mi hermana logró conseguir visa por España para los que quedábamos sobrevivientes del Mariel. Nos íbamos un lunes y el viernes llegó la Seguridad del Estado a mi casa, estilo Indiana Jones, y me quitó el pasaporte. Dijeron, los demás se pueden ir, pero tú no. Convencí a mi familia para que escapara del infierno y ahí comenzó mi período de espera. ¿Por qué me quitaron el pasaporte? Nunca me lo dijeron. Era obvio que me estaban castigando por algo. En Cuba el peor castigo que te pueden dar es no dejarte salir. Tampoco sé por qué un día me levantaron el veto, me citaron de Inmigración y me devolvieron el pasaporte con la autorización de usarlo.

Fui con mi pasaporte visado a la embajada española y el Cónsul me dijo que mi visa estaba vencida, pero que «no me preocupara», que hiciera la petición, que «en unos meses» tendría una nueva. Le pedí una tarjeta del consulado, le di las gracias y me marché, cagándome en su madre, desde luego. Yo no estaba dispuesto a esperar más. Con la transferencia bancaria en la mano, fui a Iberia y saqué pasaje para «lo más pronto que tuvieran». Me la iba a jugar todo a una sola carta, ¿qué podía pasar?, ¿que no funcionara? Pues entonces no me quedaría más remedio que esperar los jodidos meses por una nueva visa.

El día de la partida, llegué al aeropuerto y en el mostrador de Iberia, la empleada chequeó el pasaje y el pasaporte. Me dijo, como esperaba, que la visa estaba vencida. Ahí, con las más espléndida de las sonrisas, saqué la tarjeta del cónsul y le dije que el señor cónsul me había advertido de que eso podía ocurrir, pero que mi visa era un modelo anterior que no vencía, y ante cualquier duda que lo llamaran a él —yo sabía que a esa hora el consulado ya estaba cerrado—. La empleada entró a un departamento a consultar y al rato volvió, me procesó y me dio el visto bueno.

Sufrí dentro de la pecera esperando para montarme en el avión. Ya en él, rogué que se alejara lo suficiente para que no lo pudieran virar. En Barajas me metieron preso, pero eso ya no me importaba. Hice mil cuentos chinos y al final, con la ayuda de un cubano que certificó que lo que yo decía era la Biblia, me dejaron salir. Afuera estaban mi madre y mi hermana esperándome. Respiré feliz: ya era un hombre libre.

Luego viajas a Miami. ¿Fechas? ¿Cómo fue la cosa?

Viví en Madrid desde finales de 1983 hasta mediados de 1987. Me pareció una ciudad maravillosa, donde experimenté, por primera vez, la sensación de ser un hombre libre. A mis padres les llegó el turno para emigrar a Estados Unidos, por una reclamación que le había hecho una hermana de mi padre y se fueron a reunirse con mis hermanos. Al poco tiempo también se fue mi hermana y volví a quedarme solo. Entonces me mudé para una buhardilla en la calle León, muy céntrica, donde viví hasta que se hizo efectiva la reclamación que me hizo mi madre en cuanto llegó a Miami. En Madrid tuve la alegría de ver publicado mi primer libro de poesía, *Orestes de noche*, que había escrito en Cuba en 1978 y saqué como pude. En la actualidad, la única nostalgia que yo siento es por Madrid.

¿Cuándo te rencuentras con tus hermanos Juan y Nicolás?

Mi hermano Nicolás me visitó en Madrid y a Juan lo volví a ver en Miami, al igual que a mis padres y a mi hermana Asela, en 1987.

¿Cuándo ves a Luis de La Paz?

Luis también me visitó en Madrid y pasamos varios días juntos, yo mostrándole la gran ciudad, El Prado —recuerdo que lloramos juntos ante *El jardín de las delicias* de El Bosco—. También fuimos a Toledo, El Escorial y a algunos otros sitios cercanos. Fueron unos días maravillosos.

Lo conocía de Cuba. Luis era un asiduo de las tertulias del Parque Lenin, con Reinaldo y mis hermanos. Allí leyó sus cosas y publicó algunas en la revista que hicimos, *Ah, la marea*.

Tus poemarios: Orestes de noche, Cantos y Elegías, El tiempo afuera *—que fue premio de poesía «Gastón Baquero», en el 2000—. ¿Te sientes mejor en la poesía? ¿Qué sabor en la boca te dejan estos libros?*

Cantos y Elegías, fue el segundo libro de poesía que publiqué en España, aunque lo escribí en 1976, antes que *Orestes de noche*. El premio a *El tiempo afuera*, me sorprendió —con un jurado internacional muy prestigioso, entre los que figuraba Luis Antonio de Villena—, pero me llenó de alegría.

Después, se publicaron otros, *De vuelta, El tiempo a la mitad* y *El tiempo sometido,* una recopilación. En estos momentos está por aparecer *Morir por tramos*. Yo pienso que la poesía es lo más difícil, porque no depende de tu voluntad. Ella viene o no viene, y tú lo único que puedes hacer es tratar de aproximarte, y tocarla, si te deja. No creo en la poesía construida, puede que exista, pero no me interesa. Estamos saturados de poetas que construyen poemas. Por eso me siento feliz cuando balbuceo algo que podría encaminarse por ahí.

La prosa es otra cosa, te permite más libertad creadora, al igual que el teatro. Me siento bien incursionando en todas las sendas, menos en el ensayo; no tengo cabeza para eso. Me alegro cuando nace algún nuevo libro, aunque, después de publicado, no lo vuelvo a leer —para no defraudarme, ni sufrir con las erratas y con lo que podía haber hecho y no hice.

¿Por qué te consideran como un hombre al margen?

No lo sé. Habría que preguntarle a los que lo consideran.

¿Carlos Victoria? ¿Roberto Valero? ¿Eddy Campa? ¿Tus hermanos?

Qué árbol de preguntas. Me imagino que para responderlas con amplitud tendría que escribir una novela, lo cual, desde luego, sería intolerable. Dejo a mis hermanos para el final. Con Carlos tuve una bonita amistad, a cada rato venía a mi casa a leer sus cosas o nos veíamos para ir a comer. Como si fuera poco, era mi colega en el periódico, los dos trabajábamos en *El Nuevo Herald*. Era un hombre con una personalidad muy compleja, con traumas religiosos que nunca superó. Maniático empedernido, escribía a mano. Cualquier problema por pequeño que fuera lo atormentaba. Era un gran ser humano y un escritor excelente. Yo pienso que sus cuentos y su novela *La travesía secreta*, llegaron para quedarse. Fue un privilegio ser su amigo.

Con Valero tuve poco trato. Yo llegué a Miami en 1987, él vivía en Washington y muere en 1994. Lo vi en pocas ocasiones, pero siempre fue muy amable conmigo. Lo admiraba como poeta, lo incluí en la pequeña antología *Poesía exiliada y pateada,* junto a Reinaldo, Jorge Oliva, René Ariza, Esteban Luis Cárdenas y David Lago. A todos los traté, todos son grandes poetas. Esteban y Campa, para mí, son los dos grandes poetas de Miami.

A mis hermanos los admiro mucho. Juan es un gran escritor y un magnífico pintor, he aprendido mucho de él. Nicolás es como el alma de la familia. Desde niño tenía dos obsesiones: el cine y las estrellas. En lo primero lo único que consiguió fue ser proyeccionista y oír cómo le gritaban: «cojo suelta botella».

En lo segundo, se convirtió en un experto. Conocía todas las constelaciones, a las que llamaba «tarecos». Escribió un libro llamado así, *Los tarecos,* que dividió en cuatro partes, una por cada estación: «Tarecos de invierno», «Tarecos de verano», etc. Tiene una imaginación y un talento fuera de serie, la vida lo ha golpeado demasiado, pero ahí está imbatible, creando. Todos le debemos, incluido Reinaldo que lo admiraba mucho. Hay huellas suyas en algunas de las obras de Reinaldo, desde *El asalto* —donde utiliza «los tarecos» —véase además el Capítulo XXII «Capítulo el capítulo» firmado por N. de Tolentino, que era el seudónimo de Nicolás— hasta *El color del verano* —ahí está íntegra la historia de *La Perlana*—. Nicolás y él fueron grandes amigos. Mi hermano fue el único testigo de la defensa en el juicio que le montaron a Reinaldo —que le costó que la Seguridad del Estado le hiciera la vida imposible. Te recomiendo leer *Mi amigo Reinaldo Arenas*— y la buhardilla donde dormía Rey, cuando vivía en el Hotel Monserrat, se la construyó él, muy mona, con su falso techo y todo.

Me encantó esa conversación que tuvimos una vez en aquel desayuno en Miami, sobre los pies con olor a queso.

Yo no soy vegetariano es un librito que me divertí mucho escribiendo y que a Carlos Victoria y Luis de la Paz, que escribieron sobre él, les encantaba. La verdad es que yo no sé si soy un autor sensual o erótico. Creo que eso lo sabrán mejor los lectores. Lo más que podría decir es que ningún tema me es ajeno.

Las novelas Siempre la lluvia, Sabanalamar, Barrio Azul, El Instante *son poco conocidas en la isla. Un amigo trato de entrar un ejemplar de uno de ellas y se lo decomisaron.*

El olvido y la calma es como titulé la pentalogía, porque pienso que esas eran las metas del personaje —y mías—, alcanzar el olvido y la calma, que nunca tuvo. *Barrio Azul* se ocupa de la infancia del personaje, comienza a finales de la década del 40 y termina en 1958.

Sabanalamar transcurre durante la Campaña de Alfabetización en 1961. Es el choque de dos mundos, el asfalto contra la tierra colorada. Octavio tiene entonces catorce años y por primera vez está lejos de su casa en un lugar donde no hay electricidad ni nada a lo que estaba acostumbrado. Allí descubre el sexo y también ve la cara de la muerte.

Siempre la lluvia, dividida en tres jornadas, como las películas rusas de la época, documenta los tres años del Servicio Militar Obligatorio de Octavio, entre 1965 y 1968. Cada jornada está pautada por una muerte.

El instante abarca un período de nueve años, entre 1971 y 1980. Es una historia de amor, de un primer amor, que no tiene un final feliz. Termina con los sucesos de la Embajada de Perú y el éxodo del Mariel. De la última, *Dile adiós a la Virgen,* ya he hablado antes.

Yo no existo. No me extraña nada lo del libro incautado al amigo. Ya ha pasado antes muchas veces. No sé qué verán en mi persona y en mis libros, pero debe ser algo muy, pero que muy malo, cuando me sacaron hasta del *Diccionario de Literatura Cubana.* Por cierto, el único diccionario que conozco que en vez de agregar nuevas entradas, las elimina.

¿Cómo te presentarías para un joven cubano con curiosidad hacia tu persona?

No le diría nada. Precisamente la curiosidad debe ser una de las principales virtudes de un joven, más si es un escritor o alguien con inquietudes. Esa curiosidad lo debe ayudar a buscar, a indagar, a descubrir, por sí mismo lo que podría ser el legado de los que lo precedieron. O a disfrutar de un buen libro.

Recomiéndame un libro, un autor, una película.

Otra vez el mar de Reinaldo Arenas, Rilke, y *Amarcord* de Fellini.

¿De los amigos en Miami? ¿Te sientes solo? ¿Cómo has podido llevar una vida que me imagino llena de alegrías, pero también con varias penas?

No, no me siento solo. Mis padres murieron y están enterrados aquí, pero tengo una hermana que adoro, muy cerca de mí. Y pocos, pero buenos amigos. La vida es eso, alegrías y penas, sin ellas todo sería demasiado aburrido.

¿Qué le recriminas al país, a los que se quedaron, de tus conocidos?

Si te refieres a mi país, allí no hay gobierno, hay una longeva y empecinada dictadura. No le recrimino nada a los que se quedaron, cada cual hace con su vida lo que puede. Y amigos en Cuba me quedan muy pocos, el año pasado se me murieron tres de los más entrañables, amigos de infancia. Consecuencia directa de vivir demasiado.

En «Como sombras azules» todo es tan claustrofóbico. ¿Te consideras un hombre libre?

Es un cuento muy claustrofóbico, es cierto. Pertenece al libro *El camino de ayer* que publiqué el año pasado. Es un cuento de atmósfera y también una elegía, por la forma en que veíamos y disfrutábamos los libros. Es un mundo que está desapareciendo. Y sí, me considero un hombre libre, libérrimo.

¿Cómo ves el futuro?

No me gusta pensar en el futuro, he comprobado que no da buenos resultados. Vivo el presente, un día detrás del otro. A veces me he puesto a pensar —aún pienso a veces— en una Cuba donde no hubiera ocurrido la debacle y en lo que seríamos hoy. Un mundo bien diferente, muy probable con todos y para el bien de todos.

¿Qué piensas cuando pasas en el carro por las calles de Miami? ¿Crees que es una ciudad difícil para un artista?

Que qué pena no haber llegado antes, más joven. Es como pasear por una Habana fuera de La Habana. Me siento feliz de vivir aquí, donde está ahora mismo casi todo lo que amo. Para el artista que ama lo que hace cualquier ciudad es difícil.

¿Te consideras un sobreviviente?

No sé de qué.

¿Estás pendiente de las noticias desde la Isla?
Es casi imposible en Miami no estar pendiente de las noticias de la Isla.

Juan Abreu

¿Cómo era la casa de los Abreu en Cuba? ¿Tus padres? ¿Tus hermanos?
Éramos una familia muy pobre en un barrio periférico de La Habana, pero nunca pasamos hambre. En la Cuba republicana se podía ser pobre y no pasar hambre. Empezamos a pasar hambre cuando nos «liberaron» los Castro. Mis padres eran personas poco preparadas, pero tuvimos una educación excelente en la escuela pública y gratuita del barrio. Un lugar agradable con un comedor estupendo, por cierto. Construida bajo el Gobierno de Batista, si mal no recuerdo. El Gobierno de Batista fue infinitamente mejor que el de los Castro, no se dice lo suficiente. Tengo muy buenos recuerdos de mis maestros de aquella época. Mi infancia y la de mis hermanos fue libre y feliz. Hasta que, con el triunfo de la Revolución de los Castro, todo comenzó a adquirir un tono ideológicamente marcial, rural y siniestro. Y la sociedad cubana que —con sus esperables defectos— era una sociedad inscrita en los cánones humanistas y democráticos de la civilización occidental, se convirtió en un cuartel sovietizado. Todo proceso totalitario de izquierdas lo primero que hace es extirpar del cuerpo social la delicadeza y la civilidad y entronizar la vulgaridad y la vileza. Una sociedad de chivatos, etc. El gran triunfo de los Castro es haber conseguido vulgarizar la sociedad cubana hasta extremos insondables.

¿En qué momento llega la pintura? ¿Y la escritura?
Mi hermano nos inició en el mundo de los libros. En mi casa no había libros hasta que él los trajo. Nunca podremos agradecerle lo suficiente. Los libros nos salvaron. Yo se lo debo todo a los libros. Me hubiera disparado, en alguna espantosa noche de guardia en el Servicio Militar Obligatorio, si mi hermano no me hubiera llevado a ese infierno donde pasé más de tres años, maletas llenas de libros. Quién sabe qué cosa horrible hubiera sido mi vida sin los libros. Escribo porque he leído. Soy un lector que, también, escribe. En cuanto a la pintura, desde niño siempre tuve habilidad para dibujar, y después estudié algunos años en San Alejandro. Si tuviera otra vida se la dedicaría enteramente a la pintura. Pero no hay otra vida. Decía Lydia Cabrera, que también escribió y pintó por un tiempo durante su época parisina, que no se podía servir a dos dioses, que por eso había dejado de pintar. Creo que tenía razón.

¿Cómo y en qué momento conoces a Arenas?
Mi hermano mayor era amigo de Reinaldo y un día me llevó a conocerlo. Así fue. Qué jóvenes y bellos éramos entonces, por cierto.

¿En qué situación decides que debes irte del país?
Siempre quisimos irnos del país. Desde que tuvimos conciencia, o deseamos un destino creador, supimos que no podíamos quedarnos en Cuba. Yo no recuerdo un momento de mi juventud en que no tuviera como objetivo irme de la isla. Además, sabíamos que irse era irse para siempre. Un esclavo no regresa voluntariamente al látigo y a la plantación.

¿Cómo acabas siendo tú el amigo de Reinaldo que le llevaba cosas al parque Lenin?

Bueno, fue una decisión práctica. Cuando la madre de Reinaldo fue a nuestra casa a avisarnos de que estaba escondido en el parque Lenin y a traernos una nota suya, nos reunimos los hermanos para determinar qué haríamos. Y decidimos que iría yo, porque José y Nicolás, pensábamos, estaban más vigilados por la policía. Y así era.

Cuando te enteras de su encierro, me imagino que te dejó muy mal todo aquello, ¿cómo era La Habana de entonces?

Bueno. Estábamos convencidos de que nosotros seríamos los próximos, que terminaríamos en la cárcel. Teníamos miedo, como es natural, pero mi madre nos enseñó que en la vida se puede ser cualquier cosa excepto un mierda. Así que hicimos lo posible por ayudar a nuestro amigo, y no comportarnos como unos mierdas. Durante una época leí mucha filosofía y hasta a Foucault y a su hueca y ampulosa horda, pero en ninguno de esos libros encontré una filosofía superior a la de mi madre.

Yo creía que La Habana de mi juventud era el lugar más siniestro y abyecto del mundo, pero estaba equivocado. La Habana de 2020 es aún más siniestra y abyecta que la de los años 80. La dictadura castrista es una descomunal tormenta de vileza, creciente e incesante.

Creo que logras irte por el Mariel y luego te reencuentras con Reinaldo y tus hermanos allá. José creo que fue el que más se demoró en salir.

Mi hermano Nicolás entró a la embajada con su mujer. Fue el primero en salir de Cuba. Después salí yo, gracias a que estuve un año condenado por la *Ley contra la vagancia* a trabajo forzado en una plantación cerca de Artemisa. El plan castrista era mandar escoria, criminales, indeseables, inadaptados, ex presidiarios y gente así a Estados Unidos, y pude escapar gracias a que en Cuba la mayor parte de la población encaja en esas categorías. A mi hermano José lo retuvo la DGI y lo obligó a trabajar en el campo varios años antes de permitirle salir.

Esos primeros años en Miami, antes de partir a Europa, ¿de qué vivías? Aparte de Rey, ¿conociste a Lydia Cabrera? ¿A Carlos Victoria?

Hice diferentes trabajos, estuve cerca de un año en California trabajando con los mexicanos como jardinero o algo por el estilo y pescando peces espada en el Pacífico, tenebroso océano. Pero todo era maravilloso, porque era libre. La libertad es el bien supremo. Se exagera mucho con lo de la tragedia del exilio. Para mí el exilio ha sido una bendición. Después comencé a pintar y vendía mis cuadros y me iba bastante bien.

Lydia fue la gran dama de los marielitos. Nos ayudó y nos apoyó y creo que llegamos a ser amigos. Yo la quería. Ha sido uno de los grandes personajes de mi vida. A Carlos lo conocí gracias a Reinaldo, nos íbamos a *Haulover Beach* los fines de semana a leer lo que estábamos escribiendo. Victoria trabajaba por aquellos días en *Las sombras en la playa,* un libro de cuentos, recuerdo. Era un escritor formidable, y un hombre noble y bueno.

Me encantó verte en Conducta Impropia *¿Quiénes eran los otros muchachos de la playa?*

Uno era el pintor Gilberto Ruiz, que ahora vive en Nueva York. A los otros muchachos no los recuerdo. Creo que uno era periodista. Pero no estoy seguro. Almendros quería gente joven y guapa para la escena. El objetivo era conseguir algo fresco que oponer a la imagen sórdida que los Castro propagaban de los marielitos. Quedó bastante bien esa escena. Creo. Almendros fue un gran amigo, se portó muy bien con nosotros. Él, un cinematógrafo rico y famoso, premiado con un Oscar; y nosotros, una pandilla de desarrapados. Una gran persona y un gran artista, Almendros.

¿Por qué decides irte de Miami?

Estaba cansado de los cubanos. Chillan mucho. Y supongo que tuvo que ver el azar que es verdaderamente quien trenza nuestros destinos.

¿Cómo encontraste a tu mujer?

No la encontré, nos encontramos. Aquí en Barcelona.

¿Cristiano?

Ateo. Aunque creo en la luz de sus ojos.

¿Tus virtudes?

Una. Que esa mujer me ame.

¿Cómo lidias con el dolor?

¿Qué dolor?

¿Cómo es el día a día tuyo?

Mi trabajo es un trabajo solitario. Tengo una rutina y trato de cumplirla. Aunque no soy muy ordenado. Siempre tengo dos o tres obras en las que trabajo simultáneamente. Mi imaginación siempre ha ido mucho más deprisa, que mi escritura o mi pintura. Dejo muchas cosas a medias. Pero, aun así, creo que he escrito demasiado. Quién va a leerse todo eso, en caso de que tenga algún interés. Es demasiado, ¿no? Al atardecer salgo a pasear a mis perros, y por la noche leo, o veo alguna película en la televisión.

A la sombra del mar, De sexo, Emanaciones, Garbageland, Rebelión en Catanya, Diosa, El reto, Debajo de la mesa (memorias), Cinco cervezas, El gen de Dios, El pájaro *son libros imposibles de encontrar acá. Para un*

joven cubano que te va a conocer a través de estas palabras, que le dirías: ¿quién es Juan Abreu?
Soy un hombre afortunado y feliz. Y soy un hombre, esto es muy importante, que trata de mantenerse infantil. Ya sabes lo que dice Paglia: «El arte es una infancia prolongada».

Hay una leyenda urbana, que no sé si sea verdad, que versa de que tienes varios artículos personales de Reinaldo. ¿Es verdad lo de la máquina de escribir?
Lo de la máquina de escribir es cierto. Tengo una de sus máquinas de escribir.

¿En que trabajas ahora?
Estoy terminando una novelita muy obscena que me gusta bastante, y además trabajo en un relato futurista, que no sé qué extensión tendrá. Este te va a gustar, trata de la construcción y puesta en marcha, en la Cuba apocalíptica de mi novela *Garbageland,* de una máquina maravillosa: *El resucitador.* El artefacto permite resucitar a los Castro y otros esbirros y asesinos de su corte que han muerto de muerte natural, y ajusticiarlos. Es decir, hace posible que tengan la muerte que merecen. Me estoy divirtiendo mucho escribiéndola. Qué maravilla la literatura, cómo nos permite enmendar las injusticias del mundo. Espero que algún día la ciencia permita construir una máquina así.

¿Por qué lo erótico?
Dice Thomas Bernhard que *«sin erotismo no hay nada vivo».* Esa es una gran verdad. Hay que aspirar a que lo que escribimos tenga vida. Por otro lado, pienso que la libertad sexual es la única libertad verdadera. De ahí que la mayor parte de los seres humanos sean algo tarados, no se permiten ser sexualmente libres y eso los disminuye. Lo erótico y lo sexual son constantes de mi

trabajo, porque constituyen el reino de lo libre y la libertad es mi gran tema. Mis libros, por muy eróticos o sexuales que parezcan, de lo que tratan es de la libertad, de la cantidad de libertad que somos capaces de soportar. ¿Nos atrevemos o no? Esa es la única pregunta que me interesa y la única que vale la pena responder. «*La vida es riesgo, o abstinencia*», decía Arenas.

¿De los intelectuales de la isla, mantienes alguna relación con alguno?

Contigo. Esto que tenemos es una relación, ¿no?

¿Qué les recriminas, si recriminas algo?

Nada. Vivimos en universos separados. Yo soy un hombre libre y ellos viven, simulan, y asienten dentro de un gran corral. Cuando me burlo de alguno lo hago por diversión, pero no los tomo en serio. Los intelectuales de la isla son, lo quieran o no, decorado en el circo del Gran Amo Omnipresente. El enemigo y el objetivo de cualquier ataque ha de ser siempre el ventrílocuo, no sus muñecos. Los muñecos son utilería, la utilería que necesita el Gran Amo Omnipresente para aparentar que no lo es.

¿Con José, tu hermano, te mantienes en contacto?

Por supuesto. Es mi hermano mayor. Y es un escritor enorme, un incansable trabajador y, además, un gran conocedor del idioma. Cada vez que tengo alguna duda, lo consulto. Seguimos recomendándonos lecturas e intercambiando manuscritos. Cuando termino un nuevo libro, la única opinión que me importa es la de mis hermanos.

¿Cómo ves el futuro de la isla?

Supongo que conoces la canción: *Pasarán más de mil años, muchos más.*

Mientras más se envilece moralmente la población de un país más ardua y difícil es su recuperación.

¿En quién o qué crees? ¿Oyes música cubana?
Creo en mi madre, en mi padre, en Reinaldo Arenas y en Lydia Cabrera, les rezo a veces. Escucho a cantantes de la Cuba libre, de antes, quiero decir: Olga Guillot, Panchito Riset, La Lupe, Blanca Rosa Gil, el Trío Matamoros, María Teresa Vera, Vicentico Valdés.

CUERPO DE GUARDIA

Hace como un año, en un vuelo Madrid-Habana fui testigo de una experiencia bien triste y desagradable. En el asiento delantero tenía a una mujer cubana, morena, de unos cincuenta años, que por ocho o nueve horas estuvo tranquilita, sin llamar la atención, sin molestar a nadie. Lo sé, porque la tenía delante, y aunque solo veía su cabellera, sabía que estaba como pegada al asiento, para nada se levantó. Aterrizando en el aeropuerto «José Martí», la pobre mujer no aguantó más y antes de que se apagara la señal de los cinturones de seguridad, se levantó y empezó a llorar. Una azafata, extranjera, la empezó a ofender y a tratarla como el culo. Para no hacer largo el cuento, lo que pasaba era, que esta pobre mujer cubana, que había aguantado estoicamente todas esas horas, llegó y se quebró. La mujer venía a enterrar a su hijo que se había matado en un accidente de moto y que, según entendí entre sus gritos, el muchacho estaba desbaratado, en una nevera, a la espera de que ella llegara. Estaba solo.

La garganta se me cerró, por la imagen tan dura y triste; pero los sentimientos mutaron al ver lo mal que fue tratada esa cubana por una mujer, por una azafata extranjera, en un momento tan duro.

La azafata llego incluso, en un tono de burla, a criticar los llantos, los gritos, las muestras de dolor de la cubana.

Me quedé pensando mucho y por meses esto se me ha quedado en la cabeza. ¿Por qué la extranjera la trató tan mal? ¿Era una cuestión de racismo con los cubanos? ¿Tenía que ver con que los cubanos siempre venimos cargados, hacemos bulla?

Quizá la extranjera, por alguna razón, se sentía con más derecho, en suelo cubano, que cualquiera de aquí.

La cosa es que, esto se me quedó en la cabeza, y el otro día, por casualidades de la vida, volví a ver a la cubana, a la sentida.

Yo estaba en el cuerpo de guardia de un hospital de provincias, porque un amigo tenía un problema respiratorio y lo habían ingresado. Era de noche, cerca de las once, el edificio era aplastado y ancho y había un pasillo iluminado con una luz blanca, con cuartos a los costados y al final había una puerta abierta hacia la oscura pradera, donde de vez en cuando asomaba la cabeza un caballo blanco.

A esa hora ya la mayoría de la gente, los familiares y visitantes, se habían ido; y solo quedaban los enfermos en las camas, los médicos, las enfermeras y tres o cuatro acompañantes a la espera.

En los bancos de madera estábamos: yo, concentrado en mi celular, esperando una señal; una mujer rubia, gorda, de unos sesenta años, que estaba esperando por su padre; un anciano que tenía una obstrucción intestinal; y estaba la morena del avión, callada.

Yo la verdad no me atreví a decirle que la conocía de antes. Me parecía de mal gusto recordar una situación tan fea. Aunque ahora pensándolo bien, si me hubiera puesto fino y diplomático, podría haberle hecho saber que estaba de su lado. Que la azafata era una desgraciada. Una fresca. Una nazi.

Estaba con muchas dudas, porque había pasado un año. O sea, esta mujer no estaba aquí de vuelta por su hijo. A esta cubana la desgracia le había tocado de nuevo la puerta. Estaba en un hospitalito perdido, esperando por un familiar, o por un marido, o por un amigo. En fin.

No sabía cómo iba a hacer que las horas pasaran. No tenía mucha señal para los datos móviles y para colmo de males la mujer rubia no paraba de hablar. Era una tipa de estas de cara dura, que se ve que no tuvo una vida fácil, y que disfrutaba en demasía hablar y comentar los casitos que estaban en el cuerpo de guardia. Con un morbo extremo habló del que se había muerto hacía unas horas, del viejito de la cama 3, al que le tenían que sacar todas las tripas y lavarlo con una manguera —en sus palabras—, de la mujer que estaba con cáncer. Y así siguió por un buen rato.

Ni la mujer del avión ni yo hablábamos.

En un momento la rubia se interesó en mi caso y para hacer tiempo le seguí la rima. Le conté lo que me había dicho el médico, en que películas había actuado mi amigo y le hablé por arribita de mi filmografía. Por supuesto que no había visto mis películas; y sin tocar mucho el tema le hablé de la censura, etc.

La palabra censura la hizo alterarse. Ella también estaba censurada, me dijo. Y me empezó a contar que después de treinta años de trabajar en el comité militar de su zona, el jefe, le hizo una cama para sacarla y así poder poner a trabajar a su mujer. El que estaba por arriba de ella —el desgraciado ese, me decía—, había despachado a una buena trabajadora para poder conseguirle un salario de más a su mujer, que era una descarada. Ella también estaba censurada.

Pero ella no tenía problemas con eso, ella sabía, que cuando «allá arriba» se enteraran —refiriéndose a los generales, a los coroneles, yo que sé—, la iban a mandar a buscar de nuevo y le iban a pedir disculpas. Ella estaba esperando ese momento.

En ese instante, la que compartió vuelo conmigo, empezó a sacar unos panes con refresco para repartirlo entre las enfermeras y los médicos. La mujer, después de dar toda la vuelta, nos brindó una merienda a mí a y a la del comité militar.

Comimos los tres. En silencio. Mirando una luz blanca que parpadeaba. Mirando a la oscuridad. A la espera de buenas noticias.

No aguanto la situación. Saco el celular y tomo notas para una futura película:

Cuba entera cabe en el cuerpo de guardia de un hospital de provincias. Unos enfermos convalecientes. Unos acompañantes esperando noticias del «más allá». Esperando con fe. La solución no está en sus manos, tienen que esperar pacientemente. Lo asocio al pueblo de Cuba esperando por sus gobernantes o por el presidente de turno de Estados Unidos. Mucha gente a la espera, a la espera de algo mejor. Me imagino a un dios callado, que decide quién se mejora y quién va para la tumba. Un dios al que no le importamos.

La rubia rompe el silencio y le pregunta a la morena cuál es su situación. La mujer nos cuenta que tiene a una tía grave y que lleva varios días allí, porque ni la suben a la sala, ni le dan el alta.

Los tres ponemos cara de situación y murmuramos casi al unísono: no es fácil.

El caballo blanco asoma la cabeza. Una enfermera vestidita con ropa holgada, bonita, pasa moviendo las caderas. Pienso en esa noche como un paréntesis que lo abarca todo: amor, muerte, espera y necesidad de que algo o alguien nos pida perdón. Ojo, la palabra no es perdón, solo me causa curiosidad esa sensación rara en la que uno se cree que alguien de más arriba va a resolver una injusticia que se cometió. Una injusticia grave. Que debe ser sanada. Sabemos que eso nunca pasará, a todos les damos igual.

El egocéntrico censurado en espera de hacer su nueva película.

La cubana maltratada en su propio país por una extranjera.

La del comité militar que, a pesar de haberle hecho la vida imposible a un millón de gente, espera a que un jefe se ilumine y la llamé: Tamara, este país no puede avanzar sin ti, perdónanos, regresa a la oficina.

Mucha gente distinta, con una existencia fragilísima, que en cualquier momento se puede morir y; sin embargo, los rencores, achaques, frustraciones, no los dejan respirar en paz.

Todos, sin diferencia de edad, sexo, color, hemos sido jodidos por alguien. Todos podemos morirnos en cualquier momento, es tan delgada la línea.

Para hacer tiempo le doy al coco y pienso en que si la vida durara toda una eternidad, darían un poco igual las boberías, trabas y mierdas que nos hacemos entre nosotros. Pero para acabar en cualquier momento en una cama, grave, ¡coño! ¿Qué sentido tiene todo?

Cerca de las dos de la mañana pasa algo, hay alguien muy grave, lo mueven en una camilla de un lado al otro. En ese momento, en la sala del cuerpo de guardia, siento lo frágil que es la vida.

La noche enfría, somos tres personitas, que se ven pequeñitos en un pasillo largo. Poca cosa más.

A duras penas recuerdo aquel poema que decía algo así como: la gente bailando, gozando, indiferente, y el país acostado en la camilla metálica del cuarto de autopsia.

El teléfono agarra la señal. Me conecto a internet. Voy al Messenger. Busco entre muchos rostros, tiene que haber alguien que se deje amar.

ÍNDICE

No es fácil	7
Fallo Técnico	15
Bergman y Oloffin	19
El chino Pérez	23
Marzel es bueno, Marzel es mejor	30
Siete textos yugoslavos sobre un gato blanco	45
Los pornógrafos	54
Bajada	62
Con Colina	68
Hacer el amor con Ana Mendieta	74
Nelson	80
La presa	86
Ricardo Acosta, irreverente en cada fotograma	92
La Cueva	100
Picadillo de Palma Real	106
Roto y callado	112
Molina o Muerte	118
No juego	127
Con Carlos Quintela	133
Cómo llamar desde la manigua	147
Encuentro con Alejandro Hernández	151
Posar desnudo en calle Paseo	162
Felipe Dulzaides, *as a matter of fact*	168

Gente Fula	176
Axilas	182
Te amo y te llevo al cine (0)	190
Julito Llópiz-Casal	
le escribe a su hermano cineasta	207
Cincuenta metros con Ena Lucía	212
Cubanos en la nieve	217
Estar enamorado es tremenda mierda	222
Carta a una niña suicida	227
Daniel: el silencio que dejó	232
Adiós a la mujer casada	240
Ricardo Vega:	
el silencio duele más que las palabras	246
Vida Nueva	257
Bruce LaBruce:	
el pornógrafo que quiere filmar en La Habana	262
Ser un ratico libre	277
Con Abilio Estévez	282
¿Dónde estan los amigos cuando hacen falta?	304
Ensalada fría y LSD	309
Conversa con Luis de la Paz,	
José Abreu Felippe y Juan Abreu	314
Cuerpo de Guardia	344